心是孤独的猎手

The Heart Is a Lonely Hunter

〔美〕卡森·麦卡勒斯 著

梁小曼 译

南海出版公司

新经典文化股份有限公司
www.readinglife.com
出　品

献给里弗斯·麦卡勒斯

和

玛格丽特·史密斯与拉马尔·史密斯

目录

Contents

第一章

1

镇上有两个哑巴，他们老在一起。每天清早，他们从屋里出来，胳膊挽着胳膊，一路走着去上班。这两个朋友很不一样。引路的是个肥胖又迷糊的希腊人。在夏天，他喜欢穿一件黄色或者绿色的马球衫，前襟被他随便塞进裤子里，后襟则松松垮垮地放下来。天要是再冷点，他就再套一件难看的灰毛衣。他的脸是圆的，泛着油光，眼皮总是半耷拉着，双唇弯曲，露出温和愚蠢的微笑。另一个哑巴长得高。他的眼神敏锐、聪明。他的衣着无可挑剔，非常庄重。

每天清早，这俩伙伴一起默默地走上小镇的大街。走到某家兼卖糖果的水果店时，他们会在店外的人行道稍作停留。

那个希腊人斯皮诺斯·安东纳帕罗斯给他表兄打工，水果店是他表兄的。他要做的活有：做糖果和蜜饯，拆箱卸水果，店内清洁。那清瘦的哑巴约翰·辛格，总是把手放在朋友的手臂处，深深看一眼他的脸才离去。分别后，辛格便穿过马路，一个人走到珠宝店，他是珠宝店的银器雕刻师。

傍晚时，两人又在一起了。辛格回到水果店，等待安东纳帕罗斯下班回家。希腊人懒洋洋地打开一箱桃子或者甜瓜，要不就在店后面的厨房里，看报纸漫画。离开前，安东纳帕罗斯总是先从某个橱柜里打开一个他白天藏好的纸袋，里面是他收好的食物——水果、糖果，或一节猪肝香肠。通常，安东纳帕罗斯在离店前，先挪蹭到店铺前头的玻璃柜处，那里面放着肉和奶酪。他拉开柜子后门，肥胖的手爱抚着垂涎已久的美味。有时，他的老板表兄没看见他。如果被他看见了，他会久久地瞪着表弟，僵硬苍白的脸露出警告的意味。安东纳帕罗斯忧伤地将美味从柜子的一角移到另一角。这个时候，辛格会站得笔直，双手插在口袋里，眼睛看向别处。他不想看到两个希腊佬的这一幕。因为，除了喝酒和某种单独隐秘的享乐，安东纳帕罗斯热爱吃超过世上一切。

暮色中，两个哑巴一块儿缓缓地走回家。回到家，辛格老和安东纳帕罗斯说话。他打着一连串飞快的手势比划词语，表情急切，灰绿色的眼睛闪闪发亮。辛格用他瘦削有力的手，将白天发生的事情都说给安东纳帕罗斯听。

安东纳帕罗斯慵懒地靠坐着，看着辛格。他很少动手说什么话——要说，也只想说他要吃东西、要睡觉或者要喝酒。表达这三种需求时，他的手势都是一样地模糊和笨拙。夜里，如果喝得不太醉，他会跪在床前，祷告一会儿。他胖乎乎的手划出祷词“圣耶稣”“主”或是“亲爱的玛利亚”，它们是安东纳帕罗斯唯一要说的话。辛格从来不知道他讲的话伙伴到底听懂了多少，不过，这点并不要紧。

他们合租在靠近小镇商业区的一栋小房子的楼上。那儿有两间房。安东纳帕罗斯在厨房的煤油炉上煮他们的每顿饭。有几把朴素的直背餐椅给辛格坐，安东纳帕罗斯坐一张垫得很厚的沙发。卧室的家具基本就是希腊人睡觉的双人大床，上面铺了舒适的鸭绒被，还有一张窄窄的帆布床，给辛格睡的。

晚饭总要吃很久，安东纳帕罗斯热爱食物，动作又非常慢。饭后，大块头希腊人会躺在沙发上，用舌头细细地舔每一颗牙齿，或许是有特别的美味，或许是想留住食物的味道。辛格则在洗餐具。

有些夜晚，两个哑巴会下象棋。辛格一直很喜欢下棋，几年前就想教安东纳帕罗斯下棋。一开始，他的伙伴对在棋盘上把棋子挪来挪去提不起兴趣。后来，辛格开始往桌下放一瓶好喝的，课后才拿出来。希腊人从没弄明白“马”的不规则走法和“皇后”扫荡一切的机动能力，但他学会了开局的几个步骤。他喜欢白棋，如果给他黑棋，他就不肯下了。走过开局的几步后，辛格便一个人把棋下完，他的伙伴在边上看着，昏昏欲睡。要是辛格狠狠地击杀自己的人马，葬送了黑国王，安东纳帕罗斯会因此得意洋洋，愉悦得很。

两个哑巴没有别的朋友，只要不上班，他们都待在一块儿。每天过得大体相似，他们既然那么独来独往，也就不曾受到什么干扰。他们每周去一趟图书馆，辛格要去借悬疑小说。星期五晚上，他们会去看电影。领薪的那天，他们一般会去“海陆军商店”楼上的“十分钱影楼”，给安东纳帕罗斯拍张照片。这就是他们习惯的固定去处，而镇上还有许多地方他们不曾见过。

小镇位于南方腹地的中央。夏天很漫长，寒冬的月份少之又少。天空蓝得澄澈明亮，烈日耀眼地燃烧着，几乎总是如此。到了十一月，会下寒冷的细雨，之后也许有霜冻，接着就是短暂的冬季。冬天是变幻无常的，但夏天是永远的炙热。小镇其实挺大的。大街上有着成片的楼房，都是两到三层的商店和写字楼。然而，镇上最大的建筑物是工厂，大部分居民在里面上班。这些棉纱厂规模庞大，生意兴旺，小镇工人则大多数都很穷。街道上的行人脸上往往是饥饿孤独的绝望表情。

然而，两个哑巴一点儿也不寂寞。在家里，他们满足地吃吃喝喝，辛格用手和老伙伴热切地交谈，讲他的一切想法。岁月就如此宁静地流逝，辛格三十二岁了，和安东纳帕罗斯在小镇已经待了十年。

后来有一天，希腊人生病了。他坐在床上，手按着腹部，大颗大颗的泪珠沿脸颊滚下来。辛格去找伙伴的表兄，那水果店老板，同时给自己请好假。医生给安东纳帕罗斯制订了食谱，让他以后不可再喝酒。辛格严格地执行医生的指令，终日坐守病榻，竭尽所能让时间流逝得快点。但是，安东纳帕罗斯只是用眼角恼火地看着他，闷闷不乐。

希腊人变得很烦躁，老在辛格为他准备的果汁和食物里挑毛病，并不时地让伙伴扶他下床来祈祷。他跪下的时候，硕大的臀部沉沉地压在滚圆的短腿上。他笨拙地挥手，念叨着“亲爱的玛利亚”，然后紧握着脖子上一条龌龊细绳上悬挂的小黄铜十字架。他的大眼睛朝上盯着屋顶，眼神恐惧。祈祷后，他心情阴郁，不许伙伴和他说话。

辛格很耐心，尽力而为。他画了一些小画，有一次，他给伙伴勾勒了一幅肖像哄他开心。肖像画伤了胖希腊人的自尊，直到辛格把他的脸画得年轻英俊，涂上金黄的头发、瓷器蓝的眼睛后，他才肯和解。然而，他又试图掩饰他的愉悦。

在辛格的悉心照料下，一周之后，安东纳帕罗斯就能回去上班了。可是，他们的生活却从此起了变化。麻烦来了。

安东纳帕罗斯身体恢复了，人却变了。他变得暴躁易怒，夜晚不再满足于屋里的宁静生活。他想要外出，辛格便在背后跟随。安东纳帕罗斯走进一家餐馆，两人坐下来后，他就偷偷地把方糖、胡椒罐或者银器皿放到口袋里。辛格会为他拿走的东西付钱，所以没造成麻烦。回到家，他责怪安东纳帕罗斯，那胖希腊人只是看着他，淡淡地笑着。

几个月过去了，安东纳帕罗斯的恶习更严重了。有天中午，他从表兄的水果店平静地走出来，到马路对面的第一国家银行大楼，公然朝墙壁撒尿。有时，他在人行道上遇见看起来不顺眼的人，会撞过去，用胳膊肘和肚子推别人。有一天，他走进一家商店，没给钱就径直将一个落地灯拖出来，还有一次，他企图把陈列柜里的一辆电动火车拿走。

这是一段让辛格筋疲力尽的日子。午饭的时间，他得不停地陪着安东纳帕罗斯到法庭去处理那些法律纠纷。辛格变得对法院里的程序了如指掌，终日处于焦虑之中。他银行里的存款逐渐耗光在缴纳保释金和罚款上。为了让伙伴免受偷窃、有伤风化、人身攻击等指控而入狱，他想尽办法，费尽钱财。

安东纳帕罗斯的老板，那个希腊表兄压根不管这些破事。查尔斯·帕克（表兄的名字）继续让安东纳帕罗斯待在店里，却对他摆出一张苍白紧绷的脸，没有帮过他一点儿忙。辛格对查尔斯·帕克怀有异样的感觉，他开始讨厌他了。

辛格活在持续的混乱与忧虑里。安东纳帕罗斯却是满不在乎，无论发生什么事，淡然无力的微笑永远挂在他脸上。以往那些年，辛格曾觉得伙伴的微笑里有某种玄妙和机智。他从不知道安东纳帕罗斯究竟了解多少，在想什么。如今，辛格觉得自己从这个胖希腊人的表情里察觉到某种狡黠与戏弄。他摇晃伙伴的肩膀，直到摇累了，用手语一遍遍地解说。一切徒劳无功。

辛格所有的钱都花光了，他不得不向他的珠宝店老板借钱。有一次，他没钱付保释金，安东纳帕罗斯在牢里待了一晚。第二天，辛格来接他出去，他大生闷气，不肯离开。晚餐时的腌猪肉和浇了糖浆的玉米面包让他很享受。新的住处和室友也使他愉快。

他们一直独来独往地生活，陷入困境了，辛格也找不到任何人来帮忙。没有什么能阻止或治愈安东纳帕罗斯的恶习。在家里，他有时煮点在牢里吃过的新鲜菜式，出了门，则完全预料不了他的一举一动。

终于，最后的麻烦来找辛格了。

有天下午，他到水果店接安东纳帕罗斯时，查尔斯·帕克递给他一封信。信里，查尔斯·帕克向辛格解释他已安排好，要将表弟送到两百英里外的州立疯人院。查尔斯·帕克动用了他在小镇的关系，细枝末节都办妥了。安东纳帕罗斯下周就要离开，住到疯人院去。

辛格把信来回读了几遍，他的脑袋一片空白。查尔斯·帕克隔着柜台和他说话，他却压根不想读他的唇形，不想理解。最后，辛格掏出随身携带的便笺本，在上面写：

你不能这么做。安东纳帕罗斯必须和我在一起。

查尔斯·帕克激动地摇着头。他的美语不太好。“不关你的事！”他反反复复地说。

辛格知道一切都结束了。希腊人生怕某天要为表弟担责。查尔斯·帕克的美语尽管不大灵光，但他精通美元之道，他利用钱和关系，毫不迟疑地把表弟送到疯人院去。

辛格束手无策。

接下来一周，充满了各种狂躁之举。辛格不停地说话。手尽管挥舞不休，要说的话却始终道不尽。他想对安东纳帕罗斯倾诉一切，然而没有时间了。他灰色的眼睛发亮，他伶俐机智的面孔变得无比紧张。安东纳帕罗斯昏昏然地看着他，究竟听懂了多少，辛格毫无把握。

然后，安东纳帕罗斯要走的日子到了。辛格拿出自己的手提箱，把他们共同财物里最值钱的东西仔细打包好。安东纳帕罗斯为自己做了午饭，以备路上吃。傍晚，他们最后一次挽着胳膊在街上散步。那是十一月底的寒冷下午，空气里有一圈圈他们呼出的气息。

查尔斯·帕克要和表弟一起去，但在车站，他远远地站着，和他们保持距离。安东纳帕罗斯随人流挤进汽车，在前排一个座位上折腾了半天才坐下来。辛格隔着窗户看着他，打着绝望的手势，要和他的伙伴最后一次交谈。但安东纳帕罗斯忙着检查他的午餐盒，并没有留意。直到汽车启动，要从路边开出来，他才扭头看辛格。他的笑容散淡遥远，仿佛他们早已相隔千里。

随后的数周如同梦境。在珠宝店，辛格终日伏案工作，到了夜晚，一个人走回家。除了睡觉，什么都不想。下班一回到家，他就躺到帆布床上小睡片刻。躺在那儿迷迷糊糊的时候，总要做梦。所有的梦里都有安东纳帕罗斯。他的双手紧张地抽动，梦里的他在和安东纳帕罗斯说话，而后者正看着他。

辛格试图回忆认识伙伴以前的时光。他试着梳理年轻时发生的某些事情。可是，他想要回忆的那些事里，没有一件像真实的。

他想起一件特别的事，只是，这事对他毫不重要。辛格记得，虽然自己一出生就聋了，却从来不是一个真正的哑巴。他很小就被遗弃，成了孤儿，被人送进聋哑人机构。他学会了手语和阅读。九岁之前，他就会用美式的单手手语来交谈，后来又掌握了欧式的双手手语。他学会观察人们唇部的运动以理解他们说的话，后来，还有人教会了他讲话。

在学校时他是公认的聪明人，他的功课学得比其他同学都要快，但他从不习惯用嘴说话。那使他不自在，老感觉嘴巴里的舌头像头鲸鱼。看见人们脸上的茫然表情，他感觉自己说话的声音一定像某些动物，或者他的发音让人厌恶。对他来说，用嘴说话是痛苦的事，而他的手则随时可比划出他想说的词语。二十二岁时，他从芝加哥来到这个南部小镇，随即遇到了安东纳帕罗斯。从此他再也没用舌头说过话，因为和安东纳帕罗斯在一起，无此需要。

一切都不像真的，除了和安东纳帕罗斯在一起的十年。在他恍惚的梦里，他的伙伴看起来真实生动，醒来后，巨大的孤独使他心痛。他偶尔会给安东纳帕罗斯寄箱东西，却从未收到回音。在终日的空虚与昏昏然中，几个月就过去了。

到了春天，辛格有点变化。他睡不着觉，身体焦躁不安。夜晚，他在屋里枯燥地走来走去，无法排解多余的精力，只有天亮前的几小时他才能稍微休息——昏沉沉地入睡，直到上午的光线像把弯刀突然刺开他的眼皮。

他开始在镇上晃悠，以此消磨夜晚。安东纳帕罗斯生活过的房子他再也待不下去了，便在离镇中心不远的一栋杂乱无章的公寓里租了个房间。

他在一家隔了两条马路的餐馆里吃饭。餐馆位于长长的主街的尽头，名字叫“纽约咖啡馆”。第一天，他飞快地浏览了菜单，写了张字条交给老板。

每日的早餐，我要一个鸡蛋、一片吐司和一杯咖啡——0.15 美元

中餐，我要汤（种类随意）、一份夹肉三明治和一杯

牛奶——0.25 美元

晚餐请给我上三种蔬菜（除了卷心菜都可以），鱼或者肉，一杯啤酒——0.35 美元

谢谢。

老板读了字条，警觉老练地瞥了他一眼。他是个严厉的人，身材中等，蓄着漆黑浓密的胡子，他的脸部下方看着像块铁板。他通常站在收银台的角落里，双臂叠抱在胸前，沉默地观察着周围的一切。辛格对这个男人的脸渐渐熟悉了，毕竟，一天三顿都在他的店里吃。

每到夜晚，哑巴要在街上独自漫步好几个小时。有时候，刮起三月湿冷的风，夜晚变得寒凉，还下着很大的雨。但他都不在意。他走路的样子烦躁不安，双手永远紧紧地插在裤兜里。几周过去后，天气变得暖和慵懒。他的焦躁逐渐被疲惫取代，他的样子看起来很平静。他的脸上渐渐露出忧郁而平静的表情，这表情通常在很悲伤或很睿智的人们的脸上才能见到。可他仍然在镇上四处晃悠，总是一个人，沉默无语。

2

一个漆黑闷热的初夏夜晚，比夫·布瑞农站在“纽约咖啡馆”的收银台后面。深夜十二点。外面的街灯早已熄灭，咖啡馆的亮光在人行道上投下清晰的黄色矩形。街上荒凉无人，但咖啡馆里有六七个顾客，喝着啤酒、桑塔·露西亚葡萄酒或威士忌。比夫漠然地等候着，他的胳膊肘靠在柜台上，拇指擦着他的鼻尖。他的眼神专注，特别留心着一个又矮又胖穿工装裤的男人，那个男人已经喝醉，吵吵闹闹的。间或，他的目光落在哑巴身上——那人独自坐在餐厅正中的一张桌子前，或者落到柜台前的几个顾客身上。不过，他的目光总会回到那个醉醺醺的、穿工装裤的男人那里。夜深了，柜台后的比夫继续沉默地等待。终于，他最后扫了一眼餐馆，向通往楼梯的后门走去。

他轻轻地走进楼上的那个房间。里面很暗，他小心翼翼地走。走了几步，他的脚指头碰到了什么硬邦邦的东西，便蹲下身子，摸索地板上那个手提箱的把手。他在房间里没待几秒钟，正要离开时，灯亮了。

艾莉斯从乱糟糟的床上坐起来，看着他。“你动那个箱子做什么？”她问，“你难道就不能把那个疯子直接打发掉？

早被他喝光的东西还得给回他？”

“你先清醒一下吧，自己下去。去叫警察，让他和一堆戴镣铐的犯人泡在一起，每天吃玉米面包和豆子。去吧，布瑞农太太。”

“他明天要是还在下面，我会的。但你别动那个箱子，它不属于那个白吃白喝的家伙了。”

“我了解那些白吃白喝的人，布朗特不是那种人，”比夫说，“至于我自己，我不太了解我自己，但我肯定不是小偷。”

比夫平静地把箱子放在外面的楼梯上。房间里的空气没有楼下那么污浊和闷热，他决定在这里多待一会儿，用冷水泼洗一下脸，然后再回去。

“我可是早和你讲过，你要是今晚不把那个家伙打发掉，我会做什么。白天他就在后面睡觉，到了晚上你让他吃吃喝喝。一个星期了，他一分钱没掏过。他那些疯疯癫癫的言论和举止只会将体面的生意都毁掉。”

“你不了解人，你也不了解生意，”比夫说，“我们讨论的这家伙，十二天前第一次来到这里，在镇上谁也不认识。刚到那一周他就给了我们二十美元的生意，至少二十。”

“接着，他就赊账了，”艾莉斯说，“赊了五天，醉得一塌糊涂，简直有损体面。再说了，他除了是个瘪三，是个怪物，其他什么都不是。”

“我喜欢怪物。”比夫说。

“我就料到你喜欢！我知道你肯定会喜欢，布瑞农先生，你自己就是一个怪物。”

他揉擦着深色的下巴，不再理会她。他们婚姻生活的头十五年里，他们只是简单地称呼对方“比夫”和“艾莉斯”。后来，某次争吵之后，他们开始称呼对方“先生”和“太太”，从那以后，他们的关系再没有好到足够把称呼改回去。

“我这是警告你，明天我下去时，他最好别在那里。”

比夫走进浴室，洗过脸后，他觉得还有时间剃一下胡子。他的胡须又黑又密，仿佛留了三天。他站在镜子前，搓着脸沉思。他懊悔和艾莉斯说话。和她在一起，最好保持沉默。在那个女人身边，他永远做不了真实的自己。他变得粗暴、渺小和庸俗，就像她一样。比夫的眼睛冷漠地凝视着，下垂的眼皮将眼睛遮去一半，仿佛嘲弄一切。长茧的小指上戴着一枚女式婚戒。身后的门开着，通过镜子，他能看见躺在床上的艾莉斯。

“听着，”他说，“你的问题是你缺乏真正的善意。我认识的女人里，只有一个具有我所讲的这种善意。”

“嗤，我知道你会做世上别的男人都羞于启齿的事。我了解你——”

“也许，我说的是好奇心。重要的事情你都看不见，听不到。你从不观察，不思考，从不动脑子想问题。也许这就是我们之间最大的区别。”

艾莉斯几乎又睡着了，透过镜子，他漠然地看着她。在她身上，没有什么特征能吸引他的注意力，他的目光从她浅褐色的头发滑到她的一双脚在被子里形成的粗胖轮廓。她脸部的柔和线条连着圆实的臀部和大腿。她不在身边时，他脑子里想不起她的任何特征。她在他的记忆中只有一个整体的、无破绽的形象。

“看人间百态的乐趣你从没有体会过。”他又说。

“楼下那家伙就是一出戏，没错，也是一个马戏团。可我受够他了。”她的声音疲倦。

“见鬼，那个人对我毫无意义，既不是我的亲戚，也不是我哥们儿。你就是不懂，收集完整的一套细节，你会看到某种真实的东西。”他拧开热水，麻利地刮起胡子来。

是的，就在五月十五日的清晨，杰克·布朗特走了进来。他立刻注意到他，开始观察。这个男人很矮，壮实的肩膀就像横梁。他留着乱糟糟的小胡子，胡子下面的嘴唇好像被大黄蜂叮过一样。这家伙身上有许多自相矛盾的地方。他的脑袋硕大，形状匀称，但脖子却又细又软，像个小男孩。那小胡子看起来很假，好像是为了参加化装舞会才贴上去的，仿佛语速一旦过快就会掉下来。这让他看起来像中年人，不过，那高而光滑的额头和眼睛圆睁的脸却很年轻。他的双手巨大，染有污渍，长满老茧，身上穿着一套廉价的白亚麻西装。这男人身上有一股滑稽的气息，然而，同时又有另一种让人笑不出来的感觉。

他要了一品脱烈酒，不到半小时就喝光了，接着坐在雅座上吃了一份大的鸡肉套餐。然后，他喝啤酒，读书。这是开始的时候。尽管比夫很仔细地观察了布朗特，却怎么也想不到后来所发生的种种疯狂之事。他从未见过谁在短短十二天内如此多变。他从未见过哪个家伙喝得如此之多，醉得如此彻底。

比夫用大拇指推了一下鼻尖，好刮嘴唇上的胡子。刮完之后他的脸看着清爽多了。当他经过卧室下楼时，艾莉斯已经睡着了。

手提箱很沉。他将它拎到餐馆前面，放在收银台之后——他每晚所站之处。他按着顺序扫视了周围。有几个顾客已经结账离开了，屋里没那么多人了，但气氛还是一样。聋哑人还在中间的桌子边独自喝咖啡。酒鬼依然在高谈阔论。他没有和周围哪个特定的人讲话，也没有谁听他讲话。这天晚上，他穿着蓝色工装服来了，换下了那套穿了十二天又脏又臭的亚麻西装。他没穿袜子，脚踝被抓破了，还沾了泥巴。

警觉的比夫偷听到他的只言片语。这家伙似乎又在谈论匪夷所思的政治话题。昨天晚上，他一直在谈论去过的地方——得克萨斯、俄克拉何马和卡罗来纳。他一度谈到妓院，然后是不堪入耳的荤段子，只好用啤酒堵他的嘴。不过，大多数时候，没人知道他到底在说什么。讲——讲——讲。词语就像瀑布从他喉咙里涌出来。重点是，他的口音随时改变，还有他的用词。他的言谈有时像个草包，有时则像个教授。他会用到一英尺长的生词，却搞错语法。难以判断他的家庭情况或者老家在哪里。他变化多端。陷入沉思的比夫抚弄着鼻尖。不合逻辑。然而逻辑通常跟随大脑。这个男人脑袋的确灵光，但他从一件事跳到另一件事，毫无道理。他仿佛为什么事情而开小差了。

比夫靠在收银台上，开始细阅晚报。报纸的头条新闻是市镇议会经过四个月的深思熟虑，决定本地财政预算不会支付某些危险路口的交通灯开支。左边的栏目则报道了东亚的战事。两条新闻比夫都仔细看了。他的眼睛随着铅字移动，剩余的感官却时刻在留意周围的种种喧闹。文章虽然看完了，他半睁的眼睛仍然盯着报纸。他感到不安。那家伙是个问题，清晨之前他得找到一个解决的办法。另外，他的直觉告诉他今晚有什么大事要发生。那家伙可不能没完没了。

比夫感觉到有人站在门口，他立马抬起头来看。一个约莫十二岁、瘦长的黄毛丫头站在门口张望。她穿着卡其色短裤、蓝衬衫、网球鞋——一眼看去就像个小男孩。看见她，比夫把报纸搁在一旁。当她向他走来时，他对她露出微笑。

“你好，米可。去参加女童子军了吗？”

“没，”她说，“我和她们没关系。”

借着眼角的余光，他看见那酒鬼正一拳打在桌子上，并将头扭过去，不看刚才在交谈的人。比夫与面前的小女孩说话的声音粗了起来。

“你家人知道你深更半夜跑出来吗？”

“没问题。我们街区的孩子们今晚都在外面玩得很晚。”

他从未见过她和同龄的孩子一起来这里。几年前，她老是跟着她哥哥屁股后面转。凯利家是个人丁兴旺的大家庭。后来，她会拖着婴儿车进来，里面装了几个流鼻涕的宝宝。但是，只要没拖着小的或者跟着大的，她都是一个人来。现在，这孩子站在那儿，似乎决定不了要什么。她的手不停地往后捋她微湿的、浅浅的头发。

“我要一包香烟，谢谢，最便宜那种。”

比夫想说什么，又犹豫了，然后将手伸进柜里。米可掏出一块手帕，开始解边上的结，手帕里放着钱。她猛地一抽，硬币咔嗒一声掉到地上，向布朗特滚去——那家伙正站着，嘴里念念有词。刚开始，他茫然地盯着那硬币。孩子要去捡时，他却反应过来，蹲下身捡起了它们。他费劲地走到收银台边，晃着手心里的两个一分币、一个五分币和一个十分币。

“烟现在是十七分钱？”

比夫等着，米可的视线在他们两人间游移。酒鬼在柜台上将钱币摞成一小堆，用他脏兮兮的大手围起来。他缓缓地拿起一分币，用手指将它翻了个身。

“五厘钱①给种烟草的穷鬼，还有五厘钱给卷烟的傻子，”他说，“这一分钱给你，比夫。”说完，他就眯着眼睛想要读五分币和一角币上的箴言。他不停地摸着两个镍币，拿它们画着圆圈。终于，他将硬币推到一边。“谦卑的一次致敬，向解放，向民主和独裁，向自由与劫掠。”

比夫平静地捡起硬币放入钱箱。米可似乎还想多待一会儿。她久久地打量着酒鬼，接着把目光转向餐厅的中部，哑巴还在那儿一个人独坐。过了一会儿，布朗特也时不时地朝

① 1 厘等于 0.001 美元，只用作记账货币。

同一个方向看。哑巴无声地坐在啤酒杯前，无聊地摆弄着一根燃烧过的火柴，用它的一头在桌面上画画。

杰克·布朗特先开的口。“有意思啊，我已经有三四个晚上睡觉梦见这家伙了。被他缠上了。你们发现了吗，他从不说话。”

比夫极少和一个顾客谈论另一个顾客。“是的，他不说话。”他敷衍了事。

“真奇怪。”

米可换了另一只脚来支撑她的重心，把一包烟塞入短裤口袋里。“你要是认识他的话，就没什么奇怪的，”她说，“辛格和我们住一起，他租了我们的房子。”

“这样啊？”比夫问，“天啊，我还不知道。”

米可朝门口走去，头也没回地说：“是的，他和我们住了三个月了。”

比夫把衬衣袖子放下，又仔细将它们卷上去。米可离开餐馆时，他的目光一直追着她。甚至，她已经消失几分钟了，他依然摸索着衣袖，出神地看着门外。后来，他将手臂交叉抱在胸前，目光回到酒鬼身上。

布朗特沉沉地靠在柜台上。褐色的眼睛泛着雾气，睁得大大的，眼神迷惘，身上臭得像只山羊，急需洗个澡。大汗淋漓的脖子上挂着发臭的汗珠，脸上有油渍。他的嘴唇很厚，红通通的，褐色的头发盖住了额头。工装服他穿着太短，他的手不断地扯着裤裆。

“老兄，你该懂点道理，”比夫终于说话，“你不能这个样子到处晃悠。真是让人惊讶，他们居然还没把你当流浪汉抓走。你得清醒点。洗个澡，理个发。我的神啊！你不适宜在人群里四处晃悠。”

布朗特脸色阴沉，紧咬下唇。

“你先别动怒生气，照我说的去做。去厨房，叫那个小黑人给你一大盆热水。让威利给你一条毛巾和一块肥皂。好好洗一下。然后去吃点牛奶吐司，打开你的箱子，换一件干净的衬衣和一条合身的裤子。明天，你就能够做你想做的事，去你想去的地方干活，把生活理顺了。”

“你知道你能做什么，”布朗特醉醺醺地讲，“你只能——”

“好啦，”比夫小声地说，“我不能。你就老实点吧。”

比夫走到柜台的另一头，拿着两杯生啤回来。酒鬼晃晃悠悠地拿起他那杯，啤酒洒了一点儿在手上，弄湿了柜台。比夫抿了一口杯中酒，专注地享受着。他用半睁半闭的眼睛打量着布朗特。布朗特不是疯子，尽管人们看到他的第一眼，会有这感觉。他身上，仿佛有哪里走形了——但若仔细看他的每个部位，都正常，都合理。因此，既然这种异样不是身体造成的，那大概是精神了。他像一个蹲过牢的人，或者上过哈佛，或者在南美和外国人待了很久。他就像那种人，去过别人都不太可能去过的地方，做过别人都做不了的事。

比夫的脑袋歪到一边说："你是哪里人？"

"哪儿都不是。"

"得了吧，你总得有个出生地。北卡罗来纳——田纳西——亚拉巴马——某地。"

布朗特的眼神恍惚又游离。"卡罗来纳。"他说。

"我看得出你跑了不少地方。"比夫巧妙地暗示。

但酒鬼没有在听。他的目光已离开柜台，看着外面漆黑空旷的街道发呆。过了片刻，他踉跄着走向门口。

"拜拜。"他回喊了一句。

比夫又一个人了。他迅速地扫视了一遍餐馆。已经深夜一点多，屋里只剩下四五个顾客。哑巴还一个人坐在中间。比夫漫不经心地看着他，晃了晃杯底还剩的一点儿啤酒，缓缓地一口喝完后继续读柜台上摊开的报纸。

然而，他无法专心于眼前的文字。他想起米可。那包烟卖给她是否妥当，吸烟对小孩是否有害，他思考着这些问题。米可眯眼睛、手心将头发往后捋的样子浮现在他的脑海。他想起她粗哑、男孩般的嗓音和老提起她卡其色短裤的习惯，像电影里的牛仔般神气地昂首阔步。一股温柔的情感涌向他，他感到不安。

心神不定的比夫将注意力转到辛格身上。哑巴坐着，手插在口袋里，面前那喝了一半的啤酒已变得温热浑浊。他打算在辛格离开前请他喝点威士忌。之前和艾莉斯说的话不假，他的确喜欢怪物。他对病态的人和残疾人怀有格外的善意。要是有长着兔唇的人或是肺痨鬼进来，他都会以啤酒招待。若是驼背或者跛得厉害的人光顾，则换成威士忌，免费的。有个家伙，锅炉爆炸将他的生殖器和左腿都炸飞了，只要他到镇上来，总有一品脱免费的酒等着他。辛格若是那种嗜酒的人，随时都可享受五折。比夫朝自个儿点了点头，然后将报纸整齐地折叠好，放到柜台下面，和其他报纸摆放在一起。周末，他会将它们都挪到厨房后的储藏室，在那里，他完整归档了过去二十一年的晚报，毫无遗漏。

夜里两点，布朗特又回来了。他还带了一个高个黑人，拎着黑包。酒鬼想领他到柜台来喝上一杯，可那黑人一领会到他的用意，立刻就走了。比夫认得他，记忆里他是个医生，一直在镇上行医，还和厨房里的小威利有点关系。比夫注意到他在转身离去前，向布朗特投去充满憎恶的一瞥。

酒鬼就站在那儿。

“白人喝酒的地方你不能带黑人进来，你难道不知道？”有人问他。

比夫冷眼旁观。布朗特很生气，他喝得有多醉，已经显而易见。

“我就是半个黑人。”他挑衅地叫嚷。

比夫警觉地看着他，餐馆一片寂静。从他大大的鼻孔和滚动的眼白来看，他说的，也许还真没错。

“我既是黑人也是南欧人、东欧人和中国人。我全是。”

笑声响起。

“我还是荷兰人、土耳其人、日本人和美国人。”他绕着哑巴喝咖啡的那张桌子走着“之”字。他的声音洪亮沙哑。“我是明白人。我是个异乡人，在一个陌生的地方。”

“安静点。”比夫对他说。

布朗特除了哑巴谁也不看。两人在对视。哑巴的眼睛像猫眼般冷淡温和，看起来正全神贯注地听着。酒鬼暴怒起来。

“你是镇里唯一懂我意思的人，”布朗特说，“这两天我都在脑子里和你讲话，我知道你明白我要表达的东西。”

雅座上有些人笑起来，这酒鬼不知道自己挑了个又聋又哑的人来说话。比夫的目光一闪一闪，注视着两个男人，专注地听。

布朗特挨着桌子坐下来，倾着身子靠拢辛格。“世上存在着明白和无知的人。一万个无知的人中才出现一个明白人。这是万世奇迹——芸芸众生懂得太多，却不知道这点。就像十五世纪，人人都相信地球是平的，只有哥伦布和少数人知道真相。区别在于，发现地球是圆的需要天赋。而我说的这个真相如此明显，却无人知道，真是万世奇迹啊。你懂吧。”

比夫胳膊肘撑在柜台上，满脸好奇看向布朗特。“知道什么？”他问。

“别听他的，”布朗特说，“别理那平足的、下巴发青的、多管闲事的混蛋。你看，我们这样的明白人碰到一起那可是了不得的事啊。几乎前所未有。有时候我们也遇到过，却不会想到对方是明白人。这可不妙。我遇到过好几次了。你看，我们这样的人太稀少了。”

“共济会？”比夫问。

“你闭嘴！否则把你胳膊扭下来，用它来打晕你。”布朗特咆哮道。他弓起身子接近哑巴，声音低得像喝醉后的窃窃私语。“怎么会这样？这无知的奇迹为何一直延续？有一个原因。阴谋。巨大而隐伏的阴谋。蒙昧主义。”

雅座上的人还在笑酒鬼企图和一个哑巴对话。只有比夫认真对待。他想弄清哑巴是否真听得懂那些话。那家伙频频点头，陷入沉思状。他只是迟钝一点——仅此而已。“明白”的话题外，布朗特开始加入些玩笑话插科打诨。哑巴从来不笑,但是酒鬼的笑话讲过后几秒,他笑了。继续沉闷的话题时，微笑依然久久停留在他脸上。那家伙真是不同寻常。人们在意识到他有什么异样之前已经被他所吸引。他的眼神让你觉得他听见了别人没听到的东西，知道一些别人从未想过的事。他不太像人类。

杰克·布朗特趴在桌子上，话语滔滔不绝，仿佛身体里的大坝决堤了。比夫再也听不懂了。布朗特喝成了大舌头，语速狂飙，声音都乱作一团。比夫在想艾莉斯将他撵走后，他会到哪里去？到了早晨，她就会这么做——她说过。

比夫困倦地打着哈欠，指尖轻拍着张开的嘴巴，好让下颌放松。快三点了，这是一天或者一夜里最呆滞的时刻。

哑巴很有耐心。他听布朗特说话几乎一小时了。现在，他开始时不时看一下钟。布朗特没有注意，依旧说个不停。最后，他终于停下来卷了一支烟，哑巴看着时钟点了点头，用他独特而深奥的方式笑了笑，在桌边站了起来。像往常一样双手插在口袋里，他迅速走了出去。

布朗特醉得一塌糊涂，完全不知情。他甚至没有注意到哑巴没再回应了。他的嘴巴张开，眼珠子迷迷糊糊地左右转动扫视着餐馆。额头上的青筋凸起，他开始愤怒地用拳头捶打桌子。现在，他的酒疯要不了多久了。

“过来吧，”比夫温和地说，“你朋友已经走了。”

酒鬼还在寻找辛格。他从未醉成这个样子。表情丑陋不堪。

“我有东西要给你，和你说句话。”比夫哄道。

布朗特从桌边拖出身子，迈着摇晃的大步又向街上走去。

比夫靠在墙上。进进出出，进进出出。不管怎么样，这和自己没关系。屋子空荡安静。时间如此缓慢。疲惫不堪的他垂下头来。所有的活力正缓慢地离开屋子。柜台、面孔、雅座、桌子、角落里的收音机、吊顶的风扇——一切都变得模糊而死气沉沉。

他肯定是睡着了。有只手在摇晃他的胳膊。他神志慢慢恢复，抬起头来看有什么需要。厨房里的黑人男孩威利站在他跟前，头戴帽子，身上系着白色的长围裙。威利结结巴巴，只要一说话，他就很激动。

“他这样，用拳头往墙——墙——墙砖上砸。”

“什么？”

“就在两——两——两栋房子以外的小巷里。”

比夫挺直了耷拉的肩膀，整了整领带。“什么？”

“他们要把他带到这里，马上就会来一大群人——”

“威利，”比夫耐心地说，“从头说起，让我明白这是怎么回事。”

“是那个矮个子白人，脸上有胡——胡——胡子。”

“布朗特先生，是的。”

“呃，我没看到是怎么开始的。我在后门站着，听见一阵响动。听着好像后巷里有人打架。我就跑——跑过去看了。这白人简直像头野猪。他用他的脑袋去撞墙，又用拳头打。我从没见过哪个白人像他那样骂骂咧咧和打架，就和那堵墙。看他那样子，迟早要把脑袋撞破。然后，有两个白人听见声音过来了，在那儿围观——”

“然后呢？”

“呃——你知道那个不说话的绅士——手插口袋里的——这个。”

“辛格先生。”

“他也来了，站在那里看，想知道这是怎么回事。然后，布——布——布朗特先生看见了他，开始说话和喊叫。接着就突然倒在地上了。他可能把脑袋撞开了花。一个警——警——警察过来，有人告诉他这是布朗特先生。”

比夫低着头，把刚听到的事默默地重新组织了一下。他揉着鼻子，思考了一分钟。

“他们随时会涌进来。”威利走到门口，往街上看，“他们都来了，拖着他呢。”

十几个看热闹的人和一个警察都要挤进餐馆里。外面有几个妓女，透过窗子向屋里看。每逢发生点儿不寻常的事，就引来那么多不知从哪儿冒出来的人，实在可笑。

“只是额外添乱，毫无用处。”比夫说。他朝扶着酒鬼的警察看了一眼。“其余人可以走了。”

警察将酒鬼扶到一张椅子上，把一小群观众都赶到街上。然后，他看着比夫：“有人说他待在你这里。”

“不是。但他待着也没问题的。”比夫说。

“希望我将他带走吗？”

比夫想了下。“他今晚不会再惹麻烦了。当然，这话我不负责——但我想这能让他冷静下来。”

“好的，我收工前再过来一趟。”

只剩下比夫、辛格和杰克·布朗特三人。从这酒鬼被带进来起，比夫才刚顾得上将注意力投向他。布朗特的下巴似乎伤得厉害。他沉沉跌倒在桌子上，大手掩着嘴巴，身体前后晃动。他的头上有个裂口，血顺着太阳穴流了下来。

指关节的皮擦破了，他看上去糟透了，好像刚被人揪着脖子从阴沟里拎起来，体内的所有精力都已奔涌外泄，他彻底垮掉了。哑巴隔着桌子坐在他对面，灰色的眼睛将一切看在眼里。

比夫随之发现布朗特的下巴没有真的受伤，他的手一直捂着嘴是因为他的嘴唇在颤抖。眼泪从他满是污垢的脸庞流了下来。他时不时地斜眼瞄一下比夫和辛格，为他们看着自己哭而恼怒。气氛很尴尬。比夫朝哑巴耸了一下肩，眉毛扬了起来，神情在问“怎么办”。辛格的头歪到一边。

比夫不知所措，思索着该如何处理这个局面。他还没想好，哑巴将菜单翻到背面，开始写字：

如果你想不到有什么地方可以安排他，他可以和我回家。先给他弄点儿汤和咖啡，那样比较好。

比夫松了一口气，用力地点着头。

他在桌上放了三份昨晚的特价菜、两碗汤、咖啡和甜食。但布朗特不吃。他的手不肯从嘴上挪开，仿佛那将要暴露的嘴唇是他的隐秘之处。他低泣的声音刺耳，宽大的肩膀神经质般抽搐着。辛格指着一盘食物，接着指另一盘，但布朗特始终坐在那里，捂着嘴巴，摇着头。

比夫说得很慢，好让辛格能看清。“太紧张了——”他没话找话。

汤冒着热气，扑到布朗特的脸上，过了片刻，他颤抖着拿起勺子。喝了汤，吃了点甜食。他肥厚的嘴唇依然颤抖着，他的头几乎埋到了盘子里。

比夫注意到这点。他想，几乎每个人的身体都有某个部位被特别保护着。对哑巴来说，是他的手。小女孩米可会揪着她的上衣，免得衣料摩擦那胸脯上新生的、娇嫩的乳头。对艾莉斯来说，则是她的头发。每当他抹了头油，她就不让他睡在旁边。那么他自己呢？

比夫久久地转动着小指上的戒指。无论如何，他知道哪里不是。不……再是。他的额头上有一道深深的皱纹。插在裤兜里的手紧张地向生殖器摸去。他吹起口哨曲，从桌边站起来。无论如何，在别人身上找这个部位就太可笑了。

他们扶着布朗特站起来。他两脚发软，踉踉跄跄。他不再哭了，却似乎为可耻又恼人的事而郁闷。他被领着往前走。比夫从柜台后拿出手提箱，向哑巴解释了一下。辛格似乎从不为任何事情大惊小怪。

比夫跟着他们到门口。“打起精神吧，别再惹事了。”他对布朗特说。

漆黑的夜空逐渐被照亮，透着黎明的深蓝色。天上只有几颗隐约的、银白的星星。街道空旷、寂静，几乎是清冷的。辛格左手提着箱子，另一只手搀着布朗特。他和比夫点头道别，两人就走上人行道。比夫原地站着，目送他们。他们走过半个街区后，发蓝的黑夜里，只看见两个黑色的身影——哑巴是笔直坚挺的，肩膀宽大、走路不稳的布朗特依偎着他。他们的身影彻底消失之后，比夫好一会儿没动，凝视着夜空。天空的深邃与无限让他既迷恋又沮丧。他揉了揉额头，返回灯火通明的餐馆。

他站在收银台后回想夜里发生的事，脸上的肌肉因此收缩、僵硬。他很想弄明白这是怎么回事。他回忆这个小插曲的种种细节，却没有头绪。

突然，一批客流涌入，门开开合合。夜晚已结束。威利将椅子叠放在桌子上,开始拖地。他准备下班了,嘴里唱着歌。威利是个懒鬼。在厨房里，他常常偷懒，将随身携带的口琴拿出来吹一会儿。现在，他没睡醒般拖着地，从容地哼着他孤独的黑人音乐。

餐馆里人还不算多——这个钟点正是通宵熬夜的人和刚刚苏醒的人相遇的时刻。睡眼蒙眬的女招待在递送啤酒和咖啡。没有噪音，没有交谈，每个人都那么孤单。刚苏醒的人和熬完夜的人彼此怀疑，每个人都有疏离之感。

街道对面的银行大楼在破晓时分是那么暗淡。慢慢地，它的白墙砖越来越清晰。终于，旭日的第一束光线将街道照亮，比夫最后扫了一眼餐馆就上楼了。

进门时，他把门把手晃得嘎嘎作响，好吵醒艾莉斯。“我的神啊！”他说，“昨晚够呛的！”

艾莉斯被惊醒了。她躺在皱皱巴巴的被窝里像一只坏脾气的猫，接着伸了个懒腰。房间了无生气，被新鲜火辣的晨光照耀，一双皱巴巴的丝袜疲软地挂在窗帘的绳子上。

“那个酗酒的白痴还在楼下晃着吗？”她质问。

比夫脱下衬衣，检查领子脏不脏，看还能否接着穿。“自己下去看。我说过，没有人能阻止你将他踢走。”

睡意未退的艾莉斯弯下身子，从地板上捡起一本《圣经》、菜单的空白页和主日学校的课本。《圣经》的纸页被她翻得沙沙作响，然后她在某页停住，开始费力而专注地大声阅读。今天是周日，她在备课，为教堂少儿班的孩子们准备的周课。“耶稣在加利利海边行走，看见弟兄二人，就是那称呼彼得的西门和他兄弟安德烈，在海里撒网：他们本是打鱼的。耶稣对他们说：‘来跟从我，我要叫你们得人如得鱼一样。’他们立刻舍了船，别了父亲，跟从了耶稣。”[①]

比夫走进浴室洗澡。艾莉斯仍在使劲地读，声音延绵低沉如丝。他听着。“……而早晨，天未亮的时候，耶稣起来，到旷野地方去，在那里祷告。西门和同伴追了他去，遇见了就对他说：‘众人都找你。’”

她读完了。经文在比夫心里轻柔地又回旋了一遍。他试图将具体的词语从艾莉斯刚才念经的声音剥离出来。他想找回小时候母亲给他念这段经文的记忆。带着怀旧的情绪，他低头去看小指上的婚戒，它曾属于母亲。他想知道，母亲要知道他放弃了教派与信仰会有何感受。

“今天的课是关于门徒的聚集，”艾莉斯在自言自语地备课，“课文是《众人都找你》。”

比夫突然从沉思中惊觉，他将水龙头开到最大。他脱掉内衣，开始洗澡。他的上身总是洗得格外仔细。每天早晨，他都要用香皂涂遍他的胸脯、手臂、脖子和脚——这个季节里，他只有两天会躺到浴缸里，将全身洗个遍。

比夫站在床边，不耐烦地等艾莉斯起床。从窗户望出去，他知道今日无风，将酷热如火。艾莉斯已读完，明知他在等着，依然慵懒地横躺在床上。一股平静而阴沉的怒气升起，他嗤

① 经文翻译皆引自《圣经和合本》简体版。

笑一声，然后苦闷地说:“要不，我坐下来读会儿报纸？不过，我希望你能让我睡觉。”

艾莉斯开始穿衣服，比夫铺床。他熟练地将被单翻过来，本来在上面的被单换到下面，朝外的那面转成朝里。把床麻利地铺好后，他一直等到艾莉斯出去了才脱掉裤子爬进被窝。他的脚从被窝下伸了出来，毛茸茸的胸膛被枕头衬托得更加乌黑。他庆幸没把酒鬼的事情告诉艾莉斯，他原想和谁说一说此事，将所有的事实大声复述一遍，疑惑之处也许就水落石出。那瘪三整天讲个不停，却没人知道他在讲什么。十有八九，他自己也不懂。还有，他唯独挑选了那个聋哑人，绕着他打转，想将内心的一切都呈献给他。

为什么？

因为有些人有种本能，要在某个时刻抛弃那尚未发酵和腐烂的自我——统统甩给某个人或某种理念。必须如此。对某些人而言这是与生俱来的——经文说的“众人都找你”。也许这就是——也许——他是一个中国人的原因，那家伙自己说的。还是一个黑人、南欧人和犹太人。而且，如果他深信不疑，也许就是这样。他是他讲过的每个人、每件事——

比夫向外伸着两条胳膊，裸露的脚交叠。晨光将他的脸照得苍老，收缩的眼皮闭上，铅铁般沉重的胡子长在脸颊和下巴处。渐渐地，他嘴角变软，松弛。金黄色的、刺眼的阳光从窗户射进来，房间又热又明亮。比夫困倦地转过身，以手挡着眼睛。他不过是个小人物——巴塞洛缪——有俩拳头和心直口快的老比夫——布瑞农先生——他的自称。

3

虽然昨夜在外面逗留到很晚，阳光还是让米可老早就醒来了。天如此热，早餐连咖啡都喝不下，她喝了杯放了糖浆的冰水，吃了冷饼干。她在厨房瞎混了一会儿，然后走到前廊读漫画。她想，辛格先生也许在前廊读报纸，大多数周日的早上他都如此。可是，辛格先生不在那儿。又过了一会儿，她老爹说辛格先生昨夜很晚归来，还带了同伴回房。她等辛格先生等了很久。别的房客都下来了，唯独不见他。最后，她又回到厨房，将拉尔夫从高凳上抱下来，帮他换上干净的衣服，擦了擦脸。等到巴伯尔从主日学校放学回家，她就要带孩子们出去。巴伯尔没穿鞋，高温的人行道烫到他了，于是，她让巴伯尔和拉尔夫一起坐在婴儿车里。她拖着婴儿车，走了八条街，最终来到一栋很大的新房子，房子正在施工。梯子竖立，撑在屋顶边缘，她鼓足勇气，开始往上爬。

“你看好拉尔夫，”她回头向巴伯尔喊道，“别让蚊子叮到他眼皮上。”

五分钟后，米可站在了屋顶，腰伸得老直。她张开双臂，像一对翅膀。这是所有人都想站的地方。制高点。但没几个孩子能做到。他们大多都害怕，万一没站稳，掉了下来，那可是要命的事。周围都是屋顶和树梢。小镇的另一边是教堂的尖顶和工厂的烟囱。天空明亮，蔚蓝，热情如火。太阳使得地上的一切变成炫目的白，或者，炫目的黑。

她想唱歌。她熟悉的歌都涌到了喉咙口，却没有声音出来。上周，一个大男孩爬到了屋顶最高处，高吼了一声后，大声地念他在中学里学到的一篇演说——“朋友们，罗马人，我的同胞们，请听我说！”人站在高处，自有一种狂野的冲动，想尖叫、唱歌或者张开双臂飞翔。

她感到脚下的网球鞋底在滑，便慢慢低下身子，骑坐在屋顶。房子快建好了，将会是这片区最大的一栋房子——两层楼，极高的天花板，有她所见过最陡的屋顶。可是，很快就要建成了。木匠们要走了，孩子们得另找一个地方玩耍。

她独自待着。身边没有别人，周围很安静，她可以想点事情。她从短裤口袋里掏出昨晚买的烟，缓缓地吸着。烟给她微醺的感觉，脑袋变沉了，挺不起来，可她得将它吸完。

M.K.——到了十七岁，她就会很有名，要把这两个字母写在所有东西上。她要开一辆红白色的帕卡德轿车回家，车门上有她名字的缩写。她将在手帕和内衣上都纹上红色的M.K.。也许，她会成为一个伟大的发明家。她要发明一种绿豆大小的收音机，可以将它塞进耳朵到处去。还有飞行器，人们可以像背包一样将它固定在背后，满世界地呼啸飞驰。然后，她还要成为打通直达中国巨型隧道的第一人，人们可以乘坐大气球下去。这就是她要发明的第一批东西。它们早已经被计划好了。

烟抽到一半，米可就掐熄了，手指一弹，烟屁股沿着屋顶斜坡落下。她的身子向前倾伏，头枕在胳膊上，开始哼起歌来。

有件奇妙的事——几乎每时每刻，都有一首钢琴曲或别的曲子在她脑袋里弹奏。不管她在做什么，或者想什么，它总是挥之不去。她家的一个房客布朗小姐房间里有一台收音机。去年冬天，每个周日的下午，她都会坐在台阶上听广播。她印象最深的那些，也许是古典音乐。有一个家伙，每次听到他的音乐，她的心都一阵紧缩。他的音乐，有时候像五颜六色的水晶糖，有时候却是她所能想象到的最悲伤、最温柔的事物。

哭声突然响起。米可坐直了听。风将覆额的刘海吹乱，耀眼的光线将她的脸晒得苍白而湿润。哭泣声还在继续。米可的双手和膝盖沿着尖尖的屋顶挪动。挪到了尽头，身子向前趴下，脑袋伸到了屋顶外，这样她就能看见地面了。

孩子们待在原地。地上不知有什么东西让巴伯尔蹲着看，旁边是小小的、侏儒般的黑影。拉尔夫还拴在婴儿车里。他刚学会坐，帽子歪戴在脑袋上，手抓着婴儿车的两侧，正在哭。

“巴伯尔！”米可朝下喊，“看看拉尔夫要什么，拿给他。”

巴伯尔站了起来，细看了一下宝宝的脸。“他什么都不要。”

“好吧，那你给他好好摇一摇。”

米可爬回到她之前坐的地方。她想要认真思索一下两三个人，唱唱歌，做一些计划。但是拉尔夫还在号啕大哭，她的耳根不得清净。

她开始大胆地往下爬，要爬到屋顶边的梯子那儿。斜坡很陡，上面钉了几块木头，每块之间相隔很远，是给工人落脚站稳用的。她开始头晕，心跳得猛烈，身体颤抖。她大声地指挥自己：“紧紧抓着这里再滑下去，直到右脚踩稳了，贴紧，把重心挪到左脚。镇定，米可，你得保持镇定。”

攀爬运动中最难的就是朝下爬。她费了老大功夫才爬到梯子那儿，心里踏实了。当她终于站在地面上时，她看上去变矮了，有一会儿，双腿好像要随着她一起垮掉。她扯了一下短裤，将皮带往里勒紧一扣。拉尔夫还在哭，但她不理会，径直走入空荡荡的大房子。

上个月，他们在门口放了个标志，不许小孩乱闯。有一天晚上，一群小孩在屋里耍闹。有个夜盲的小女孩跑到一间还没装地板的房间，掉了下去，摔断了腿。现在，人正躺在医院，腿上打着石膏。还有一次，几个顽劣的男孩在一面墙上撒满尿，还写了一些淫秽之语。但是，不管竖了多少“不得入内”的牌子，都阻止不了孩子们，除非房子粉刷好，人搬进去。

房间里有一股新鲜木材的气息，走路时，她的网球鞋底发出咚咚的声音，整栋屋子都有回响。空气又热又安静。她在前厅中间站了一会儿，突然想起一件事。她摸了摸口袋，从里面掏出两支粉笔——一支绿色，另一支红色。

米可慢慢地涂画着大写字母。在上面,她写了“爱迪生”，下面则写了“迪克·特雷西”和“墨索里尼”的名字。然后，在每个角落，用最大号的字体写下她名字的缩写——M.K.，先用绿粉笔写好，再用红粉笔描边。搞完这个，她走到对面的墙壁，写了一个下流的词——脓包，在它下方又加了自己名字的缩写。

她站在空荡荡的房间中央，看着自己的杰作。粉笔还握在手里，她感到意犹未尽。她在回忆某个家伙的名字，去年冬天，她从收音机里听到此人写的音乐。她曾问过学校里的一个女孩，那女孩有一架钢琴，上过专门介绍那人的音乐课。女孩去问她的老师了。那家伙似乎只是个孩子，很久以前住在欧洲的某个国家。虽然只是个少年，他却给钢琴、小提琴、乐队甚至管弦乐团写出无数的美丽乐章。记忆中，她听过的作品里，她能记住他六首不同的旋律。有些作品，节奏很快，铃铛般清亮，而另外一些像春雨后的气息。但是，它们全都或多或少地使她感到忧伤又兴奋。

她哼起其中一段旋律。没多久，闷热而空寂的屋里独自待着的她，感觉到了眼中泪水。她的喉咙干涩发紧，不能再唱下去。她麻利地在名单阵容的最上面写下那家伙的名字——莫扎特。

拉尔夫和之前一样，仍被拴在婴儿车里。他安静地坐着，胖乎乎的小手抓着婴儿车的两边。拉尔夫看起来就像个中国小男孩，有齐整的黑色刘海和黑眼睛。阳光照着他的脸，这是他哭闹的原因。巴伯尔不见踪影。看见她过来，拉尔夫又哭了起来。她将婴儿车拖到房屋旁的树阴里，从上衣口袋里拿出一颗蓝色的啫喱糖。她将啫喱糖塞入婴儿温暖柔软的嘴里。

“好好琢磨去吧。”她对他说。这其实有点浪费，拉尔夫还太小，并不能尝出糖果真实的味道。对他来说，一块干净的石头味道也一样，只是这小笨蛋会将它吞下去。他不明白味道就像他不明白人话。你要是对他说你感到烦了，不想再拖着他到处去，想把他扔到河里去之类的话，他的反应就和听见你说爱他是一样的。一切对他都没有区别。所以，将他带在身边实在乏味无聊。

米可双手拢起，夹得紧紧的，从拇指的缝隙处吹气。她的腮帮子鼓了起来，起初只有气流穿过拳头的声音。然后，一声高亢尖利的口哨声响起，很快，巴伯尔从房子的一角走了出来。

她帮巴伯尔把头发里的木屑扒了出来，整理了拉尔夫戴的帽子。这帽子是拉尔夫最好的宝贝了，有蕾丝边，绣满花纹。绑在他下巴底下的丝带，一边是蓝色，另一边是白色，耳朵处饰有夸张的玫瑰花。他的脑袋太大了，帽子显小，刺绣的花纹已破旧，但她每次都给他戴上这顶帽子再带他出门。拉尔夫没有大多数婴孩有的那种正经的婴儿车，也没有夏天穿的毛线鞋。她只能用这辆寒酸的手推车拉着他去周围转，车是她在三年前的圣诞节弄来的。不过，一顶好的帽子给他长脸了。

周日将近中午时分，天极热，街上一个人都没有。婴儿车嘎嘎作响，发出刺耳的声音。巴伯尔打着赤脚，发烫的人行道烤着他双脚。绿橡树在地面投下了清凉的黑影，但那并不足以遮阴。

“坐到推车里，”她对巴伯尔说，“让拉尔夫坐到你腿上。”

“我可以走，没事。”

漫长的夏季经常带给巴伯尔腹绞痛。他上身赤裸，肋骨都突了出来，很白。阳光没将他晒黑，反而是更苍白了，胸前的小乳头就像蓝色的葡萄干。

“没关系的，让我推你，”米可说，“上来吧。”

“好吧。”

米可慢悠悠地拖着车走，丝毫不着急回家。她开始和俩孩子聊天。但与其说和他们聊天，不如说她在自言自语。

“这是件趣事——我最近做的梦。仿佛在游泳。却不在水里，我撑开胳膊，奋力游过的是无比庞大的人群。那群人比周六下午克瑞瑟斯商店的人还要多上一百倍。世界上最巨大的人群。有时，我从他们中间游过，叫喊，凡我游过的地方，人都纷纷倒下——其他时候，我在地上，人们在我身上乱踩，我的内脏都流到了人行道上。我想，这不是个简单的梦，这是噩梦——”

在周日，家里到处都是人，房客和他们的访客都有。报纸被翻得沙沙响，空气里飘着雪茄的烟味，台阶上永远都有脚步声。

“有的事情你就是想自己知道就好。并不说它们是坏事，你只想把它们当作秘密。我有两件或者三件事，即使是对你们我也不会说的。”

到了街角，巴伯尔下车帮她把婴儿车抬下马路牙子，到了下一段人行道又帮她抬上去。

“有一样东西，我愿意为它付出一切。那就是钢琴。我要是有一架钢琴，我会每天晚上都练习，要将世上一切曲子都学会。这就是我最想要的东西。”

现在，他们走到他们住的那片街区了。只要再过去几户，就到他们家了。他们家是整个小镇北区最大的房子之一——三层楼高。然而，屋里住了十四个人。真正的凯利家族没有那么多人——但是，每人五美元包食宿，也不妨将他们都算入。辛格先生没有算进去，他仅仅是租个房间，自己把它收拾得井井有条。

房子很窄，多年未粉刷。它看起来建得不够坚固，三层楼太高了。一边有塌陷。

米可解开拉尔夫，将他从车里抱出来。她飞快地穿过门厅，从余光看见，客厅那边全是房客。她老爹也在那儿。她妈妈应该在厨房。所有人都聚在那儿等开饭。

她走进他们自住的三间房里的头一间，将拉尔夫放到父母睡的床上，拿了一串珠子给他玩。隔壁关着门的房间里传来了声音，她决定进去看看。

黑兹尔和埃特看见她就不说话了。埃特坐在窗边的椅子上，正往脚指甲上涂红色指甲油。她的头发都被钢卷卷了起来，下巴处冒出一颗痘痘，上面抹了点白色的面霜。黑兹尔像往常一样，懒散地倒在床上。

“你们滔滔不绝地说什么呢？”

“关你屁事，”埃特说，“闭上你的嘴，离我们远点。”

“这房间既属于你们，也属于我。和你们一样，我有权待在这里。”米可神气活现地在房间里来回走，把房间都走了个遍。“不过，我没兴趣挑起战争，我只要属于我个人的权利。”

米可的手心往后捋了捋她蓬松的刘海。她老做这个动作，久而久之，额头前冒出一绺鬈发。她鼓动鼻翼，对着镜子做鬼脸。接着，又开始在房间里来回踱步。

作为姐姐，黑兹尔和埃特还凑合。但埃特简直疯掉了，脑子里只有电影明星和拍电影。有次，她写信给珍妮特·麦克唐纳，收到一封打字机打出来的回信，信里说埃特若去好莱坞，可以过来，到她家的游泳池游泳。从此，“游泳池”的念头就蚕食着埃特的大脑。一天到晚都想着，只要把车资攒出来，她就要去好莱坞，找份女秘书的工作，和珍妮特·麦克唐纳成为好友，再拍个电影之类的。

她打扮起来没完没了，那还不是最糟的。埃特没有黑兹尔长得美貌。关键是她没有下巴。她常拉伸下颚，做很多下巴运动，那是她从一本电影手册上看来的。她经常在镜里看自己的侧面，调整嘴巴的姿态。但是，这都白费劲。有时，埃特会捂着脸，在深夜里哭泣。

黑兹尔则明摆着很懒。她长得好看，脑子却不灵光。她今年十八岁，除开比尔，她就是家里最大的孩子。问题也许就在此。无论家里有什么，她的那份总是最先和最大的——新衣服她先试，吃大餐时她的那份量最多。黑兹尔永远不需要去抢，她性格温柔。

“你要在房间里走一天吗？看你穿男孩们冒着傻气的衣服，我就难受。应该有人好好治治你，米可·凯利，让你规矩点。”埃特说。

“闭嘴！”米可说，“我穿短裤，因为我不想穿你的旧衣服。我既不想成为你们那样的人，也不想看上去和你们一样。决不。所以我穿短裤。我更想做个男孩子，真希望能搬去和比尔一个房间。”

米可在床下摸索，拖出一个很大的帽盒。她抱着它走到门口时，两个姐姐在后面喊道：“总算摆脱了！”

比尔的房间是家里最好的。像一个小窝——他一个人独享——要不是巴伯尔。墙壁上钉着比尔从杂志剪下来的照片，几乎都是美女的头像。另一头，有米可去年上免费艺术班时画的几张画。房间里只有一张床和一张书桌。

比尔身子前倾坐在书桌前，正读着《大众机械》。她走到他身后，胳膊搭在他肩膀上。“嗨，你这个老王八蛋。”

他没有像往常一样和她扭打成一团。“嗨！”他说。微微晃了一下肩。

“我在这里待一会儿，不会影响你吧？”

“当然——你想待就待，没关系。”

米可在地板上跪下来，解开大盒子上的绳子。她手抓着盒盖边，犹豫着。不知何故，她下不了决心打开它。

“我一直在想，我在这盒子里都做了什么，”她说，“它可能行，也可能不行。”

比尔还在读。她继续跪在盒子前，没打开它。她的目光移向比尔，他背对她坐着。他看书时，一只大脚一直踩在另一只上。他的鞋子磨破了。有一次，他们老爹讲，比尔的午餐都吃到脚那里去了，早餐则去了一只耳朵那儿，晚餐去了另一只耳朵。这说法颇为刻薄，比尔为此耿耿于怀了一个月，但这很好笑。他长了一对红润的招风耳，虽然中学刚念完，却穿十三码的鞋。站立时，他的一只脚常去擦另一只的后跟，企图掩藏他的大脚，可是欲盖弥彰。

米可把盒子打开几英寸的缝隙，又马上合起来。她太过激动，不敢去看。她站了起来，在房间里来回走，好让自己冷静一点。过了几分钟，她停在了自己的画前面，那是去年冬天她在上政府给孩子们办的免费艺术班时画的。画的是大海上的风暴和一只被风暴拍击的海鸥。画的名字叫《后背破碎的海鸥在风暴中》。老师在最初两三节课描述了海洋，几乎所有人都这样去认识大海。毕竟，班上大多数孩子和她一样，都没有亲眼见过大海。

这就是她的第一幅画，比尔将它钉在了墙上。她后来的那些画里都充满了人。一开始，她又画了几幅海洋风暴——有一幅画了一架失事的飞机，人们纷纷跳下去求生。另一幅画了横穿大西洋的轮船在下沉，所有人在推搡，想挤进一个小小的救生艇里。

米可走进比尔的储藏室，拿出其他几张她上课时画的画——一些素描、水彩和一幅油画。上面都是人。她想象了在布劳得大街上发生一场大火的情景并画了出来。火焰是耀眼的绿色和橘黄色，建筑物大概烧得只剩下布瑞农先生的餐厅和第一国家银行。街上躺着很多死人，没死的则在逃跑。有一个男人穿着睡衣,有一个女士还想拎着一串香蕉跑。另一幅画叫《工厂的锅炉爆炸》，人们跳窗出来，狂奔，一群穿工装服的小孩挤在一起站着，拿着特意带给他们爸爸的午餐饭盒。那幅油画，画的是布劳得大街上全镇人都卷入的一场暴乱。她不知道自己为何画这个，也想不出合适的名字。从画中看不到任何大火、风暴或能解释这场混战的理由。但这幅画上的人比任何一幅画都多，动态效果也比任何一幅画都来得好。这幅是最好的，想不出合适的名字实在是太糟糕了。她感觉这个名字潜伏在她的意识深处。

米可将画放回储藏室的架子上。没有一幅是真正好的。人都没有手指，有些胳膊画得比腿长。但艺术课很有趣。而她不过是画无缘无故出现在她头脑中的念头——在她心里，绘画和音乐给她的感受大为不同。没有什么比音乐更好了。

米可跪在地上，飞快地拿起帽盒的盒盖。盒子里是一个破裂的尤克里里，配了两根小提琴弦，一根吉他弦，还有一根班卓琴弦。四弦琴背后的裂缝用胶水修补过，中间的圆洞被一块木片盖住。琴马在琴的底部支撑起琴弦，两边各有几个音孔。米可在给自己做一把小提琴。她把小提琴放在膝盖上，有一种从未仔细看过它的感觉。之前，她曾用雪茄盒和橡皮筋给巴伯尔做过一个小小的玩具曼陀铃，这使她产生了这个念头。从此，她到处搜罗配件，每天进展一点点。除了用她的头，该做的事她都做了。

“比尔，这不像我见过的真正的小提琴。”

他还在看书——“嗯——？”

“它看起来怪怪的，它看着——”

今天，她本来打算拧一下琴轴来给小提琴调音。可是，当她突然意识到究竟做了个什么玩意儿后，她再也不想看它一眼。她慢慢一根接一根地将琴弦都扯了下来。它们全都发出同样空洞细微的砰砰声。

“我怎样才能弄到一把琴弓呢？你确定它得用马尾巴来做吗？”

“是的。”比尔不耐烦地说。

“细的金属线或者人的头发装在柔软的棍子上不行吗？”

比尔用一只脚蹭蹭另一只，没有回应。

她生气了，额头上冒出汗珠。她的声音沙哑。“它连个破小提琴都不算。是介于曼陀铃和尤克里里之间的混杂玩意儿。我讨厌那俩，我讨厌它们——”

比尔转过身来。

“这东西一塌糊涂，行不通。毫无用处。”

“安静点，”比尔说，“你还要瞎捣鼓那又旧又破的尤克里里吗？我早就应该告诉你，做小提琴这样的念头简直是疯掉了。那不是你坐下来就能做的事情——你得去买一把。我以为这是人人都懂的道理呢。不过，你自己动手搞明白这点也没啥坏处。”

有时，她觉得比尔是世上最可恶的人。他和过去完全不一样。她想将小提琴摔到地上再踩上几脚，不过，最终只是粗暴地把它放回盒子里。眼里的泪水滚烫。她踢了盒子一脚，看都没看比尔一眼就跑出去了。

她躲躲闪闪地穿过门厅去后院时，碰见了妈妈。

“你怎么了？你在这儿做什么呢？”

米可急着抽身，却被妈妈抓住了胳膊。她绷着脸，用手背擦去脸上的泪水。妈妈一直在厨房里，身上还系着围裙，脚上穿着拖鞋。就像平时一样，她看起来要操心许多事，没工夫细问。

“杰克逊先生带他两个妹妹来吃午饭，椅子不够了，你今天就和巴伯尔在厨房吃吧。”

“我巴不得呢。”米可说。

妈妈放她走了，转身去解围裙。从餐厅里传来开饭的铃响和一阵欢快的喧哗。她听见爸爸讲臀部给摔骨折了才续买意外险，结果，造成了好大的损失。这是她爸爸耿耿于怀的事——本来能挣到钱，却错过了。盘碟的声音叮当作响，过了一会儿，交谈声停止了。

米可靠着楼梯的栏杆。伴随着打嗝，她突然哭了起来。回想起上个月，她自己都不敢相信小提琴真能做成。但是，在内心深处，她一直假装相信。即使现在，她也难以做到一点儿不信。她累坏了。比尔如今什么事都不帮忙。过去，她觉得他是世界上最棒的人。她总是跟在他屁股后到处去——去森林里钓鱼，去他和小伙伴一块儿玩的俱乐部，在布瑞农先生的餐厅后面玩老虎机——无论哪里。也许，他并不是有意让她如此沮丧。不管怎么样，他们不可能再是好哥们儿了。

厅里传来一股烟味和礼拜日午餐的味道。米可深深吸了口气，走回厨房里。午饭闻起来很香，她也饿了。她听见波西娅和巴伯尔聊天的声音，仿佛还一边在哼唱什么或给他讲故事。

“这就是我比大多数黑人女孩幸运得多的原因。”波西娅一边开门一边说。

“什么原因？”米可问。

波西娅和巴伯尔正坐在餐椅前吃饭。波西娅的绿裙子在深褐色的皮肤衬托下显得清爽。她戴了绿色的耳环，头发梳得服帖齐整。

“你老是听到什么风吹草动就扑过来要打听一切。”波西娅说。她起身，站到热气腾腾的炉前，给米可的碟子里盛了点吃的。“我只是和巴伯尔讲我外公在老萨迪斯路上的家。我告诉他我外公和我那些舅舅是怎么拥有那块地方的。十五英亩半。有四英亩永远种棉花，有的年头为了土壤肥沃换种豌豆，山头上的一亩地专门种桃子。他们有一头骡子，一只母的种猪，地上总有二十到二十五只母鸡和小鸡。他们有一块菜地和两棵山核桃树，数不清的无花果、洋李和莓果。我可没说假话。没几个白人农场有我外公的农场经营得好。”

米可胳膊放下来，埋头吃饭。波西娅谈论得最起劲的，除了丈夫和兄弟外，就是农场。听她说这个，你会觉得那块黑人农场简直就是白宫。

“家里最初只有一间小小的房子。几年以后，全部都建起来了，我的外公、他的四个儿子、儿媳妇和儿孙，还有我哥哥汉密尔顿都有地方住了。客厅里有一架真的风琴和留声机。墙上挂着我外公穿着社团服装的大照片。他们把水果和蔬菜都做成罐头装起来，因此，不管冬天有多冷，下多少雨，他们总有充足的食物。”

“那你怎么不和他们一起生活呢？”米可问。

波西娅停下削土豆的活，她修长褐色的手指随着她说出的每个词而敲打着桌面。“都是这样的，懂吗？——每个人都为自己的家建房子。这些年他们都很辛苦。当然，现在大家日子都不好过。但是你明白——我小时候和外公住一起的，尽管我后来什么活也没干。不过，任何时候，只要我、威利和海伯尔有麻烦，我们随时能回去。”

“你父亲没造一栋屋子吗？”

“谁的父亲？你说我的父亲？”波西娅停止咀嚼。

“当然。”米可说。

“你知道得很清楚，我父亲是这个镇的黑人医生。”

米可曾听波西娅说过，但以为她在编故事。一个黑人怎么可能当医生呢？

“是这样的，我妈妈嫁给我父亲之前，什么都不懂，但她很善良。我外公就是好好先生。而我父亲和他的区别就像白天和黑夜。”

“很坏？”米可问。

“不，他不坏，”波西娅斟酌地说，“只是有个问题。我父亲不像别的黑人。这很难解释。我父亲永远在学习。长久以来，他对一个家应该怎么样有许多想法。事无巨细，家里的一切事情他都要管，晚上还要教我们这些孩子念书。”

“听起来不错。”米可说。

“听着吧，你们知道大多数时候他是很安静的。但有的夜晚他会突然像痉挛发作，变得无比暴躁。所有了解我父亲的人都说他是个十足的疯子。他干过狂野疯癫的事，我妈妈因此和他分手了。我十岁的时候。我妈妈带着我们到外公的农场，我们在那里长大。我父亲一直想让我们回去。但是，我们甚至在妈妈死了以后都没有回去过。现在，我父亲完全独自生活。”

米可走到炉子边，再次往碟子里装食物。波西娅的声音如歌般高低起伏，她现在是怎么也停不下来了。

“我和父亲见得不多——也许每周一次——但我常想着他。格外地为他难过。我想他读过的书，应该比镇上的白人都要多。满屋子的书，满腹的牢骚。他的心里没有上帝，也不要宗教。他的麻烦都根源于此。”

波西娅变得激动。每当她谈到上帝——或者她的兄弟威利，或者她的丈夫海伯尔——她就会激动起来。

“欸，我可不是在卖力吆喝。我是长老会的教徒，我们不搞地上滚来滚去、巧舌如簧的那套。我们不会每周举行仪式，一道儿自艾自怜。在我们的教堂，就是唱圣歌，牧师讲道。说真的，米可，我可不认为，听点圣歌和讲道有什么害处。你该带上你的小弟弟去主日学校，你呢，也不小了，可以坐在教堂里了。看你最近狂妄自大的样子，我觉得你的一只脚已经踏入地狱里了。”

“神经病。”米可说。

“海伯尔和我结婚前，可是个神神叨叨的家伙。他每个周日都要去拜神灵，大喊大叫，洗涤自己的罪孽之类的。我们结婚后，我让他加入我的教会，虽然他有时很难保持安静，但我想他表现得够好了。”

“我不信上帝，就像我不信圣诞老人。”米可说。

“等等！所以我有时觉得你比谁都像我父亲。”

“我？你说我长得像他？”

“我的意思不是脸或者外表长得像。我在说你的灵魂。它的形状和颜色。”

巴伯尔坐着，看看这个，又看看那个。餐巾系在脖子上，他的手里还握着一只空勺子。“上帝都吃什么？”他问。

米可从桌边站起来，站在门口，准备撤了。有时，捉弄波西娅真好玩。她总是旧调重弹，同样的话翻来覆去地说——似乎就知道这些。

“像你和我父亲那样从不上教堂的人，永远都得不到安宁。而我呢——我有信仰，我的内心宁静。巴伯尔，他也有他的宁静。我的海伯尔和威利也一样。还有辛格先生，只要看见他，就知道他也宁静。我第一次看见他就感受到了。”

“随便你吧，”米可说，“你比你的什么父亲都要疯狂。”

“你却从未爱过上帝，更别提爱过人了。你就像牛皮一样又硬又糙。反正我了解你。这个下午，你到处晃，没一刻称心满意。你四处转悠，好像必须找到什么丢失的东西，兴奋地将自己弄得大汗淋漓。你的心跳非得强劲得足以弄死自己，因为你不爱，你没有宁静。然后有一天，你会破戒，崩溃。到那时，没什么能救你。”

“什么呢，波西娅？”巴伯尔问，“上帝究竟吃什么？”

米可一笑置之，跺着脚走出厨房。

那天下午，她的确不安分地在房子周围瞎晃。都这样好几天了。首先，只要想到小提琴，她心里就搅动不宁。她永远都做不出一把真正的小提琴——毕竟为此计划了几周，想到这个她就觉得糟透了。之前,她怎么会如此确信能做好呢?太蠢了。也许，对一样东西的执念会让人们轻信任何的机会。

米可不想回到满屋子是人的房间里。她也不想和任何房客说话。除了街上，没地方可去了——外面的阳光炽热如火。她在门厅里无聊地来回踱步，手心老往后捋她蓬松的头发。“见鬼，”她大声地埋怨，“钢琴以外，我最想要个地方可以自己一个人待着。”

波西娅有点黑人的疯狂，但不过分。她不像别的黑人女子，从没有偷偷摸摸地对巴伯尔和拉尔夫使坏。但波西娅说她谁也不爱。米可停止走动，僵立着，拳头在头顶上摩擦。波西娅要真知道了会怎么想？她会想什么呢？

她向来保守自己的秘密。这是肯定的事。

米可慢慢上楼去。她经过一楼，然后上二楼。为了通风，有些房门打开了，屋里闹哄哄的。米可爬到最后一段楼梯停住了，坐下来。布朗小姐若这时打开收音机，她就能听到音乐了。或许会有好节目。

她的头伏在双膝间，给她的网球鞋系鞋带。假如波西娅知道这里从来是一个接一个的人，她会说什么？每次，她都觉得身体某处要爆裂成一百块碎片。

但她从来不与人说，也就没人知道。

米可在楼梯上坐了很久。布朗小姐没有打开收音机，能听到的只有人们的喧哗。她思索了很久，拳头一直在捶打大腿。她的脸仿佛裂成碎片，无法组合。这种感觉比饥饿糟糕多了，却很相似。我要——我要——我要——她满脑子就是这个——但究竟要什么，她却不知道。

大约一个小时后，她听见楼上传来拧门把手的声音。米可迅速地抬头，是辛格先生。他在走道里站了几分钟，面容忧伤而平静。随后，他走进了浴室。他的同伴没有出来。从她坐的地方，能看见房间的一角，同伴正在床上睡着，身上盖着被子。她等待辛格先生从浴室出来。她的双颊烫热，她用手摸了一下。也许，她有时到楼顶来就是为了能看看辛格先生，听听楼下布朗小姐的收音机。她好奇辛格先生的脑子里听的是什么音乐，既然他的耳朵听不到？无人知道。如果他能说话，他又会讲些什么？一样无人知道。

米可等着，过了一会儿，他又出现在走道里。她希望他望过来，向她微笑。当他走到门口时，的确朝下看了一眼，点了点头。米可咧嘴笑了，轻晃着。他走进房间关上了门。也许他想邀请她进去。米可突然想进去他的房间。哪天他屋里没同伴了，她会进去看看辛格先生的。她真会这么做。

炎热的下午过得很慢，米可仍然一个人在楼梯上坐着。

她的脑子里又出现了那首莫扎特的曲子。真好玩，是辛格先生让她想起他的音乐。她盼望有个地方能够让自己大声地哼唱。有的曲子太私人了，没法在挤满人的屋子里唱。热闹的屋子，一个人却如此寂寞，这也有意思。米可试图想出一个隐秘的好地方，能去那儿独自待着好研究这曲子。尽管想了很久，她却一开始就知道并不存在什么好地方。

4

接近傍晚时，杰克·布朗特醒过来了，感觉睡足了。他身处的房间小而整洁，有一个衣柜、一张桌子、一张床和几把椅子。衣柜上的电风扇慢悠悠地摇着头，风吹过杰克的脸时，他想到冷水。靠窗处，有个男人坐在桌子前，盯着面前摆开的一局棋。阳光下，杰克觉得房间很陌生，却一下就认出那男人的脸，仿佛已认识他很久了。

杰克脑中的记忆多而凌乱。他一动不动地躺着，眼睛睁得大大，手心朝上。白色被单衬得他的双手巨大、肤色黝黑。他把手举到眼前，发现手破了，满是瘀痕——血管肿起来，仿佛他曾长久地紧握一样东西。他的脸疲惫又邋遢。他褐色的头发垂在额头，胡须也乱了。连那形如翅膀的眉毛也变得凌乱粗野。他躺在那儿，嘴唇动了一两下，胡子也神经质地抽搐起来。

过了片刻，他坐了起来，用他的大拳头往脑袋上捶了一下，好让自己清醒过来。他一动，那个下棋的男人迅速地抬起头来，冲他微笑。

“上帝，我好渴，”杰克说，“好像整个俄国军队正用裹袜子的脚从我嘴里走过。”

那个男人看着他，保持微笑，却突然弯下腰来，从桌子的另一头取出一只结霜的冰水罐和一个杯子。杰克喘着粗气，大口大口地喝水——半裸着身子站在房间的中央，他的头向后仰，一只拳头握得紧紧的。他一下喝了四杯水，才深吸了口气，放松下来。

某些回忆马上涌现出来。他不记得和这个男人回家，但随后的事情却很清晰。他醒过来时，泡在冷水浴缸里，之后他们喝咖啡，聊天。他倾诉了许多心事，这个男人则在聆听。他讲到嗓子都沙哑了，但讲过的话，还没这个男人脸上的表情让他记得牢。清晨时，他们才去睡觉，窗帘拉了下来好挡住光线。开始时，他不断被噩梦惊醒，不得不开灯让脑子清醒。灯光让这家伙也醒了，他却毫无怨言。

“你昨晚怎么没将我踢出去？”

男人只是笑笑。杰克奇怪他怎么如此安静。他四周找他的衣服，然后看见他的手提箱在床边的地板上。他记不起如何从赊酒账的餐馆那儿拿回它的。他的书、白西服和几件衬衫都在里面，原封不动。他动作迅速地开始穿衣服。

他穿好衣服时，桌上的电咖啡壶正在煮咖啡。这个男人把手伸到椅背上搭着的背心口袋里，掏出一张名片，杰克疑惑地接过来。男人的名字——约翰·辛格——印在卡片中间，名字下面，用墨水写了一段话，写得和印刷体一样精致。

我是聋哑人，但我能读唇语，请不要大声说话。

突如其来的震惊让杰克感到轻飘飘的失落。他和约翰·辛格就这样对望着。

“真不知道得多久我才能发现。”他说。

他说话时，辛格会专注于看他的嘴唇——他以前就注意到了，真笨！

他们坐在桌边，用蓝色的杯子喝着热咖啡。房间很凉爽，半垂的窗帘将透过窗户照进来的强光变得柔和。辛格从壁橱里拿出一个锡盒，里面有面包、橙子和芝士。他吃得不多，只是靠在椅背上，一只手插在口袋里。杰克狼吞虎咽。他要马上离开这里，把事情好好想一下。如今的困境下，他得赶紧四处看看，找个工作。房间里过于宁静和舒服，无法思考——他得出门一个人走走。

“这里还有别的聋哑人吗？”他问，“你有很多朋友吗？”

辛格只是微笑。一开始他没听懂，杰克不得不重问了一遍。辛格漆黑分明的眉毛扬了起来，摇了摇头。

“感到孤单吗？”

这个男人模棱两可地摇了摇头。他们静静地坐了一会儿，然后，杰克起身要走了。他感谢了辛格好几次，感谢他收留自己过夜，他格外注意嘴唇的运动以确保辛格看得明白。杰克又问他的手提箱能否在床底下放几天，哑巴点头答应了。

辛格的手从口袋里抽出来，用银铅笔在便笺本上认真地写着什么，然后把它塞给杰克。

我可以在地板上放一个睡垫，在你找到住处前，可以住我这里。白天我基本不在，不会有什么麻烦。

杰克的嘴唇因突如其来的感动而颤抖。但他不能接受。“谢谢，”他说，“我有地方住。”

他离开时，哑巴递给他一条蓝色工装裤，紧紧地卷成一团，还有七十五美分。工装裤脏兮兮的，杰克一眼认出，裤子突然勾起过去一周的记忆。那钱，辛格向他解释，是他口袋里的。

“再见，”杰克说，“我很快会回来的。”

他走时，哑巴站在门口，手又插回口袋里，脸上似笑非笑。他沿台阶往下走，回头挥了挥手。哑巴也挥手，然后关上门。

外面的光线一下子变得刺眼。他站在屋前的人行道上，被阳光照得眼花，一开始几乎看不清。有个小家伙坐在栏杆上。他在哪里见过她。他认得她穿的男装短裤和她眯眼的方式。

他拿起那团脏裤子。“我想把它扔掉，知道哪里有垃圾桶吗？”

小家伙从栏杆上跳下来。“在后院，我带你去。”

他跟着她穿过屋旁狭窄潮湿的小巷。到了后院，杰克看见两个黑人坐在屋后的台阶上。他们都穿着白西服和白鞋。其中一个长得很高，领带和袜子绿得发亮。另外一个是黑白混血儿，身材中等。他在膝盖上擦着一把锡制口琴。和他的高个子同伴相映成趣的是，他的袜子和领带是火红色的。

那孩子指了指篱笆旁的垃圾桶，然后走向厨房的窗户。

“波西娅！”她叫道，“海伯尔和威利在这里等你。”

厨房里有人用柔软的声音回应。“你不用那么大声，我知道。我正在戴帽子。”

杰克在扔裤子前，先将它打开。裤子又硬又沾了泥巴。一条裤腿破了，前面有几滴血痕。他把它扔进垃圾桶里。一个黑人女孩从屋里走出来，走向台阶上的白西服组合。杰克看见穿短裤的小家伙正盯着自己。她把重心从一只脚挪到另一只，显得有点兴奋。

“你是辛格先生的亲戚吗？”她问。

“毫无关系。”

“好朋友？”

“好到能和他过夜。”

“我只是好奇——”

“主街在哪儿？”

她指向右边。“沿着这条街，过两个街口。”

杰克的手指理了理胡须，动身走了。七十五美分在他手里叮当作响，他咬着下唇，直到咬出斑驳充血的印。三个黑人在他前面慢悠悠地走着，聊着天。他在这陌生的小镇上如此孤单，不由得贴近他们，听他们说话。女孩的胳膊挽着他们两人。她穿了一条绿裙子，配红帽子和红鞋。男孩们和她走得很近。

“我们今晚有什么计划？”她问。

“完全听你的，宝贝，”高个男孩说，“威利和我都没什么安排。”

她看了看他们。“你们决定吧。”

“好吧——”红袜子的矮个男孩说，“海伯尔和我觉得，也许我们仨可以去教堂。”

女孩的回答几乎是唱出来的，变了三次调。“好——吧——去完教堂我觉得要去父亲那里坐坐——就一会儿。”他们在第一个街角拐弯了，杰克站住，看了他们好一会儿，才接着走。

主街很安静，很热，几乎荒无人烟。他才意识到今天是礼拜日，这让他很沮丧。关闭的店铺都支起了遮阳篷，耀眼的光线下，建筑物看上去光秃秃的。他经过了纽约咖啡馆。门开着，但里面很空，很暗。早晨他没找到袜子穿，现在发烫的人行道透过薄薄的鞋底烤着他的脚。太阳像一块滚烫的熨斗熨过头顶。小镇比他知道的任何地方都要孤独。街道的沉寂让他觉得陌生。他喝得醉醺醺时，这个地方是狂野喧嚣的。而现在呢，一切都仿佛戛然而止。

他走进一家果品店买报纸。招工栏上的内容很短。只有几则招聘，需要年龄二十五到四十岁之间、有车的年轻推销员，拿佣金。他快速地跳过不看。他费了几分钟看了一则卡车司机的广告,不过,他最感兴趣是最底下那一条。上面写着：

招：有经验的技工。“阳光南部”游乐场。位于韦弗斯巷与第十五街交界。

不知不觉地，他又走到那家餐馆门口，他已在此耗了两周。它是这条街上果品店之外唯一开着门的。杰克临时起意要进去看看比夫·布瑞农。

街上的明亮衬得咖啡馆很暗。一切都比记忆中更龌龊和不起眼。布瑞农和往常一样站在收银台的后面，手臂交叉抱在胸前。他丰满好看的妻子坐在另一头修指甲。杰克注意到，自己进去时，他们俩交换了眼神。

“下午好。”布瑞农说。

杰克觉得气氛有点异样。这家伙也许在笑，他想起自己喝醉时做的事。杰克像根木头似的站着，内心怨恨。“来一包塔吉特香烟。”布瑞农伸手到柜台下去拿烟时，杰克确定他没笑。白天时,这家伙的脸没有晚上那么生硬。他脸色发白，仿佛一晚没睡，眼睛就像只疲惫的秃鹫的眼睛。

“说吧，”杰克说，“我欠你多少钱？”

布瑞农打开抽屉，将一本公立学校便笺本放在柜台上。他慢慢地翻看着，杰克看着他。便笺本更像一个日记本，而不是日常的记账本。本子里写有长长的一串数字，再加减乘除，还有小图像。他停在了一页，杰克看见自己的名字写在角上。这页没有数字——只有打勾和打叉。纸上还随意地画了几只蹲着的、圆滚滚的小猫，尾巴是长长的曲线。杰克在细看。小猫长着一张女人的脸。小猫的脸是布瑞农太太。

“打勾的代表啤酒，”布瑞农说，“打叉是正餐，直线是威士忌。让我看看——”布瑞农擦了擦鼻子，他的眼皮垂下。然后，他合上便笺本：“大约二十块。”

“得好久才能凑到，”杰克说，“也许你能拿到钱。”

“不着急。”

杰克靠在柜台上。“说一下，这个镇是个怎么样的地方？”

“很普通，”布瑞农说，“和其他同样大小的地方差不多。”

“人口呢？”

“三万左右吧。”

杰克撕开那包烟丝，给自己卷了一支。他的手在发抖。“主要是工厂？”

“对的。四家大型棉纱厂——主要是它们。还有一家针织品厂、几家轧棉厂和锯木厂。”

“工资多少？”

“平均每周十到十一块——不过，时不时要被解雇。你为什么问这些？你想去工厂上班？”

杰克睡意未消，用拳头揉了揉眼睛。“不知道，也许吧。”他将报纸放在柜台上，指着读过的那则广告。“我想到这里看看。”

布瑞农读了一下，陷入思考。“嗯，”他终于开口，“我去过这游乐场，不怎么样——只有几个奇怪玩意儿，旋转木马和秋千之类的。它招揽黑人、工人和小孩。他们在镇上到处找空地演出。”

“告诉我怎么走。”

布瑞农和他一起走到门口，指了方向。“今天早上你和辛格回家了？”

杰克点头。

“你觉得他怎么样？”

杰克在咬嘴唇。哑巴的脸清晰地浮现在脑海中，仿佛认识了多年的朋友。离开他的房间后，他一直在想这个人。“我原先连他是哑巴都不知道。”他最后说道。

他又开始沿着酷热荒凉的街道走。他不像一个在陌生镇子里的异乡人，却像在寻找着什么人。很快他进入了河边的工厂区。街道变得狭窄，路面没有铺，也有了人气。邋遢的、面黄肌瘦的孩子们互相叫喊，在玩游戏。两室的棚屋都长得一个样子，又破败又斑驳。食物和污水的臭味混合着空气里的尘埃。上游的瀑布发出淙淙的流水声。人们沉默地站在门道里或者懒洋洋地坐在台阶上。他们看着杰克，蜡黄的脸面无表情。杰克褐色的大眼睛也回看他们。他走得急促，偶尔用毛茸茸的手背擦嘴。

韦弗斯巷的尽头是一处空地，曾经是废旧车场。地上还乱扔着生锈的零部件和破损的车轮内胎。一辆住人的长拖车停在车场的一角，旁边是被帆布半掩的旋转木马。

杰克慢慢地走过去。两个穿工装裤的小家伙站在旋转木马前。离他们不远处，有个黑人坐在箱子上，在傍晚的光线下打着瞌睡，两个无力的膝盖互相顶着。一只手拿着一包融化的巧克力。杰克看他将手指插进巧克力糊里，再慢慢地舔。

“谁是这儿的经理？”

黑人把两只甜甜的手指含在嘴里，用舌头舔来舔去。“那个红头发的人，”舔完之后他说，“我就知道这个，头儿。”

“他现在在哪儿？”

“他在那辆最大的货车后面。”

杰克从草地上穿过时将领带扯了下来塞进口袋里。西边，太阳正在落下。屋顶的黑边之上，是温暖深红的天空。游乐场的老板正独自站着抽烟。他红色的头发蓬勃向上，就像头上顶着一块海绵，他看着杰克，眼睛是灰色而懒散的。

“你是经理？”

“嗯，我叫帕特森。”

“我看见今早的报纸，来这儿找工作。”

“哦，我不要新手。我需要一个熟练技工。”

“我有丰富的经验。”杰克说。

“你以前做过什么？”

“我做过织工和织机修理工。我在车库和汽车装配店工作过。所有的工种。”

帕特森带他往那被帆布半掩的旋转木马走去。黄昏的斜阳下，静止的木马很奇妙。它们的腾跃姿态凝固了，身体被暗淡的镀金铁杆穿过。离杰克最近的木马肮脏的屁股上有裂口，眼珠盲目狂乱地转动，眼窝处有几块油漆脱落了。杰克觉得这一动不动的旋转木马恍惚来自一个醉梦。

“我需要一个有经验的技工来操作和维护它。”帕特森说。

“没问题，我可以。”

“这工作得一心两用，”帕特森解释说，“你要负责一切。

除了管机器，你还得维持秩序。你得确认每个来坐木马的人都有票，得确认票都是真的，而不是作废的舞厅券。人人都想坐那些木马，你会见识到那些没钱的黑人怎么耍鬼点子，每时每刻你都得睁大三只眼睛。”

帕特森领他到旋转木马中间的机器那里，给他指明各个部件。他调了一下杠杆，尖细刺耳的机械音乐响起。包围着他们的木马阵似乎使他们与世隔绝了。木马停止后，杰克问了几个问题就独立操作起机器来。

“原来的那家伙辞职了，”他们走出来时，帕特森说，“我讨厌训练新人。”

“我什么时候开始上班？”

“明天下午。我们一周工作六天六夜——下午四点到夜里十二点。你三点左右到，做些准备工作。夜里游乐场关闭后还需要一个小时收拾。”

“工资多少？”

“十二美元。”

杰克点头，帕特森则伸出一双死灰的、软绵绵的手，指甲脏兮兮的。

离开那片空地时，时辰已晚。晃眼的蓝天已变白，东方出现了虚白的月亮。暮色将沿街的房屋轮廓变得柔和。杰克没有立即离开韦弗斯巷，而是在附近逛了逛。某种气味或远处传来的某种声音，时不时地让他在灰尘弥漫的街道驻足。他漫无目的地走着，东游西荡。脑袋很轻，仿佛玻璃做的。他的体内产生了某种化学反应，身体里储存已久的啤酒和威士忌发生了反应。他被醉意伏击。刚才还死气沉沉的街道变得生机盎然。参差不齐的一条绿化带绕着马路，杰克沿着马路走，觉得地面快升到眼前了。他在草地边缘坐了下来，靠着电话亭。为了坐得舒服点，他像土耳其人那样交叉双腿，捋着胡须根。话涌到嘴边，他声音洪亮，梦呓般自言自语。

"怨恨是贫穷最珍贵的花朵。没错。"

他喜欢说话。说话的声音能让自己愉悦。声音好像有回音，飘荡在半空，每个词都响起两次。他咽了口水，润了润嘴巴又开始说。他忽然想回到哑巴安静的房间里，好对他倾诉各种念头。想和一个聋哑人聊天是件奇怪的事。但是，他正感到孤单。

夜晚降临，眼前的街道黯淡了。偶尔有人走过狭窄的街道，离得很近，相互说着单调的话，每走一步，脚下都升起一团灰尘。或者是扎堆的女孩和抱着孩子的母亲经过。杰克麻木地坐了一会儿，终于站了起来，接着走。

韦弗斯巷很黑。油灯在门道和窗下投下颤悠的橘黄色光晕。有些房子一点光都没有，屋里人坐在前门台阶上，借邻居的光才能看见。一个女人从窗户探身出来，往街上倒了一桶脏水，有几滴溅到杰克脸上。一些房子后面传来高亢又愤怒的叫声，还有一些房子能听见摇椅那宁静、缓慢的摇晃声。

杰克站在一栋房子前，门前台阶上坐了三个男人。屋里淡淡的鹅黄灯光照着他们。其中有两人没穿衬衣，只穿了工装裤，光着脚。一个是关节松弛的高个子，另外那个长得矮小，嘴角有溃疡。第三个人穿着衬衣和长裤，膝盖上放了一顶草帽。

“嗨。”杰克说。

三个男人看着他,灰头土脸,面无表情。他们嘴里嘟囔着，但纹丝不动。杰克从口袋里掏出那包塔吉特牌烟，挨个递了过去。他在最底层的台阶上坐了下来，脱掉鞋子。清凉湿润的地板让脚很舒服。

“在工作吗？”

“是啊，”拿草帽的人说，“大多数时间都是。”

杰克在挖脚指头。“我的内心响着福音，”他说，“我想和谁讲一下。”

他们笑了。狭长的街道对面，有个女人在唱歌。空气静止，他们吐出的烟雾在身边缭绕。一个小子沿着街道走过来，站住并解开裤子撒尿。

“附近有个帐篷，今天是周日，”矮个子男人终于开口，“你可以去那里，尽情讲你的福音。”

“不是那种。它更好，它是真理。”

“怎么样的？”

杰克嘴里含吮着胡子，没有回答。过了片刻，他说：“你们这儿发生过罢工吗？”

“有一次，”高个子男人说，“六年前有过一次罢工。”

“发生什么了？”

嘴角有溃疡的男人拖着脚步走，将烟屁股扔到地上。“那个——他们罢工是想要一小时二十美分。大概有三百个人吧，整天在街上晃。工厂派了几辆卡车出去，不到一周，镇上聚集了大量来找工作的人。”

杰克转身，对着他们。他们坐得比他高两级台阶，只有仰头才能看见他们的眼睛。“没让你们发狂？”他问。

“你什么意思——发狂？”

杰克额头的血管鼓起来，颜色深红。“全能的基督，兄弟！我指的就是发狂——发——狂。”他昂首怒视着他们困惑、灰黄的脸。在他们身后，大门敞开，他能看见屋内。前屋有三张床和一个脸盆架。后屋有个打着赤脚的女人坐在椅子上睡觉。附近一个黑暗的门廊传来吉他的声音。

“我就是给卡车拉来的。”高个男人说。

“那没有区别。我想要说的，简单易懂。那些拥有工厂的混蛋都是百万富翁。落纱工、梳棉工和所有在机器后面忙碌地纺纱织布的人呢,却连填饱肚子的钱都挣不到。明白吗?当你走在街上，想到这点的同时看见饥饿的劳苦大众和营养不良的孩子们，这不会让你们发狂吗？不会吗？”

杰克的脸涨得通红，阴沉着，嘴唇在颤抖。那三个人警觉地看着他。然后，那个戴草帽的男人笑了。

“继续笑吧。坐在那儿，笑破你的肚皮吧。”

他们笑得温吞又轻浮，三个人笑一个。杰克将鞋底的灰擦掉，他的拳头握得紧紧的，嘴角弯出一个愤怒的冷笑。“笑——你们就知道笑。希望你们坐在那儿，一直笑，直到烂掉！”他僵直着身子沿着街道走了，他们的笑声和嘘声还一路跟随。

主街的灯光明亮。杰克在拐角处徘徊，摸索着兜里的硬币。他的脑袋阵阵作痛，夜晚虽然炎热，却有一股寒意穿过他的身体。他想到了哑巴，迫不及待想回到他那里，和他坐一会儿。他在下午买报纸的果品店里挑了一篮子水果，用玻璃纸包着。收银台后的希腊人说价格是六十美分，他把钱付了后，就只剩下五美分了。才走出商店，他就意识到这礼物送给一个健康的人不合适。几颗葡萄从玻璃纸里露出来，他饿了，就把它们都摘下来了。

他到那儿时，辛格在家。他坐在窗前，一局象棋在桌上铺开。房间看着就和杰克离开时一样，风扇开着，冰水罐在桌旁。床上有一顶巴拿马帽子和一个纸袋，可见哑巴是刚回来。他的脑袋扭向桌子对面的椅子，棋盘被他推到一边。他身体向后靠，手插在口袋里，脸上的表情像在询问杰克离开之后都干了什么。

杰克把水果放到桌上。“今天下午，”他说，“它的格言就是：去找一条章鱼，帮它穿上袜子。”

哑巴微笑，杰克不确定他是否听明白了。哑巴惊讶地看着水果，将包装的玻璃纸拿掉。他摆弄这些水果时，脸上有一种怪怪的表情。杰克想搞明白那表情的含义却被难住了。然后，辛格欢快地笑了。

“今天下午，我在游乐场找到一份工作。负责旋转木马的运转。”

哑巴似乎毫不意外。他走到橱柜那儿，拿出一瓶红酒和两个杯子。他们沉默地喝。杰克觉得自己从未在这么寂静的房间待过。头顶的灯在手中发亮的酒杯上反射出他自己怪异的影子——同样滑稽的身影，他在水罐和锡制马克杯那弯曲的表面上见过好多次——又圆又粗，鸡蛋形状的脸，胡子疯长几乎蔓延到耳根。对面的哑巴用双手捧着杯子。红酒开始在杰克的血管里嗡鸣，他感到自己再一次进入光怪陆离的迷醉里。他的胡子因兴奋而颤动不已。他身体前倾，胳膊肘撑在膝盖上，眼睛圆睁，疑惑的目光盯着辛格。

“我打赌我是这个镇上唯一的疯子——我指的是真正意义的发疯——整整十年。该死的我刚才差点又和人打架了。有时候我觉得自己可能是真疯了。我不知道。”

辛格把酒推到客人面前。杰克拿起酒瓶直接喝了，手擦着额头。

“你明白吗，就像有两个我。一个我受过教育。我去过全国最大的几个图书馆。读书，我一直在读书。我读那些讲纯粹真理的书。在我那手提箱里还有卡尔·马克思和托斯丹·凡勃伦的书，以及类似的作家。我一遍遍地读他们，读得越多，我变得越疯狂。我认得每页纸上的每个词。一开始，我是喜欢词语。辩证唯物主义——耶稣会谎言”——杰克以虔诚的迷恋卷着舌头念出音节——“目的论倾向。”

哑巴用一块叠得整整齐齐的手帕擦着额头。

“但我要说的是这个。一个明白人却不能让他人理解，他怎么办？”

辛格伸手去拿酒杯，倒满，很坚决地把它放到杰克瘀青的手里。“嗯，喝醉？”杰克说，手臂抖了一下，几滴酒因此溅到他的白裤子上。“但是听着！无论在哪儿，你都能看见卑鄙和腐败。这间房，这瓶葡萄酒，篮子里这些水果，都是赢利和亏损的产品。一个人要活下去，不得不消极地接受卑鄙。有人为了嘴里的每口饭、身上的每寸布而累死累活——却没人知道。所有人都瞎了，哑了，大脑迟钝——愚蠢和卑鄙。”

杰克的拳头压着太阳穴。他的种种念头横冲直撞，像脱缰野马一般让他无法控制。他想发火，想出去，到拥挤的街上和谁狠狠打一架。

哑巴依然富有耐心、饶有兴趣地看着他，拿出一支银色的铅笔。他在一张纸条上小心地写道：“你是民主党还是共和党？”然后将纸条递到桌子对面。杰克在手里将它揉成一团。房间又开始绕着他旋转，他一个字都读不下去了。

他盯着哑巴的脸看以保持稳定。辛格的眼睛是房间里唯一不动的东西。它们色彩丰富，掺杂着琥珀色、灰色和淡淡的褐色。他久久凝视着它们，几乎被催眠了。那狂暴的冲动消失了，他又恢复了平静。那双眼睛似乎懂得他讲的一切，而且有话要对他说。片刻之后，房间恢复平稳了。

“你明白的，”他含糊不清地说，“你明白我的意思。”

远处响起软绵绵的、银铃般的教堂钟声。月光很白，洒在隔壁房子的屋顶上，夜空是温和的、夏季的蓝。两人心照不宣，杰克得在辛格这儿待几天直到他找到住处。红酒喝光后，哑巴在挨着床的地板上铺了一块床垫。杰克衣服也不脱就躺了下来，瞬间进入梦乡。

5

离主街很远的地方，小镇的一处黑人区里，本尼迪克特·马迪·考普兰医生独自坐在黑暗的厨房里。九点已经过了，周日的钟声不会再响起。夜晚虽然炎热，圆鼓鼓的柴炉里还燃着一小堆火。考普兰医生坐在直背餐椅上，身子前倾挨着火炉，细长的双手托着脑袋。炉里噼啪作响的红火苗照亮了他的脸——他厚厚的嘴唇让黑皮肤衬得几乎发紫，他的灰发像一顶羊毛帽紧紧贴着脑袋，也变成了淡蓝色。他一动不动地坐了很久。银边镜框后的眼睛目光阴沉，直勾勾地盯着某处。然后，他使劲清了清喉咙，从椅子边的地板上捡起一本书。屋里很黑，他得凑近火炉才看得清书上的字。今晚他读斯宾诺莎。概念的复杂游戏和复杂措辞他并没有全懂，但在阅读中他感受到词语背后强烈真实的意图，他觉得自己大概懂了。

晚上，常有刺耳的门铃声打破他的沉默，他会发现某个骨折或者被剃刀伤着的病人站在客厅。但今晚没有人来打扰他。在黑暗的厨房里一个人枯坐了几小时后，他情不自禁地开始慢慢摇摆身体，喉咙里发出某种哀怨的歌声。波西娅进来时，他正唱着。

考普兰医生提前就知道她要来了。当外面的街道上传来口琴吹奏的布鲁斯，他就知道是威利，他儿子吹的口琴。他没有开灯，穿过门厅，打开大门。他没有走到外面的门廊上，而是站在漆黑的纱门后。月光明亮，波西娅、威利和海伯尔黑色而紧密的影子打在满是灰尘的街道上。这一片的房子都很破。考普兰医生的家却鹤立鸡群。它是用砖建的，很坚固，墙面被粉刷过。门前的小院子被尖桩篱栅包围着。波西娅与她丈夫和哥哥道别后敲了敲纱门。

“干吗在黑天暗地里坐着？”

他们一起走过黑暗的门厅，回到厨房。

“你有那么亮的电灯，却老是坐在黑咕隆咚里，实在说不通。”

考普兰医生扭了扭桌子上悬挂的灯泡，房间一下子就灯火通明。“黑暗让我自在。”他说。

厨房空空的，很干净。餐桌的一边摆了书和墨水台，另一边摆了叉子、汤勺和盘子。考普兰医生坐得笔挺，长腿交叠。一开始，波西娅也僵硬地坐着。父女俩长得很像——两人都有又宽又扁的鼻子、一样的嘴和额头。不过，和父亲比起来，波西娅的肤色淡些。

“这儿是在烧烤呢，”她说，“不做饭的时候，我看你还是把火熄了吧。”

“你要介意，我们上办公室去吧。”医生说。

“我无所谓。我不介意。”

考普兰医生扶了下银框眼镜，然后双手合拢搁在大腿上。“上次见面之后，你过得怎么样？你和你丈夫，还有你哥哥？”

波西娅放松了，脚从浅口鞋里解放出来。“海伯尔、威利和我都过得不错。”

“威利还和你们一起住？”

“当然，”波西娅说，“你看，我们有自己的生活方式和安排。海伯尔，他付房租。我负责买吃的。威利呢，他负责教会的税、保险、会费和周六晚上活动的经费。我们三个有自己的安排，各司其职。”

考普兰医生低头坐着，使劲拉他的中指，弄得指关节咔咔作响。干净的袖口盖过手腕，瘦长的手看着比身体其他部位的颜色都要淡，手心是浅黄色的。他的手看上去永远那么干净又皱巴巴，仿佛被刷子刷过，并在水盆里浸泡了很久。

“噢，我差点忘了我带的东西了，”波西娅说，“你吃过晚饭了吗？”

考普兰医生说话总是很小心，每个音节仿佛都被他沉闷的厚唇过滤了一遍。“没有。我还没吃。”

波西娅打开她放在餐桌上的纸袋。“我带了很好的甘蓝叶，我想我们可以一起吃晚饭。我还带了一块肋排肉。甘蓝叶需要用它来调味。你不介意我用肉来烧甘蓝叶吧？”

“没关系。”

“你还是不吃肉吗？”

“不吃。我吃素是纯粹的私人原因，不过，你若想用这块肉烧甘蓝叶，没有关系。”

波西娅没穿鞋子，光脚站在餐桌旁，细心地挑菜。“这地板踩在脚下很舒服。如果我就这样光脚到处走，不穿那双太紧、让我脚痛的鞋子，你会介意吗？”

“不会，”医生说，“没问题。”

“现在，我们有很新鲜的甘蓝叶、玉米饼和咖啡。我还要从这肋排肉上割下几片，煎给我自己。”

考普兰医生的目光跟随着波西娅。她穿了长筒袜的脚在屋里慢悠悠地走动，从墙上取下擦洗过的平底锅，生火，洗掉甘蓝叶里的沙子。他开过一次口，然后又闭上了嘴。

“那么，你和你丈夫还有你哥哥有你们自己合作的安排。”他最后说道。

“对的。”

考普兰医生掰了一下手指，想让指关节再次打响。“你们有要孩子的计划吗？”

波西娅没看她的父亲。她生气地把水从放了甘蓝叶的锅里泼出去。“有些事情，”她说，“对我来说，是完全由上帝决定的。”

他们没再说话。波西娅把晚餐放到炉子上烧，她沉默地坐着，长长的手有气无力地垂在膝盖间。考普兰医生的脑袋垂在胸前，像睡着了。但他并没有睡。他的脸时不时闪过紧张的战栗。他深呼吸一口气，恢复面容的平静。晚餐的香气开始弥漫在闷热的屋里。静悄悄的，碗柜顶上的钟的嘀嗒声听上去很响，他们刚才说的话让那单调的走针听起来就像在说“孩——子，孩——子”，一遍又一遍。

他总能遇见他们中的一个——光着身子地上爬的、弹着玻璃球的，甚至在漆黑的街道上，抱着一个小女孩。本尼迪克特·考普兰，男孩都叫这个名。女孩，则会取名班妮·马尔、马迪本或者本妮迪·马丁之类的。他有次算过，至少有十几个孩子随他的名字。

但他的一生都在述说、解释和规劝。他会说，你不能做这个。他会告诉他们，关于这个第六、第五或者第九个孩子不能要的一切理由。我们需要的不是更多孩子，而是给那些早就出生的孩子提供更多机会。如何让黑人种族优生优育，是他要传授给他们的。他会用简单的话告诉他们，始终如此，多年过去，那变成某种愤怒的诗句，被他熟记于心。

他学习和掌握任何新理论的发展。他自掏腰包给病人分发工具。至今为止，他是镇上唯一想到这一点的医生。他会在给他们的同时也解释，在给他们的同时也告知。但是，每周还是有大概四十次生产。马迪本和班妮·马尔。

只有一个意义。只有一个。

他知道，他这一生的工作并非毫无意义。他一直知道，他的使命就是教育他的同胞。他整天背着包走访每家每户，和他们无所不谈。

漫长的一天过去，他陷入沉重的疲惫里。但只要在黄昏时打开铁栅门，疲惫就消失了。他有汉密尔顿、卡尔·马克思、波西娅和小威利。还有黛西。

波西娅将炉子上的平底锅盖拿掉，用叉子搅拌甘蓝。“爸爸——”过了一会儿，她说。

考普兰医生清了清喉咙，往手帕上吐了口痰。他的声音又干又涩。“嗯？”

“我们别吵了吧。”

“我们没有吵架。”医生说。

“吵架不一定要说话，”波西娅说，“我觉得，我们即使像现在一样完全无声地坐着，也是在争论。这就是我的感觉。说实话，每次来看你都让我觉得很累。我们不要再吵架了，不管用什么方式。”

“争吵肯定不是我的意愿。我很抱歉让你有这种感觉，女儿。”

她倒了两杯咖啡，一杯不加糖的递给她父亲，自己那杯加了几勺糖。“我饿了，咖啡的味道好极了。你喝吧，我和你讲一件不久前发生的事。这事都过去了之后，现在感觉有点可笑，但我们有足够的理由不要笑得太狠。”

“你说吧。”考普兰医生说。

“嗯，前阵子有个长得很帅、穿得又好的黑人来到镇上。

他自称 B.F. 梅森先生，来自华盛顿特区。他每天拄着根手杖在街上来回走，穿着花哨好看的衬衫。晚上，他会去‘社会咖啡馆’。他吃得比镇上所有人都好。他每晚都点一瓶杜松子酒和两块猪排。他见到谁都微笑，对女孩子低头弯腰，进出总为他人扶着门。在那一周里，无论他在哪儿，都让人很愉快。人们开始疑惑好奇这个富有的 B.F. 梅森先生的身世。没过多久，他和大伙混熟了，便安顿下来做生意。”

波西娅嘟着嘴，向杯中的咖啡吹了口气。“我想，你在报纸上读过‘政府铁钳养老项目’的新闻吧？”

考普兰医生点了点头。“养老金。”他说。

“呃，他和这事有关。他是政府的人，在华盛顿的总统派他来这儿，动员所有人加入这个养老项目。他一家一户地游说，解释说只要一美元就可以加入，之后每周交二十五美分，四十五岁之后政府会每月给你五十美元的生活费。我认识的全部人都为此激动不已。他送给每个加入的人一张签名的总统照片。他说，六个月后，会有免费的会服给每个成员。这个俱乐部叫‘有色人种铁钳大联盟’——两个月后，所有人会获得一条黄丝带，上有俱乐部名的缩写 G.L.P.C.P.。就像政府里其他组织的缩写一样。他挨家挨户地走访，随身带着小手册，所有人都加入了。他记下他们的名字，拿走了钱。

每周六，他上门收钱。三周后，这个 B.F. 梅森先生拉拢了太多成员，没法在周六把钱都收齐。他只好雇人代收，每隔三四条街就安排一个人。每周六的一大早，我会替他在家附近收那二十五美分。当然，威利一开始就加入了，还有海伯尔和我。”

“我在你家附近的不同人家里见到这总统照片很多回了，我记得有人提到过梅森这名字，”考普兰医生说，“他是个贼吧？”

“是的，”波西娅说，“有人查明了 B.F. 梅森先生的情况，他被逮捕了。他们发现他就是亚特兰大本地人，根本不知道华盛顿特区和总统是什么样子的。所有的钱不是被他藏起来就是花光了。威利损失了七美元五十美分。”

考普兰医生激动了。“这就是我说的——”

“死后下地狱，”波西娅说，“这个人会每天被肠子里火热的叉子烫醒。不过，事情过去后，现在看起来有点可笑，但我们还是有足够的理由无法笑得太狠。”

“每周五，黑人种族自愿爬上十字架。”考普兰医生说。

波西娅的手颤抖，咖啡沿着她手中的托盘流下。她舔了舔手臂。“你什么意思？”

“我的意思是我一直在看。我的意思是我只要找到十个黑人——十个我们自己人——有骨气、有头脑、有胆量的十个人，愿意付出一切——”

波西娅放下咖啡。“我们别谈论这些了。”

“只要四个黑人，”考普兰医生说，“只是汉密尔顿、卡尔·马克思、威利和你加起来的数。只要四个真正有素质与骨气的黑人——”

“威利、海伯尔和我有骨气，”波西娅恼怒地说，“这是个艰难的世界，我觉得我们三人努力拼搏，还过得不错。”

他们沉默了片刻。考普兰医生摘下眼镜放到桌上，用枯槁的手指按摩眼球。

“你老用那个词——黑人，”波西娅说，“这个词很伤人。连过去的黑鬼都比它好点。有教养的人——不管什么肤色——都说有色人种。”

考普兰医生没有回应。

“就说威利和我吧。我们就不是完全的有色人种。我们的妈妈肤色就很淡，我们体内还流着不少白人的血。海伯尔呢，他是印第安人。他有一大部分印第安血统。我们都不是纯粹的有色人种，你老用的那个词很伤人。”

“我对这些花招不感兴趣，”考普兰医生说，“我只对真相感兴趣。”

“那么，这就是真相，人人都怕你。要让汉密尔顿、巴迪、威利或者我家海伯尔来这里，像我那样陪着你坐，得先灌自个儿很多酒。威利说他很小的时候就记得你，从此害怕自己的父亲。”

考普兰医生咳嗽，声音刺耳，又清了清嗓子。

“每个人都有感觉——无论他是谁——没人愿意走进一间明知道会让他们受伤的屋子。你也一样。我见过你好多次被白人伤害，但他们都没意识到。”

“没有，”考普兰医生说，“你没见过我受伤的样子。”

“我知道威利、我家海伯尔和我，我们都不是学者。但是海伯尔和威利，都善良珍贵得如同金子。他们只是和你不一样而已。”

“是的。”考普兰医生说。

“汉密尔顿、巴迪、威利或者我——我们都不像你那样说话。我们就像我们的妈妈和她的家人还有他们的先人那样说话。你只用脑子思考一切。而我们更多是讲我们内心里的话，在心里积攒了很久的话。这就是区别之一。”

“是的。”考普兰医生说。

“人不能随便抓起孩子，将他们强拧成自己想要的样子。也不管是否伤到他们，不管这对还是错。你使劲地想改造我们。现在，我是我们中唯一的一个，还愿来这里，这样子陪你坐着的。”

考普兰医生眼里的光非常明亮。她的声音很大，而且生硬；他咳嗽，整张脸颤抖着。他想拿起那杯冷掉的咖啡，手却没法拿稳。泪水涌在眼眶里，他戴上眼镜以遮掩。

波西娅看见了，飞快走向他。她抱着他的头，脸贴在他的额头上。“我让我的父亲受伤了。”她温柔地说道。

他的声音僵硬。“没有。老重复这套伤感情的话，愚蠢又落后。”

泪水沿着他的脸颊慢慢流下来，火光让泪水染上蓝的、绿的和红的颜色。“我真的很抱歉。”波西娅说。

考普兰医生用棉手帕擦了一下脸。“我没事。”

“我们别再争吵了。我受不了吵架。我们每次在一起，我总有很坏的预感。我们再也不要这样争吵了。”

“好，”考普兰医生说，“我们再也不吵了。”

波西娅吸了吸鼻子，又用手背擦了一下。有几分钟，她就站着，抱着她父亲的头。过了一会儿，她最后一次擦脸，然后走向炉灶上的一锅蔬菜。

“快要熟了，”她兴高采烈地说，“接下来我要开始做些玉米面包，和它们搭配着吃。”

波西娅穿着一双长袜，在厨房慢吞吞地走来走去，她父亲的目光跟随着她。他们再一次陷入沉默里。

他的眼睛湿润了，事物的轮廓变得模糊。波西娅真像她的母亲。很多年前，黛西也是这样绕着厨房转，沉默而忙碌。黛西没有他那么黑——她的皮肤像棕色的蜜一样美。她总是很安静，很温柔。但在那温柔之下，她身上有种固执的东西，不管他如何用心去探究，始终没弄懂妻子那份温柔的固执。

他劝诫她，将自己心里所想都告诉她，她始终保持着温柔，然而，也始终保持自己的方式，并不听他的。

后来，就有了汉密尔顿、卡尔·马克思、威利和波西娅。他们如此强烈地明白他们真正的使命，因此，他很清楚他们该做的每件事。汉密尔顿将是一个伟大的科学家，卡尔·马克思则是一个黑人种族的教育家，威利会成为捍卫正义的律师，而波西娅将是救治妇女儿童的医生。

甚至，他们还是小孩时，他就会和他们说起那必须从肩膀上卸下的枷锁——服从与懒惰的枷锁。他们再大一点后，他会向他们强调世上没有上帝，不过，生命是神圣的，他们每个人都有真实的使命。他一遍又一遍地讲，孩子们离他远远地坐在一起，用黑人小孩特有的大眼睛望向母亲。黛西坐在那儿，根本不听，温柔而固执。

因汉密尔顿、卡尔·马克思、威利和波西娅的使命所系，他清楚每道细节。每年的秋天，他会带他们所有人到镇上，买上好的黑鞋子和黑长袜。他给波西娅买的衣服是黑色的羊毛料，领子和袖口部分是白色的亚麻。男孩子们则是黑色羊毛料的裤子和上等的白色亚麻做的衬衫。他不喜欢他们穿鲜艳劣质的衣服。可是，他们上学后就想穿那样的衣服，黛西说他们为此尴尬，说他是一个严厉的父亲。他知道家里该如何布置。不能有花里胡哨的东西——俗气的日历、蕾丝边的枕头或者小玩意儿——家里的摆设应该是朴素、深色的，象征着工作与使命。

后来，有天晚上他发现黛西给小波西娅穿了耳洞，好戴耳环。还有一次，他回家时发现壁炉架上有个穿羽毛裙子的丘比娃娃，黛西既温柔又强硬，不肯把它拿走。他还知道，黛西在教孩子们表面温顺。她和他们讲天堂与地狱，还灌输他们鬼神与鬼屋的存在。黛西每个周日去教堂，含着歉意和牧师讲自己的丈夫。出于固执，她去教堂时总是把孩子们也带上，让孩子们聆听布道。

整个黑人种族是病态的，他白天永远忙碌，有时候，忙碌到半夜。漫长的一天过后，他被巨大的疲惫感侵袭，但是，只要他打开屋门，疲惫感就统统消失。可是，他跨进屋里时，威利会用厕纸裹着的梳子吹奏音乐，汉密尔顿和卡尔·马克思在抛掷骰子赌个饭钱，而波西娅和她母亲正在大笑。

他得从头开始，用别的方式。他拿出他们的课本，开始讲课。他们坐着，相互挨得紧紧的，看着他们的母亲。他长篇大论地说，孩子们却拒绝理解。

将他笼罩的是一种黑色的、可怕的黑人的情感。他会坐到办公室去读书和沉思，直到平静下来，再度开始。他将房间的窗帘放下来，留下明亮的灯光、书本和沉思的氛围。有时，平静并不会如期而至。他还年轻，折磨人的情感未能因阅读而消失。

汉密尔顿、卡尔·马克思、威利和波西娅都害怕他，他们看着母亲——有时候他意识到这点，但他被黑色的情感支配，不知道自己做了什么。

他不能停止那些可怕的事，过后，他也完全不能理解。

“这晚餐闻起来不错啊，”波西娅说，“我觉着我们最好现在就吃，因为海伯尔和威利可能随时会来。”

考普兰医生弄了一下眼镜，将椅子拉到桌旁。“你丈夫和威利晚上去哪儿了？”

“他们去玩抛马蹄铁了。雷蒙德·琼斯家的后院有个马蹄铁游戏的场子。这个雷蒙德和他妹妹乐芙·琼斯每天晚上都玩。乐芙长得很丑，我才不介意海伯尔或者威利去他们家，想去就去。不过，他们说了，大概九点四十五分来找我，所以，现在，他们随时可能出现。”

“趁我还记得，”考普兰医生说，“我想你经常收到汉密尔顿和卡尔·马克思的信吧。”

“汉密尔顿会写。他几乎将祖父农场的活全包了。至于巴迪，他在莫比尔——你知道他向来不擅于写字。不过，巴迪对人总那么温柔，我一点儿不担心他。他是那种容易相处的人。”

他们沉默地坐在餐桌前。波西娅不停地看碗柜上的钟，海伯尔和威利该到了。考普兰医生低着头吃。他仿佛拿着很沉的叉子，手指颤抖。他浅尝了几口，每一次吞咽都很艰难。气氛变得紧张，仿佛两个人都想找点话题。

考普兰医生不知道如何开头。有时候，他觉得过去和孩子们说得太多了，而他们理解得又太少，现在变得无话可说了。过了一会儿，他用手帕擦了擦嘴，迟疑地开口。

“你不怎么提自己。和我说说你的工作，最近都在做什么。”

“我当然还在凯利家，”波西娅说，“不过，父亲，我和你说，我不知道还能在那里待多久。工作很累，要花很多时间才做得完。这倒没什么，我介意的是工钱。我觉得一周该有三美元，可是，凯利太太有时少给我一美元或五十美分。当然，她事后会尽快补给我，可这让我手头拮据。”

“这可不对，”考普兰医生说，“你为什么要忍受？”

“不是她的错，她也是没办法，”波西娅说，“那里一半房客不付房租，经营的开销又很大。我和你说实话吧——凯利家几乎是要去告治安官了，他们的日子很艰难。”

“你应该能找到其他工作。”

“我知道。不过，作为白人，凯利一家真是很好的雇主。我从心底喜欢他们。那三个孩子就像我自己的亲人。我觉得巴伯尔和那个小婴儿是我带大的。米可和我虽然经常吵架什么的，但我和她也很亲。”

“可你也要为自己想想啊。”考普兰医生说。

“米可，现在——”波西娅说，“她真是个问题。谁也管不了她。她自大和任性到极点，老是鬼迷心窍。我觉得这个孩子有点怪。她保不准哪天就让人大吃一惊。但那是好的，还是坏的，我可不知道。我搞不懂米可，但我还是很喜欢她。”

“你首先要考虑自己的生存。”

“我说过了，这不是凯利太太的错。经营那么一个巨大的老房子要花很多钱，又有人拖欠租金。只有一个房客给的房租可观，而且准时。那个人住在那儿不久。他是这里的一个聋哑人，我头回那么接近一个聋哑人——不过，他真是个很好的白人。”

“又高又瘦，灰绿色的眼珠？”考普兰医生突然问道，“对每个人都很有礼貌，穿着考究？不像是镇上的人——更像是北方人，或者犹太人？”

“就是他。”波西娅说。

考普兰医生流露出无比的热情。他掰碎烤玉米面包，放入盛了甘蓝汁的盘子里，泡着吃，胃口大开。“我有一个聋哑病人。”他说。

“你怎么会认识辛格先生？”波西娅问。

医生咳了几下，用手帕掩着嘴。“我只是见过他几次。”

“我还是先收拾吧，”波西娅说，“威利和我家海伯尔要到了。不过，这么好用的水槽和水龙头，这点碟子不用两分钟就能洗好。”

白人无声的傲慢是他多年来想遗忘的事。感受到怨恨时，他会思考和学习。在街上，周围都是白人时，他沉默不语，保持着庄重的神情。年轻时，他被叫“小鬼”——现在则是“大叔”。“大叔，快到街角的加油站帮我叫个工人来。”不久前，一个白人坐在车里冲他叫喊。“小鬼，帮我一个忙。”——“大叔，快帮忙啊。”他没理会，继续走路，保持尊严和沉默。

前几天，一个喝醉的白人走向他，拽着他在街上走。他当时带着出诊包，以为有人受伤了。但醉鬼将他拖到一个白人开的餐馆里，柜台边的白人粗暴无礼地对他吼叫。他明白了醉鬼在戏弄他，即使如此，他仍然守着内心的尊严。

但是，他和这个又高又瘦、有着一双绿眼睛的白人之间却发生了与其他白人间从未发生过的事。

数周以前，一个漆黑的雨夜，他刚接生回来，站在雨中的街角。他想点燃一支烟，却连续擦掉几根火柴都不成功。他站在那里，嘴里叼着没点着的烟，却有个白人走近，递过来一根点燃的火柴。漆黑中的火光，让他们相互看清了对方的脸。白人向他微笑，为他点燃嘴里的烟。他不知道说什么好，以前，从未有过类似的事。

他们一起在街角站了几分钟，后来，白人递给他一张名片。他想和白人交谈，问对方几个问题，却怀疑对方能否明白。白种人的傲慢无礼让他担心友善的举动会丧失尊严。

但这个白人为他点烟，对他微笑，似乎想和他待着。后来，他反复回想此事。

“我有个聋哑病人，”考普兰医生和波西娅说，“一个五岁的男孩。不知道为何，我摆脱不了我要为他的残疾而受到责备的感觉。是我给他接生的，产后做了两次检查，然后，就把他给忘了。他的耳朵渐渐出了问题，他母亲对他耳朵流脓没在意，也没带他来见我。我注意到他的情况时已经太晚了,他当然就听不见了,因此也不会说话。但我仔细观察过他，他如果是个正常孩子，会很聪明。”

“你对孩子总是很有兴趣，”波西娅说，“你对孩子的兴趣远远大于成年人，对吧？”

“在小孩身上有更多的希望，”考普兰医生说，“这个聋哑孩子——我一直在打听，看有没有哪家机构愿意收留他。”

“辛格先生会告诉你的。他真是格外好的白人，没有一点儿自大。”

“我不知道——”考普兰医生说，“有一两回，我想过给他写信，看他有什么信息。”

“我是你的话，我肯定写。你的信写得那么好，我会替你把信转交给辛格先生，”波西娅说，“两三周前，他拿了几件衬衫到厨房来，让我帮他洗。那些衬衫很干净，就算是施洗者圣约翰穿过的，也不过如此。我只需要将它们浸泡在温水里，搓一下领口，然后熨平。不过，那晚，我将五件洗好的衣服送到他房间时，你猜他给了我多少钱？”

“不知道。”

“他像平日那般笑，然后给了我一块钱。就几件衣服，一块钱啊。他的确是个心地善良、使人愉快的白人，我不怕问他任何问题，甚至可以亲自给他写信。父亲，你尽管写吧，如果你真想这么做。”

“我也许会的。”考普兰医生说。

波西娅突然坐直了，梳理她紧致油亮的头发。先是微弱的口琴声，然后越来越响亮。“威利和海伯尔来了，”波西娅说，“我得走了，和他们会合。你保重，有什么需求让人捎个话给我。和你吃晚饭、聊天让我很开心。”

口琴的音乐很清晰了，能听出来是威利正在门前一边等一边吹。

“等一下，”医生说，“我只见过你和你丈夫两次，我们还没有正式接触过。威利呢，上次来看他父亲是三年前的事了。为什么不叫他们进来坐一会儿？”

波西娅站在门口，手指抚弄着头发和耳坠。

“上次威利来这儿，你伤了他感情。你瞧你就是不知道怎么——”

“好吧，”考普兰医生说，“只是个提议。”

“等等，”波西娅说，“我去叫他们。我现在就邀请他们。”

考普兰医生点了一支烟，在房间里来回踱步。他的眼镜老是没调对位置，他的手在颤抖。前院传来低语声，接着，沉重的脚步声在门廊响起，波西娅、威利和海伯尔走进了厨房。

“我们来了，”波西娅说，“海伯尔，我想你和我父亲相互间还没正式介绍过，尽管你们相互知道对方。”

考普兰医生和他们俩握手。威利羞怯地后退到墙边，海伯尔走向前，规矩地鞠了一躬。“您的一切我听说过很多了，”他说，“很高兴认识您。”

波西娅和考普兰医生从门厅搬来椅子，四个人围着炉子坐下。他们都没说话，不自在。威利忐忑的目光绕了房子一圈——餐桌上的书、洗碗水槽、墙边的折叠床和他的父亲。海伯尔咧嘴笑着，扯了一下领带。考普兰医生似乎要发言，然而，他润了润嘴唇，依然沉默。

“威利，你的口琴吹得越来越好，”波西娅终于开口，“我看，你和海伯尔肯定偷着喝酒了。”

“夫人，没有，”海伯尔措辞恭敬，“周六以后我们滴酒未沾。我们刚才玩抛马蹄铁玩得高兴呢。”

考普兰医生还是没说话，他们都看着他，等待着。屋里闷热，安静让大伙都紧张。

“洗男孩子的衣服是最费劲的，”波西娅说，“每周六我给他们俩洗白西服，一周熨两次。现在你看看那衣服，当然了，他们也只是下班回家后才穿。只不过穿了两天，就黑得不成样子。昨晚我才熨了裤子，现在一条直线都见不到。”

考普兰医生还是沉默着。他一直看着儿子，威利察觉之后，低头看自己的脚，嘴里咬着粗笨的手指。医生感到太阳穴和手腕的脉搏在怦怦直跳。他咳嗽，拳头放到胸口。他想和儿子说话，却毫无头绪。那熟悉的痛苦又涌了出来，他来不及深思熟虑，将它压下。脉搏在身体里捶击，他心乱如麻。他们都看着他，沉默如此强烈，他得说点什么了。

他的声音高亢，仿佛不是来自他。“威利，我想知道在你小时候，我和你说的话你还记得多少呢？”

“我不懂你的意——意思。”威利说。

考普兰医生的话脱口而出。“我的意思是，我把我的一切给了你、汉密尔顿和卡尔·马克思。我把所有的信任和希望都寄托于你们。而我得到的是全然的误解、懒散和冷漠。我颗粒无收，我的一切都被拿走了。我想做的一切——”

“嘘，”波西娅说，“父亲，你答应过，我们不再吵架。这真是要疯了。我们受不了吵架。”

波西娅站了起来，向大门走去。威利和海伯尔快速跟上。考普兰医生走在最后。

他们站在门前的一片黑暗里。考普兰医生想说话，但他的声音仿佛迷失在内心深处。威利、波西娅和海伯尔站在一起。

波西娅一手挽着她的丈夫和兄弟，另一只手伸向考普兰医生。“走之前，让我们和好吧。我忍受不了我们之间这些争吵。我们再也不要吵了。”

沉默中，医生再次和他们每个人握手。“对不起。”他说。

“我没事。”海伯尔礼貌地说。

“我也没事。”威利嘟囔了一句。

波西娅将大家的手抓在一起。“我们只是受不了争吵。”

他们告别，考普兰医生站在黑暗的门廊里，目送他们走到大街上。他们的脚步发出孤独的声音，医生感到既虚弱又疲惫。他们走过一个街区后，威利又开始吹他的口琴。那音乐忧伤又空虚。考普兰医生待在门廊下，直到彻底看不见也听不到他们。

考普兰医生关了屋里的灯，漆黑中，坐在火炉前。内心却难以平静。他努力不去想汉密尔顿、卡尔·马克思和威利。波西娅和他说的每个词在他记忆中重现，更响更坚硬。他猛地站了起来，打开灯。他靠桌子坐下来，桌上放着斯宾诺莎、威廉·莎士比亚和卡尔·马克思的书。他大声地读着斯宾诺莎，那些词语有着丰富而神秘的声音。

他想起他们谈到的那个白人，若他能帮助奥古斯都·本尼迪克特·马迪·路易斯——那个聋哑孩子，那就太好了。即使不是因为这一缘由和问题，单纯写信给这个白人也挺好。考普兰医生的手撑着脑袋，喉咙发出哀吟般奇怪的声音。他想起了那个白人的脸，那个雨夜，昏黄的火柴光下他的微笑——他感到了宁静。

6

仲夏时，辛格的来客比屋里其他人都多。傍晚时他的房间总有人声。在“纽约咖啡馆”吃过晚饭后，他洗了澡，换上一套清爽的衣服，通常不再出门。屋里凉快宜人，他的橱柜里有一个冰柜，里面放了冰啤酒和果汁。他从不慌张忙乱，总在门口迎接客人，面带微笑。

米可喜欢到辛格先生的房间里。他虽然是聋哑人，却明白她说的每句话。和他聊天就像游戏，区别在于它比任何游戏都更有意思。就像在音乐里发现新东西。她会向他谈及自己从不透露的计划。他则让她摆弄那些可爱的象棋小人。有一次，她玩得忘乎所以，衣角被卷进风扇里，他处理的态度如此温柔，让她丝毫不难堪。父亲以外，辛格先生是她认识的人里最好的。

考普兰医生给约翰·辛格写了个关于奥古斯都·本尼迪克特·马迪·路易斯的条子，他收到一封礼貌的回信，请他在方便时过来。医生先到房子的后面，在厨房里和波西娅坐了一会儿。然后，才上楼到白人的房间。这个人丝毫没有那种沉默的傲慢。他们一起喝柠檬汽水，哑巴把他等待的回复写给他。这个人和考普兰医生原来遇见的任何白人都不一样。关于这个白人，他后来思索了很久。之后，因为辛格真诚的邀请，他又一次登门拜访。

杰克·布朗特每周都来。他上楼到辛格房间时，整个楼梯都在抖。通常，他会带来一纸袋啤酒。他愤怒的、响亮的声音经常从房间传出，但是在离开之前，他的声音渐渐缓和。他下楼时，那袋啤酒已不见，他走的时候若有所思，似乎都没在意要去哪里。

有一晚，连比夫·布瑞农也来哑巴的房间了。因为不能离开餐厅太久，他只待了半小时就走了。

辛格对每个人的态度都一样。他坐在靠窗的直背椅上，手紧紧插在衣兜里，点头或者微笑告诉来客他听明白了。

晚上如果没有客人，辛格会去看夜场电影。他喜欢坐在后排，看演员在银幕上说话、走动。他在走进影院前从不关心电影的名字，不管放的什么内容，他都看得津津有味。

然后，到了七月的某天，辛格突然离开了，没有预兆。他让房间门开着，在桌子上放了个给凯利太太的信封，里头有四块钱作为上周的房租。他简单少量的随身物品也不见了，房间空了，很干净。他的客人来了，看见空荡荡的房间，离开时既意外又受伤。没有人理解他为何这样子离开。

辛格在关着安东纳帕罗斯的那家疯人院所在的小镇度过了整个夏天的假期。这趟旅行他筹划了几个月，想象了他们重逢后的每个瞬间。他提前两周预订了酒店房间，而火车票，则用信封包好放在口袋里，很长时间以来一直就随身带着。

安东纳帕罗斯一点儿没变。辛格到他房间时，他迈着平和缓慢的脚步走过来迎接他的朋友。他甚至比原先更胖，但脸上梦游般的微笑没变。辛格手里抱着几个袋子，胖希腊人首先注意到这个。礼物是一件红色的晨衣、一双柔软的拖鞋和两套带字母图案的睡衣。安东纳帕罗斯仔细检查纸盒里的包装纸，当他发现并没有什么好吃的藏在纸下，就不屑地将礼物丢在床上，再也不管了。

房间很大，光线充沛，并排地放置了几张床。三个老头在一个角落里玩纸牌，根本没注意辛格或安东纳帕罗斯，两个老朋友单独坐在房间的另一头。

辛格觉得两人分别的日子恍惚已多年，有那么多的话想说，他比划手势的速度根本不够用。他的绿眼睛在燃烧，额头的汗珠晶莹透亮。旧日的快乐与狂喜又迅速将他占据，使他喜不自胜。

安东纳帕罗斯漆黑油亮的眼睛一直盯着他的朋友，身子不动，双手懒洋洋地摸着裤裆。辛格讲了许多，提到常来看他的访客。他对老朋友说，他们帮他远离了孤独。他告诉安东纳帕罗斯，这些人都很奇怪，而且滔滔不绝——但他喜欢他们来。他飞快地画了杰克·布朗特、米可和考普兰医生的素描。他发现安东纳帕罗斯对此毫无兴趣，便将纸揉成一团，再也不提。当护工进来说探访时间已到时，辛格想说的话还没说到一半。但他带着十分的疲惫与快乐，离开了房间。

只有周四和周日才能探访病人。不能见安东纳帕罗斯的日子里，辛格待在酒店房间里，来回踱步。

他第二次探访和第一次一样，唯一不同的是同房的几个老头这回没玩纸牌，而是无精打采地看着他们。

辛格费了不少工夫才获准带安东纳帕罗斯出去几小时。他事先就想好这趟远足的所有细节。他们坐出租车到郊野，四点半时到酒店用餐。安东纳帕罗斯尽情享受了这意外的大餐。他把菜单上一半的菜都点了，狼吞虎咽。吃完以后，他还不愿离开，抓着桌子不放。辛格哄他，出租车司机甚至想动粗。安东纳帕罗斯顽强地坐在那里，他们一旦挨近，他就做下流的手势。最后，辛格从酒店经理那里买了一瓶威士忌才将他诱惑上车。当辛格将没开的酒扔出窗外时，安东纳帕罗斯又生气又失望，哭了起来。他们这趟短暂远足的结局让辛格很难过。

下一次探访也是最后的一次，他两周的假期快结束了。安东纳帕罗斯早已忘了之前的事。他们坐在原来坐的角落里，时间飞快流逝。辛格的手绝望地诉说，他瘦长的脸苍白暗淡。终于，告别时间到了。他抓着老友的胳膊，深邃地看着他，和他们原来因各自上班而分别时的情形一样。安东纳帕罗斯昏沉沉地看着他，身子不动。辛格把手紧紧插回衣兜里，离开了房间。

辛格回到出租公寓之后，米可、杰克·布朗特和考普兰医生很快又来看他。他们每个人都想知道他去了哪里，为什么没事先告知他们。但是，辛格装作不懂他们的问题，他的微笑如同谜语。

一个挨一个，他们轮流到辛格的房间和他一起消磨夜晚。

哑巴总是沉思的、平静的。他色泽变幻的眼睛像巫师般严肃。米可·凯利、杰克·布朗特和考普兰医生会过来，在一片静默里说着——他们觉得哑巴能听懂他们想说的一切，甚至，懂得更多。

第二章

1

这个夏天和米可记得的任何一个夏天都不一样。并无具体的事可让她用语言去描述——但她就是觉得有所改变。她每天都莫名兴奋。早晨,她迫不及待地要起床,开始新的一天。夜晚，她最痛恨的事就是又得睡觉。

吃过早餐她就带孩子们出去，三餐以外的时间他们大多在外面玩，大部分时间都在大街上游荡——她拖着拉尔夫的婴儿车，巴伯尔跟在后面。她脑子里充满着想法和计划。有时候，她会突然抬头看，往往已走到了小镇的某个角落，她认不得的地方。还有一两次，他们在街上碰见比尔，她如此忙着思考，他不得不抓她的胳膊好让她看见自己。

清晨的时候，天气还有点凉，人行道上，他们面前的身影拉得老长。但是，到了晌午，天空就仿佛在燃烧。阳光如此猛烈，眼睛都不敢睁开。很多时候，她设想要实现的事总与冰雪有关。譬如，她仿佛来到瑞士，所有的山都被雪覆盖，她在寒冷发绿的冰面上滑冰。辛格先生和她一起滑着。收音机里播放着卡洛尔·隆巴德或者阿尔图罗·托斯卡尼尼。他们一起滑着冰，然后辛格先生掉进了冰窟，她不顾危险跳到冰下，游过去，救了他。这是她脑中盘旋的情景之一。

通常，逛了一会儿后，她会将巴伯尔和拉尔夫放在阴凉处。巴伯尔是个可爱的孩子，她将他训练得很乖。她要是叫他别跑出能听见拉尔夫哭喊声的范围，巴伯尔肯定不会跑到两三条街之外和其他孩子弹玻璃珠。他会在婴儿车附近一个人玩。所以，她撂下他们时，并不怎么担心。她不是跑去图书馆翻《国家地理》，就是四处游荡，空想个没完。她兜里要是有点钱，就去布瑞农先生那儿买可乐或者“星河”巧克力。他给孩子优惠价，五美分的东西只要三美分。

然而，自始至终——不管她在做什么——音乐无处不在。有时候，她边走边哼，有时候，她静静地听着内心演奏的音乐。她的脑海里有一切的音乐。有的是她从收音机里听来的，有的她从未在别处听过。

在夜晚，俩孩子上床后，她就自由了。这是一天里最重要的时光。黑暗中，她一个人独处时，有许多的事要发生。晚饭吃过之后，她又跑到外面去。她不能告诉任何人她晚上做了什么。妈妈若问起来，她会随便编一个可信度高的故事。不过，一般说来，谁要叫她，她就径直跑开，仿佛没听见，除非那人是她爸爸。爸爸的声音有种魔力让她逃不掉。他是整个镇上最魁梧、最高的男人。但他的声音如此轻柔，因此，他说话时，听见的人无不惊讶。无论她有多匆忙，只要爸爸叫她，她只能停下来。

这个夏天，她发现了一个以前所不知道的爸爸。在那以前，她从未想过他是一个独立的个体。他经常会喊她。她会走到他工作的房间，在他身边站几分钟——只是，听他说话，她从来心不在焉。后来，有天晚上她突然理解了爸爸。那晚并无异常的事发生，她不知道究竟是什么让她明白了。过后，她觉得自己长大了，能像理解任何人一样理解爸爸。

那是八月末的一个夜晚，她匆匆忙忙的。九点前必须到达那房子，必须如此。她爸爸叫她，她进了前屋。他颓丧地靠着工作台。不知何故，看到他在这里，老觉得不自然。去年的事故以前，他一直是个油漆匠和木匠。每天早上，天还没亮，他就穿着一身工装服出门，终日在外。晚上，他有时修修钟表作为副业。他尝试过好多次，想在珠宝店找份工作，那样他就可以穿着洁白的衬衫，打着领带，一整天独自坐在工作台前。如今，他再也不能做木工活了，他在房子前面竖了块牌子，写着“廉价修理钟表”。但他看着可不像钟表匠——镇上那些钟表匠都是敏捷、黝黑瘦小的犹太人。对工作台而言，她爸爸太高了。他硕大的骨骼松松垮垮地凑在一起。

她爸爸只是盯着她看。她看出来他并没有什么特别的事。他只是渴望和她说话。他试图起一个话头。他狭长的脸显得褐色的眼睛太大，自从掉光头发后，他灰白的、光秃的头顶让人感觉毫无遮蔽。他还看着她，没说话，而她急着要走。她得在九点整到达那房子，没有时间了。她爸爸看出她着急，就清了清喉咙。

“我有东西给你，”他说，“不多，也许你可以给自己买点好吃的。”

他没必要因为孤独、想找人说话就给她五分或十分。他留给自己的钱只够每周喝两次啤酒。他的椅子边上现在就放了两个酒瓶，一个空了，另一个刚打开。每次喝了酒后他就想找人说话。他的手摸向皮带，她的目光移开了。这个夏天，他就像个孩子般，将五分十分的零用钱藏起来。有时候，藏在鞋子里，有时候，藏在皮带上他挖的小切口里。她不太想要这十分钱，但是，当他递给她时，她的手很自然就摊开，准备接住。

“我有好多事要做，却不知道从哪里开始。”他说。

这压根不是事实，他和她一样清楚这点。他从没有多少表要修，每当他完成工作后，他会在房子里转来转去，帮忙做琐碎的家务。到了夜晚他坐在工作台前，清洗旧发条和齿轮，想用手头的活熬到睡觉的时间。自从他摔到髋部后，就不能保持安静，每分钟都得忙点什么事。

“今晚我想了很多。”她爸爸说。他倒了啤酒，在手背上撒了点盐。然后，他舔一口盐，从玻璃杯里喝了一大口啤酒。

她如此着急，几乎没法站着不动。她爸爸注意到这点，想说点什么——但他叫她来本就没有什么特别的事。他只是想和她说一会儿话。他欲言又止，两人大眼瞪小眼。寂静在蔓延，两人都无话可说。

就是此刻她理解了爸爸。这并非说她认识到一个新的事实——她的理解凭借一切，除了大脑外的一切方式。她就是突然意识到她理解她爸爸了。他很孤独，他是一个老人了。孩子们从不去找他，他挣的钱也不多，他觉得自己在这个家被抛弃了。出于孤独，他想亲近一个他自己的孩子——但他们都太忙了，无人意识到这点。他觉得自己是一个无用的人。

她是在他们四目相对时领悟到这点的。这让她感到怪异。她爸爸拿起一个腕表发条，用汽油浸过的刷子清洗起来。

“我知道你忙，我就是想打个招呼。”

“没，我一点儿都不忙，”她说，“真的。”

那天晚上，她在工作台边上的椅子里坐着，他们聊了一会儿。他讲起收入与开支，讲到如果换一种方式经营，生意会如何。他喝着啤酒,眼里有泪了,就用袖子擦擦鼻子。那晚，她陪了他很久，尽管她急得要命。而且，出于某种理由，她不能告诉爸爸自己脑子里想的事——那些炎热黑暗的夜晚。

这些夜晚是秘密。它们是整个夏天里最重要的时候。黑暗中，她一个人走路，仿佛镇里唯一的居民。在夜晚，几乎每条街道都熟悉得如同她家的那条街道。有的小孩害怕在黑暗里穿过陌生的地方，但她从不。女孩子都恐惧从某处窜出来一个男人像对待配偶般将她们糟蹋了。大多数女孩是傻瓜。如果有一个块头像乔·路易斯或者山人·迪恩[①] 般大的男人向她扑过来，她会跑。不过，如果那人没比她重多少，她可要好好揍对方一顿，再接着走路。

夜晚是美妙的，她都没有想过那些恐怖的事儿。她身处

---

①乔·路易斯是美国职业拳击手；山人·迪恩是摔跤手。

黑夜时，只想着音乐。沿着街道散步时，她会唱歌。她感觉整个镇子都在听她的歌声，然而不知道唱歌的人是米可·凯利。

她在夏天自由的夜晚，学会了很多音乐。她走到镇上的富人区，那里家家户户都有一台收音机。所有的窗户都开着，她能听见绝妙的音乐。很快，她就知道哪家的收音机调到她想听的频道。特别是有一家，收听所有美妙的交响乐。晚上，她会来到这栋房子，溜进他们漆黑的后院听音乐。房子周围长着漂亮的灌木丛，她就坐在窗边的小树丛下。听完节目后，她要站在漆黑的院子里，手插入衣兜，长时间地回想。这就是整个夏天最真实的部分——聆听电台音乐，然后学习。

"*请把门关上，先生*。"米可说。

巴伯尔像野蔷薇一样尖刻。"*小姐，劳您的驾*。"[1] 他回应。

在技校学西班牙语非常棒。用异国语言来说话让她觉得自己去过很多地方。开学之后的每天下午，她兴致勃勃地学讲新的西班牙语单词和句子。刚开始，巴伯尔被镇住了。她很得意，一边说着外语，一边观察他的脸色。然而，他很快

---

① 此处斜体部分原文是"Cierra la puerta, señor"和"Hagme usted el favor, señorita"，是西班牙语。

就赶上了她，没多久就能重复她说过的一切。他也记住了每个他学过的词。当然，他并不知道句子的实际意思，但她说的时候，也没有按照句子的原意。这孩子后来学得如此快，使她不得不放弃西班牙语，叽里咕噜几个生造词。但他很快就揭穿了她的把戏——没有人能糊弄老巴伯尔·凯利。

"我要假装我是第一次走进这个房子，"米可说，"如此，我才能分辨里面的布置究竟好不好看。"

她往前廊走了出去，然后折回，站在前厅。整整一天，她和巴伯尔、波西娅和她爸爸忙着为了这次派对布置前厅和餐厅。装饰用了秋天的树叶、葡萄藤和红色的绉纸。餐厅的火炉架上和衣帽架后面是鲜黄的树叶。墙上则挂着葡萄藤，桌上放了甜酒钵。流苏状的红绉纸沿着壁炉架垂下来，还缠绕在椅背上。装饰已足够了。没问题。

她用手擦了擦额头，眼睛又眯了起来。巴伯尔站在她身旁，复制她的每个动作。"我真想这派对一切顺利。我真想。"

这是她举办的第一个派对。她去过的派对不超过四五个。去年夏天，她去过一次舞会。但没有一个男孩过来请她散步或跳舞，她就一直站在甜酒钵旁，所有小吃和饮料都吃光了她便回家。这个派对绝不会像上次那个。还有几小时，她请的客人陆续会来，喧哗要开始了。

她记不得如何想到举办派对。她上技校后没多久，这个念头就有了。高级中学棒极了，一切都和语法学校不一样。她要是像黑兹尔和埃塔一样上速记课，就没那么喜欢了——但她得到特许，能够去男孩子的机械工作室。工作室、代数和西班牙语都极炫。英语则很难。她的英语老师是米娜小姐。大家都说米娜小姐将脑袋以一万美元卖给了一个著名的医生，将来她死了，医生可以把脑袋切开来研究她为何如此聪明。写作课上，她炮制的问题诸如“说出八个当代有名的约翰逊博士”或“摘十句《威克菲尔德牧师》语录”。她按照字母顺序点名，记分手册常年打开。她虽然很聪明，却是个阴郁的老姑婆。西班牙语老师则在欧洲旅行过。她说在法国，人们扛着面包棍回家，连包装都没有。他们站在街上聊天，面包棍会撞到路灯柱上。在法国，根本没有水，只有红酒。

技校的一切几乎完美。课间休息时，他们在走廊上来回走动，午餐时，学生们在体育场上闲荡。然而有件事情很快就让她烦恼。走廊里大家都结伴同行，每个人似乎都属于某个小圈子。不到两周她就认识了走廊上和班里的人，和他们说话——仅此而已。她不属于任何小圈子。在语法学校时，她想加入哪个圈子，就随意加入，问题就解决了，这里却不同。

第一周，她一个人在走廊里踱步思考这个问题。她为计划加入某个圈子所费的心思都赶上音乐了。这两件事一直占据她的脑袋。最终，她想到了开派对的主意。

她严格把关邀请名单。不能是语法学校的孩子，也不能小于十二岁。她只邀请十三到十五岁的宾客。她邀请的每个人都是熟悉到能在走廊上交谈的——若不知道名字，她会去问人。她给那些家里有电话的打电话，其余的人，则在学校里发出邀请。

在电话里，她说的话都一样。她让巴伯尔竖起耳朵旁听。“我是米可·凯利。”她说。他们要没听明白，她会重复直到对方听清了。“周六晚上八点，我要举办一个派对，我现在邀请你参加。我住在第四街103号A公寓。”A公寓在电话里听起来很响亮，几乎所有人都欣然答应了。有几个不好对付的男孩子卖弄聪明，反复问她的名字。其中有一个男孩抖机灵说：“我不认识你。”她立刻回敬说：“你一边去吧！”除了这个卖弄聪明的家伙，会有她认识的十个男孩和十个女孩过来。这是真正的派对，将和她曾去过或者听说过的任何派对都不一样，比它们都好。

米可最后一次检视前厅和餐厅。走到衣帽架处她站住了，面前是一幅“老花脸”的照片。那人是她妈妈的祖父。在美国内战时，他是个少校，死在一场战役中。某个小孩在照片上涂了眼镜和胡子，铅笔的印记被擦掉后，整张脸就变得很脏。所以她叫他“老花脸”。照片放在三联框的中央，两边是他的儿子。他们看上去和巴伯尔差不多大的年纪。身穿制服，表情惊讶。他们也一样死在战场上。那是很久以前了。

“开派对时，我要把这个拿下来。它看着好普通。你觉得呢？”

“我不知道，”巴伯尔说，“我们普通吗，米可？”

“我不普通。”

她把照片放在了衣帽架之下。不影响装饰。辛格先生回家看到也会满意的。屋里空空荡荡，很安静。吃晚饭的餐桌已经摆好。晚餐之后就是派对。她走到厨房里看小吃和饮料准备得如何。

“一切都没问题吧？”她问波西娅。

波西娅正在做饼干。小吃都放在炉台上，有花生黄油、果冻三明治、巧克力酥和果汁。三明治被一块湿布盖着。她偷窥了一眼，没有偷吃。

“我和你说过四十遍了，一点儿问题没有，”波西娅说，“我做好家里的晚饭就立刻过来，系上白围裙，做好餐饮招待。但我九点半就要离开，今儿是周六，晚上海伯尔、威利和我也有安排。”

“当然，”米可说，“我只要你帮我将开头弄妥当——你知道。”

她让步，然后拿了一块三明治。她让巴伯尔和波西娅待在一起，自己走到中间的屋子。今晚要穿的裙子正放在床上。黑兹尔和埃塔都做了回好人，将她们最好的衣服借给她——考虑到她们都不会来参加派对。埃塔借出的是一件蓝色的双绉晚礼服长裙、白色舞鞋和一个头上戴的水晶石头冠。衣服真是华丽极了。难以想象她穿戴之后的样子。

傍晚到了，夕阳穿过窗子留下长长的黄色斜影。她大概要花两小时来为派对打扮，现在该开始了。她一想到要穿这些漂亮的衣服，就坐不住了。她慢慢走进浴室，脱下她的短裤和衬衫，扭开水龙头。她用力擦洗脚后跟的、膝盖的、尤其是胳膊肘的老茧。她的澡洗了很久。

她光着身子冲进中间的屋子，开始穿衣服。她穿上丝绸内衣和长丝袜。她甚至一时贪玩，穿上埃塔的胸罩。她小心翼翼地穿衣打扮，把脚放进高跟舞鞋里。这是她第一次穿晚礼服。她在镜子前站了很久。她太高了，裙子的下摆在脚踝往上的两三英寸处——鞋子也太小了，让她脚痛。她在镜子前站了很久，最终感觉自己要不像个傻瓜，要不是个大美人。只有这两种可能。

她试了六种发式。额前的一缕翘起来的头发是个小麻烦，她弄湿刘海，做成三缕鬈发。最后，她戴上水晶石头冠，涂上浓浓的口红，抹胭脂。弄好之后，她像电影明星一样抬起下巴，眼睛半眯。她动作缓慢地转动自己的脸，从一边转到另一边。她看起来很漂亮——太漂亮了。

她觉得完全不像自己了。她是和米可·凯利完全不同的另一个人。派对还有两小时才开始，她羞于让家人看到自己这么早就开始打扮。她再次走入浴室，锁了门。她不能坐下，那样裙子会变得皱巴巴，她就站在浴室中间。四面墙壁仿佛把所有的激动都压缩在里面。她感到自己和过去的米可·凯利如此不同，她知道这将是她生命里最美好的时刻——这个派对。

“哇，果汁！”

“裙子可爱极了——”

“啧啧，你解出了那道三角形的题目——”

“让开，别挡着我的路！”

人群鱼贯而入，大门不断发出砰砰的声响。尖利和柔软的声音融合在一起，最后都成了喧闹的噪音。女孩子穿着精致的晚礼服长裙，三三两两地聚在一起。男孩子穿着干净的帆布裤或者军训裤，还有的穿着新款的深色秋服，在屋里转悠。场面是如此混乱，米可根本记不得任何一张脸、任何一个人。她站在衣帽架旁，凝视着整个派对。

“每个人都拿着请柬，去签到吧。”

一开始，屋里太吵，什么都听不清。男孩子都聚集在果汁钵旁，桌子和葡萄藤都看不见了。只见到她爸爸的脸越过男孩子的脑袋，面带微笑地将果汁倒入纸杯里。她身旁的衣帽架座架上放着糖果罐和两块手帕。有几个女孩以为是她生日，她则拆开她们送的礼物并道谢，没有透露自己还有八个月才满十四周岁。每个人都干净清爽，和她一样精心打扮。他们散发着好闻的气味，男孩子的头发抹了发油，湿湿地贴在脑后，油光滑亮。女孩子身穿各种颜色的长裙站在一起，像一大簇鲜艳的花朵。这开头棒极了，派对的序曲没问题。

“我有苏格兰 - 爱尔兰和法国血统，还有——”

“我有德国血统——”

她走到餐厅前，再一次呼叫大家拿好请柬。很快，他们都拥到在门厅处。每个人手上都拿着请柬，靠着墙壁，三三两两地排队。派对现在真的开始了。

突然，生出让人感觉怪异的事——安静。男孩子站在房间一边，女孩子则站在他们对面。不知怎么回事，所有人都不再说话。男孩子们拿着请柬，看着女孩子，屋里一片寂静。男孩子按理应向女孩子发出跳舞的邀请，却谁也没开口。这静默越来越让人难堪，然而，她没有什么派对经验来应付。男孩子开始用拳头相互打闹，聊起天来。女孩子咯咯地笑——不管她们有没有看男孩子，都能猜出她们正一心想着自己究竟受不受欢迎的问题。可怕的静默消失了，但屋里有一种让人紧张不安的气氛。

过了一会儿，一个男孩走向一个叫德洛丽丝·布朗的女孩。他约请她之后，其他男孩子也立刻一拥而上，她的请柬卡都约满后，男孩子才转向另一个叫玛丽的女孩。然后，一切又突然停顿下来。也许还有一到两个女孩收到几个邀约——另外，因为她是派对主人，所以有三个男孩来约她。就这样子。

大家在餐厅和门厅里无所事事。男孩子大多群集在果汁钵周围，竞相卖弄自己。女孩子也聚拢在一块儿，使劲地笑，假装心情愉悦。男孩子揣摩着女孩子，女孩子也揣摩着男孩子。然而，这一切只是让屋里的气氛怪异。

就在这时，她注意到哈利·米诺维茨。他就住在隔壁，她从小就认识他。尽管他比她大两岁，她却长得比他快，夏天的时候，他们俩常在街边的草坪上摔跤和打闹。哈利是个犹太男孩，但看上去不太像。他的头发是浅褐色的，直发。今晚，他穿得非常整齐，进门时，还将一顶男人戴的带羽毛的巴拿马帽子挂在了衣帽架上。

引起她注意的，并非他的打扮。而是他的脸有了变化，今晚，他没有戴平常老戴的牛角框眼镜。他的眼睛生出一粒红色的、下垂的麦粒肿，为了看得清，他得将脑袋侧向一边，像只鸟般。他细长的手指老是去摸那颗麦粒肿，似乎很疼。他要果汁喝时，将纸杯直接递到了她父亲的脸上。她看出来，没有眼镜他寸步难行。他紧张，不停地撞到人。除了她，他谁也没有邀约——只因为她是派对的主人。

所有的果汁都喝光了。她爸爸怕她尴尬，和她妈妈一块儿回厨房去做柠檬汁。有些人待在前廊和人行道上。她走到外面感受夜晚清凉的气息，这让她感到愉悦，走出炎热明亮的房子，她能闻到黑夜里那即将到来的秋天的气味。

然后，她看见了意想不到的事。人行道边和漆黑的街上有一群住在附近的孩子。彼特和沙克·威尔斯、贝彼和斯伯尔瑞布斯——整整一伙，从年纪比巴伯尔小的，到超过十二岁的。甚至还有她根本不认识的孩子，他们嗅到了派对的气味，过来瞎晃荡。有些和她一样大，或者大一点点的孩子，她不邀请是因为他们曾经欺负过她，或者她曾经欺负过他们。

他们都很邋遢，穿着平常的短裤、脏兮兮的灯笼裤或者是日常穿的旧衣服。他们只是在黑暗里瞎晃，来看派对。看见这些孩子，她内心生出两种情感——伤感和警觉。

“我约了你。”哈利·米诺维茨假装在读卡片，但她看见卡片上什么也没写。她爸爸来到前廊，吹响口哨，那意味着第一支舞开始了。

“是的，”她说，“我们去吧。”

他们开始绕着街区漫步。穿长裙让她感觉自己很高贵。“看那边的米可·凯利！”有一个小孩在暗处喊道，“看她！”她一直走，像没听见，但她知道那是斯伯尔瑞布斯，过两天就能逮住他。她和哈利沿着黑暗的人行道走得很快，走到街道的尽头时，他们拐向另一条街。

“你现在多大了，米可——十三？”

“快十四了。”

她知道他在想什么。这一直困扰着她。五英尺六英寸高，一百零三磅，她才十三岁。派对里的每个孩子在她身旁都是小矮人，除了哈利。哈利只比她矮几英寸。没有男孩想约一个高自己那么多的女孩跳舞。也许，抽烟能阻止她继续发育。

“光是去年，我就长了三点二五英寸。”她说。

“有次，我在集市看见一个女士，她有八英尺五英寸高。

你应该不会长那么高吧。”

哈利在一株幽暗的紫薇花树旁停住。周围一个人都没有。他从口袋里拿出一样东西，开始摆弄它。她凑近去看——是他的眼镜，他正在用手帕擦。

“不好意思。”他说，然后，戴上眼镜。她能听见他的深呼吸。

“你就应该一直戴着你的眼镜。”

“是的。”

“你怎么会不戴着它们就四处走呢？”

“嗯，我不知道——”

夜晚十分漆黑、安静。过马路的时候，哈利抓着她的胳膊肘。

“派对上有一个年轻的小姐，她觉得男人戴眼镜很娘气。这个人——好吧，也许我是个——”

他没讲完。突然，他绷紧身体，往前跑了几步，再跳起来够头上四英尺高的一片树叶。她能看见高处的树叶，在黑夜里。他弹跳力很好，一下就摘到了。他将叶子放进嘴里，接着在幽暗里，用拳头向假想的对手挥了几下。她追上他。

与往常一样，她的脑袋里冒出一首歌。她自哼自唱起来。

“你在唱什么？”

“是一个叫莫扎特的家伙的曲子。”

哈利感觉很好。他走着侧移步，像一个迅疾的拳击手。“听起来像个德国人的名字。”

“我估计是。”

“法西斯？”他问。

“什么？”

“我说，这莫扎特是法西斯，或者纳粹？”

米可想了想。“不是。他们是不久前才有的，这家伙可是死了很久。”

“那就好。”他又开始在黑暗中打拳。他希望她问为什么。

“我说，那就好。”他又说了一遍。

“为什么？”

“因为我恨法西斯。我要是在路上遇到一个，我会杀了他。”

她看着哈利。街灯让树叶在他脸上投下斑驳迷离的影子。他很激动。

“为什么？”她问。

“天啊！难道你不看报纸？你看，是这样的——”

他们又回到了这栋楼。她家里正一片喧哗。那些人在人行道上又叫又跑的，她的胃里一阵强烈的恶心。

“没时间解释了，除非我们再走一圈。我不介意告诉你我为何恨法西斯。我乐意说出来。”

可能这是他第一次有机会将这些想法一股脑儿倒出来。但她没有时间去听。她正观察着她家门前的情景。“好吧，我们迟点再见。”现在，约会结束了，她可以四处看看，想想眼前这一片混乱。

她不在时究竟发生了什么？她离开时，周围的人们穿得漂漂亮亮，是一个货真价实的派对。现在——仅仅过了五分钟——这个地方更像一个疯人院。她不在时，那些暗处待着的孩子都出来了，混入了派对。他们好大的胆子！那个老彼特·威尔斯砰地一下从前门出来，手里还拿了杯果汁——穿着他们松松垮垮的灯笼裤和日常的衣服。

贝彼·威尔森在前廊胡闹——贝彼还不足四岁，显然，这个时候，她应该像巴伯尔一样待在家里睡觉。她一级级台阶地走下来，头上高举果汁。她一走到人行道上，米可就抓住她的胳膊。“贝彼·威尔森，你立刻回家，现在就回。”米可继续四周转，看还能做点什么，让一切恢复秩序。她向沙克·威尔斯走去。他站得比较远，在黑暗的人行道上，手里拿着纸杯，用茫然的眼神看着大家。沙克七岁，穿着短裤。他的上身和脚都光着。他没有引起任何骚乱，不过，她被眼前的一切气得要命。

她拽住沙克的肩膀，开始摇晃他。开始时，他下巴咬得紧紧的，不过一分钟后，他的牙齿开始咯咯响。“沙克·威尔斯，你回家吧。没有邀请你，你别在这里晃。”她松开手让他走，沙克夹着尾巴般，慢慢地顺着街道走开了，但他没有回家。他走到拐角处时，她看见他坐在马路牙子上偷窥派对，以为她看不到。

摆脱了沙克让她感觉好了一会儿，然而，紧接着她就感到了更糟心的忧虑，她开始叫他回来。那些大孩子才是真正的捣乱分子。真是一群臭小子，她所见过最不要脸的家伙。他们将所有饮料喝光，一个真正的派对被他们败坏得不成样子。他们把大门弄得乒乓作响，大声叫嚷，撞来撞去。她走向彼特·威尔斯，他是这群孩子里最恶劣的。他戴着橄榄球头盔，到处撞人。彼特已经十四岁，却还在七年级留级。她向他走去，但他个子太大，不能像摇沙克一样摇他。她叫他回家时，他晃动着身子，要向她冲过来。

“我在六个州待过。佛罗里达、亚拉巴马——”

“用银色的布做，配上腰带——”

派对一塌糊涂。所有人都在讲话。从技校邀请来的朋友和一帮邻居都混在一起了。尽管男孩女孩依然楚河汉界地分两组站——没有人跳舞。屋里的柠檬汁也快喝完了。果汁钵的底部，只剩下一点水，上面浮了几片柠檬。她爸爸对孩子们总是太好了，无论谁把纸杯递给他，他都会倒上一杯。她走进餐厅时，波西娅正在给大家分三明治。五分钟后，三明治全没了。她只拿到一块——面包里有粉红色的汁溢出的果冻三明治。

波西娅待在餐厅里，看着派对。“这感觉太好了，我不走了，”她说，“我已经捎话给海伯尔和威利，让他们自己过周末。人人都那么兴奋，我要在这里待到派对结束。”

兴奋——就是这个词。她能在屋里、前廊和人行道上一直感受到它。她也兴奋。并不仅仅是为了她的晚礼服和经过衣帽架的镜子时见到自己漂亮的脸、腮红和头发里的水晶石头冠等而兴奋。也许是因为屋里的装饰和所有这些技校的人和孩子们都聚集在一块儿。

“看她跑了！”

“哎呀，住手——”

“成熟点！”

一群女孩在街上奔跑，提着裙子，头发向后飞扬。几个男孩砍下了丝兰尖锐的长叶，拿着它们去追逐那些女孩。技校的新生为了这场真正的舞会都穿得很隆重，然而行为还是孩子气。他们一半恶作剧，一半动真格。一个男孩拿着贴纸走向她，她也开始跑了。

派对的念头她现在彻底放弃了。这就是一次常见的打闹，却是她经历过最疯狂的夜晚。都是这些孩子造成的。他们就像传染病，来到派对之后，使得其他人全忘了中学，忘了自己快是成年人了。这就像在下午，你洗澡前先去后院打个滚，弄一身泥巴，带着酣畅的感觉进浴缸。人人都成了周六夜晚玩闹的野孩子——她觉得自己是其中最狂野的那个。

她大喊大叫，推推搡搡，总是抢先去玩每个新花招。她弄出那么多噪音，跑得那么快，根本没注意别人都在做什么。她要做那么多狂野的事，呼吸都跟不上节奏了。

“街上有个沟！沟！沟！”

她第一个跑过去。他们在沿街铺一条新的管道，因此挖了一条很深的沟。沟边的火把在黑夜里又红又亮。她迫不及待地要爬下去。她一直跑到如波浪的火焰旁，径直跳了下去。

穿网球鞋的话，她落地时会轻盈如猫——但她脚上的高跟鞋使她滑倒，肚子撞到了管道。她的呼吸停住了。她静静地躺着，眼睛闭上。

派对——她良久地回忆着当初如何想象它，如何想象技校里的新朋友，以及她想朝夕相处的小圈子。现在，重回学校走廊时感觉再也不一样了，她知道他们和其他孩子一样寻常。这个被败坏的派对，还行。但一切结束了。已终结。

米可从沟里爬出来。一些孩子围着小小的火焰罐。火焰带来红色的光和长长的、摇曳的影。一个男孩跑回家，戴上提前为万圣节买的面具。派对没有任何改变，改变的是她。

她慢吞吞地走回家，从孩子们身边经过时，她既不说话也不看一眼。门厅里的装饰被扯下来，房子看上去空荡荡的，所有人都待在外面。她在浴室里脱掉了蓝色的晚礼服。裙边撕破了，她将它们折了起来，那么，破的地方就看不见了。水晶石头冠不知道丢在哪里。她的旧短裤和衬衫还躺在原地，她穿上它们。经历了这次派对，她已经长大了，不能再穿短裤。今晚之后，就不可以了。再不可以了。

米可站在前廊上。没了腮红，她的脸显得很白。她将手拢起，罩着嘴巴，深呼吸了一口。“所有人回家吧！关门啦！派对结束啦！”

她又一个人待在安静秘密的夜晚里。时间还早——街上的窗户亮着橘黄色的灯光。她慢慢走着，手插在裤兜里，脑袋歪向一边。她漫无目的地走了很久。

房子越来越稀落，院里种着高大的树和黑灌木丛。她看了看四周，发现自己到了夏天时曾造访过无数遍的房子附近。

她不知不觉地被双脚带到这里。她等了等，确认没有人看见才走进去，然后她穿过旁边的院子。

收音机如常开着。她在窗边站了一会儿，看屋里的人们。秃头的男人和灰发的女人正在桌前玩扑克牌。米可坐了下来。这是一个美好又秘密的地方。周围是厚厚的雪松，她可以借此隐身。今晚的电台节目不好——有人在唱流行歌曲，结尾千篇一律。她感到整个人空了，手伸到裤兜里，手指摸索着。那里面有葡萄干、干果和一串珠子——一支烟和火柴。她点着了烟，双臂抱着膝盖。她似乎无比空虚，没有任何感觉，也没有任何念头。

曲子一首接一首地放，全是垃圾。她漫不经心地听。她抽着烟，扯着地上的草叶。过了一会儿，一个新的播音员开始说话。他提到贝多芬。她在图书馆读到过这个作曲家——他的名字发着 a 音，却用两个 e 来拼写。他是个德国人，就像莫扎特。他活着的时候，讲一口外国语言，住在国外某个地方——正是她所想要的。播音员说将要播放他的《第三交响曲》。她听得心不在焉，她还想走动一下，对节目不太上心了。音乐开始了。米可抬起了头，她的拳头举至喉咙。

怎么回事？音乐的开始从一头摇晃到另一头，像走路，像行军，像上帝在夜空昂首阔步。她身外的一切都凝固了，只有音乐的第一乐章在她心里滚烫。她甚至听不见后来的音乐，只是坐着干等，拳头紧握，浑身僵硬。过了一会儿，那音乐又回来了，更重，更响。它和上帝毫无关系，而是她，米可·凯利，白天黑夜地行走，在夜晚一个人走。烈日下，黑夜里，带着所有的想法与感觉。这音乐就是她——真实平凡的她。

她无法完全听清音乐的全部,它在她体内沸腾。如何选？紧随美妙的部分，不断回味，这样才不会忘记——还是任其自然，不想，也不尝试回忆，只管听音乐的每一部分？天呐！整个世界都是这音乐，她却不能听个够。最终，音乐开头的旋律又回来了，所有不同的乐器交织着演绎每个音符，如同一个紧握的拳头猛击她的心。第一乐章结束了。

这音乐既不长也不短。再说,它和经历的时间毫无关系。她坐着，双臂紧抱着腿，狠狠地咬自己有汗味的膝盖。她可能听了五分钟，也可能听了半个夜晚。第二乐章是黑色的——缓慢的进行曲。并不悲伤，只是，感觉整个世界都死了，漆黑一片，再无意义去回想它曾经的模样。一把类似号角的乐器奏出一段银光的、悲伤的旋律。然后，音乐愤怒地升起，曲式激烈。最后，黑色的进行曲又回来了。

不过，也许交响乐的最后一章才是她的最爱——欢乐，像世界上最伟大的人在奔跑，费劲又自由地跳跃。如此美妙的音乐是最令人伤心的。整个世界都是这部交响乐，而她却未能尽情地听。

结束了。她僵硬地坐着，手臂还抱着膝盖。另一个节目开始了，她将手指塞入耳朵。那音乐只给她的内心留下痛苦与空虚。她一点儿都没记住那交响乐，连最后几个音符都记不得。她尝试去回忆,却想不起一点儿声音。现在,它结束了，只留下她心如鹿撞，和这糟糕的伤心。

收音机和屋里的灯都关了。夜无比漆黑。突然，米可用拳头击打自己的大腿。她用全力拍打着同一块肌肉，直到眼泪都流了出来。但她觉得还不够痛。树丛下的石块很尖利。她抓了一把，在同一个地方来回擦，直到手流血。然后，她躺倒在地上，看着上面的夜空。腿上火辣辣的痛楚让她感到好受些。她软软地躺在湿润的草地上，渐渐地，她的呼吸再次恢复和缓从容。

探索者怎么没能通过观察天空而知道世界是圆的呢？天空是弯的，就像一个巨大玻璃球的内侧，非常深邃的蓝色，布满明亮闪烁的星星。夜晚很安静。空气里有温暖的雪松气息。就在她完全没去想的时候，音乐回来了。第一乐章在她脑海响起，和刚刚播放的一模一样。她静静地、慢慢地聆听，像解析几何题般思考那些音符，这样才能记住。她清晰地看见了声音的形状，她再也不会遗忘了。

现在她感觉好了。她大声地自言自语：“主啊，宽恕我吧，我不知道做了什么。”她为何想起这个？最近几年里，人人都知道并没有真正的上帝。当她想到以前所想象的上帝形象时，她只想到辛格先生，他披着长长的白床单。上帝是沉默的——也许，是这点使她产生联想。她又说了一遍，就像对着辛格先生说一般：“主啊，宽恕我吧，我不知道做了什么。”

音乐的这个部分很美，很清晰。她现在可以随意将它唱出来。也许晚一点儿，某天清晨醒来，她能想起更多的音乐。如果她还能再听一遍这部交响乐，她会记住更多乐章。如果，她能再听四遍，只要四遍，她就能记得全部。也许。

她又听了一遍音乐的开始部分。于是，音符越来越缓慢和轻柔，她仿佛正慢慢地下沉，沉入黑暗的泥土。

米可惊醒了。空气变得寒冷，她快要醒来时梦见了老埃塔·凯利拿走了所有的被子。“给我一点儿毯子——”她想说。接着就睁开了眼睛。夜空极黑，星星都消失了。草地是湿的。她迅速地爬了起来，爸爸该担心了。然后她想起那音乐。她不知道现在是午夜还是凌晨三点，她急急忙忙地赶回家。空气里闻到了秋天的气息。音乐在脑子里又响又快地回放着，她在回家的人行道上跑得越来越快。

2

到了十月，日子阴郁又清凉。比夫·布瑞农换下他的绉布薄裤，穿上深蓝色的哔叽毛裤。他在餐厅的柜台后装了一台煮热巧克力的机器。米可很爱喝热巧克力，每周要过来三四次，来喝上一杯。他半价卖给她，实际上他想请她免费喝。他看着站在柜台后面的她，感到焦虑又伤感。他想伸出手去摸她那被太阳晒干、乱蓬蓬的头发——不是摸女人那种摸法。他的内心不安，和她说话时，声音是沙哑而陌生的。

他有很多忧心的事。譬如，艾莉斯状况不好。她一般早晨七点就在楼下干活，做到晚上十点。但她行动迟缓，脸上有黑眼圈。打理生意时，她明显是病态的。有个周日，她用打字机敲出当天的菜单，给特价晚餐"皇家奶油鸡肉"的标价敲成了二十美分，而不是五十美分。等到好几个顾客点了这菜并且准备结账时才发现这个错误。另一次，顾客给了十元钱，她找回两个五元和三个一元。比夫站着，久久地看着她，若有所思地揉着鼻梁，眼睛半睁半闭。

他们没有谈论这些。夜晚，他在楼下工作，她则在睡觉，到了早晨，她又一个人打理餐馆。他们一起工作时，习惯是他待在收银台后面，照看厨房和收拾餐桌等。除了生意上的事，他们一般不说话，但比夫会一脸困惑地观察她。

十月八日那天下午，他们睡觉的房间里突然传来痛苦的叫喊。比夫冲上楼。一个小时不到，他们将艾莉斯送到医院，取出了一个与新生婴儿大小差不多的肿瘤。又过了一个小时，艾莉斯死了。

比夫坐在她的病床边，目瞪口呆地沉思着。她死的时候，他在场。她的眼睛用过麻药，因乙醚而像蒙了一层薄雾，随后像玻璃般变硬。护士和医生都离开了房间。他一直在看着她的脸，除了有点发蓝的苍白之外，和生前没什么区别。他观察她的每个细节，仿佛不曾和她朝夕相处二十一年。他坐在那里，思绪渐渐地转到一幅在心里盘桓已久的画面。

寒冷的、绿色的海洋，炎热的金色沙滩。小孩子们在丝绸般的泡沫边缘玩耍。壮硕的褐色小女孩，瘦瘦的、赤裸的小男孩，这些半大的孩子在奔跑，用甜美、刺耳的声音相互叫喊。这些孩子里有他认识的，米可和他的外甥女贝彼，也有些谁也不认识的年轻面孔。比夫低下了头。

过了很久，他从椅子上起身，站到了房子的中央。他能听见他小姨子露西娅在外面的走廊徘徊。柜子上面有一只肥胖的蜜蜂在爬，比夫娴熟地捏起它，从打开的窗户放了出去。他又瞥了一眼死者的脸，之后带着一种丧偶的镇静，打开通向医院走廊的门。

第二天清晨,他在楼上的卧室里坐着缝缝补补。为什么？那些相爱的人，在一方去了后，活着的一方常常并不会自杀来追随爱人？仅仅是因为活着的人要埋葬死者？因为死亡之后有一个慎重的葬礼要执行？因为那活着的人好像暂时走到舞台，每秒钟都变得无限漫长，而且被无数双眼睛盯着？因为他要履行一种责任？或者，为了爱，那丧偶的人必须活着，为了爱人的复活——这样，走了的人就没有真的死去，而是在活人的灵魂里成长再生？为什么？

比夫身子弯得更低去看手里的针线活，同时想着许多事。他的针线活很好，指尖上的老茧很硬，穿针引线都不需要顶针。两套灰西装衣袖上的黑纱已经缝好，他在缝最后一件。

白天明亮而炎热，新的秋天，新的落叶已飘落到人行道上。他早早出门，每分钟都如此漫长。在他面前，是无尽的空闲。他锁好餐厅的门，在门外挂了一串白色的百合花环。他先去了殡仪馆，仔细地选择棺材。他摸了一下内衬的质料，掂量框架的承重。

“这种绉纱叫什么名字——乔其纱？”

殡仪员油腔滑调地回答了他的问题。

“你们生意里，火化占了多大比例？”

回到大街上时，比夫走得庄重得体。西边吹来暖洋洋的风，太阳明晃晃的。他的手表停了，只好调头走向另一条街，威尔伯·凯利在那儿新挂了一块钟表匠的牌子。凯利正坐在他的工作台前，身穿打了补丁的睡衣。他的钟表坊也是间卧室，米可放在婴儿车里推着到处去的那个婴孩正安静地坐在地板的垫子上。每分钟都是如此漫长，有充足的时间思考与询问。他请凯利解释手表里宝石轴承的实际用途。他注意到凯利的右眼透过钟表匠的放大镜看是变形的。他们谈了一会儿张伯伦和慕尼黑。然后，他看时间还早，决定上楼去哑巴那里。

辛格正为丧事穿衣服。昨晚比夫收到一封他寄来的吊唁信。他要做葬礼的扶柩者。比夫坐在床沿，两人一起抽了支烟。辛格探究的绿眼睛时不时看着他。他递给他一杯咖啡。比夫没说话，其间哑巴停住，拍了拍他的肩膀，深深地看了他一眼。辛格穿好衣服后，他们一起走了出去。

比夫在商店买了黑丝带，遇见了艾莉斯的牧师。一切都安排好后，他回家去了。让事情井然有序——这就是他一直所想的。他将艾莉斯的衣物打包好，交给露西娅。他彻底地清洁和整理了衣柜抽屉，甚至重新调整了楼下厨房的架子，摘掉了电扇上面俗气的绉纸饰带。活干完之后，他坐在浴缸里，全身上下洗了个遍。上午结束了。

比夫将线头咬断，抚平外套袖子上的黑纱。露西娅应该正在等他。他、露西娅和贝彼要一起坐灵车。他放下针线篮，将戴黑纱的外套小心地穿上身。他飞快地看了一眼房间，看看出门前是否一切妥当。

一个小时后，他到了露西娅的小厨房。他双腿交叉地坐着，餐巾纸放在大腿上，喝着一杯茶。露西娅和艾莉斯毫不相似，不容易看出她们是姐妹。露西娅又瘦又黑，今天，还从头到脚都穿着黑色衣服。她正给贝彼梳头。小家伙耐心地坐在餐桌上，双手叠放在膝上，等妈妈给自己梳好头。屋里的光线安详又柔和。

“巴塞洛缪——”露西娅说。

“怎么？”

“你开始回忆过去了吗？”

“没有。”比夫说。

“你知道，就像我得整天戴着眼罩，才能不东想西想或者回忆过去。我唯一能让自己去想的就是每日的工作、做饭和贝彼的未来。”

“态度很正确。”

“我在店里给贝彼做了个手指波浪鬈发，但它们很快就变直了，我想让她烫个永久卷的。我不想自己给她烫——也许，等我去亚特兰大参加美容会议时会带上她，让她在那儿做头发。”

“圣母玛利亚啊！她不过四岁。会吓着她的。而且，永久烫会伤头发。”

露西娅将梳子放到一杯水里浸了浸，再用它压贝彼耳朵上的鬈发。“不，不会的。而且，她想要。贝彼虽然小，却像我一样很有抱负。那可是巨大的抱负。”

比夫在掌心里磨指甲，摇了摇头。

“每次贝彼和我去看电影，看见那些演漂亮角色的孩子，心里都和我一样想法。我发誓，她真是这样的，巴塞洛缪。看完电影，我让她吃饭她都不吃。”

“天啊。”比夫说。

“她的舞蹈和表演课一直都上得很好。明年，我想让她学钢琴，我想，弹点钢琴对她有好处。她的舞蹈老师打算让她在晚会上跳段独舞。我觉得该尽我所能去督促她。因为，她的事业开始得越早，对我们越有好处。”

“圣母玛利亚！”

“你不懂。不能像对普通孩子那样对待一个有天赋的孩子。这就是我为什么想让贝彼离开这个普通社区的原因。我不会让她像周围的小混混一样言语粗俗，到处疯跑。”

“我认识这个社区的孩子们，”比夫说，“他们挺好。对面凯利家的孩子——克兰家的男孩——”

“你心里有数，他们没有一个达到贝彼的层次。”

露西娅弄好了贝彼头上最后一个小波浪。她捏了捏孩子的小脸蛋好让它更红润。现在她把孩子抱下了餐桌。为了葬礼，贝彼穿了一条白裙子，配白鞋子和白袜子，甚至戴了白色的小手套。每当被人注视，贝彼的头总摆出一个特别的姿势，现在，她就是这种姿势。

他们在又小又热的厨房里坐了一会儿，都不说话。突然，露西娅哭了起来。“我们似乎从未像姐妹那样亲密过。我们有很多差异，也很少见面。也许是因为我比她年轻太多了。但血缘关系是特殊的，当这样的事情发生时——”

比夫轻声地安抚她。

“我知道你们俩人是怎么回事，”她说，“你和她并不总是甜蜜的。不过，那样的甜蜜也许会让你现在感觉更糟。”

比夫把贝彼夹到胳肢窝下，然后将她甩到自己肩膀上。

这孩子越来越沉了。他小心地扛着她走到客厅去。贝彼的身子暖暖的，贴近他肩膀。她小小的丝绸裙子是白色的，衬托了他的黑衣服。她的小手紧紧地抓着他一只耳朵。

“比夫姨夫！看我做劈叉。”

他将贝彼轻柔地放回地上。她的两胳膊举过头顶，弯成弧形，她的双脚在打过蜡的黄地板上慢慢滑下，向相反的方向。一眨眼工夫，她已经坐了下来，一条腿笔直向前，另一条腿则向后。她的胳膊摆出别致的角度，眼睛斜视墙壁，做出悲伤的表情。

她爬了起来。“看我翻跟斗。看我做——”

“宝贝，安静点。”露西娅说。她坐到绒布沙发上，在比夫身旁。“她是否让你有点儿想到他——她的眼睛和脸？”

“见鬼，没有。我看不出贝彼和勒罗伊·威尔森有何相似之处。”

以露西娅的年龄，她看着太瘦和太憔悴了。也许是黑裙子的缘故，而且她一直在哭。“不管怎么说，我们得承认他是贝彼的父亲。”她说。

“你就不能忘掉那个男人？”

“我不知道。我想我老在两件事情上犯傻。那就是勒罗伊和贝彼。”

比夫新长出的胡子被苍白的脸衬得发蓝，他的声音疲惫。“你能不能将一件事情想清楚，搞明白究竟发生了什么，会有什么后果？你能不能用用逻辑——如果那些是前提，这就是结论？”

“对他不能，我想。”

比夫语气疲倦地说，他的眼睛几乎闭上了。“你嫁给某人时只有十七岁，之后，你们俩就是吵吵闹闹。你和他离婚了。而两年后，你又嫁给他。现在他人不见了，你都不知道他在哪儿。在我看来，这些事实只说明一件事——你们俩不合适。除了更个人的原因——反正，某人正好是这类人。”

“上帝知道，我一直都很清楚他是个卑鄙的家伙，只希望他再不要敲这个门。”

“看，贝彼，”比夫说得很快。他十指紧扣，举起手来。“这是教堂，这是尖顶。打开门，就是上帝的子民。”

露西娅摇头。“你不用担心贝彼。我什么都和她说。这些破事她知道得一清二楚。”

“那么，他如果回来，你让他留下来吃软饭，想吃多久就多久——就像以前一样？”

“是啊，我想我会的。每次门铃或者电话铃声响，每次有人走到门廊，我都下意识地想到这个男人。”

比夫摊开手掌。“我说对了吧。”

钟敲响了两点。房间又挤又闷。贝彼在打过蜡的地板上又翻了一个跟斗，做了一个劈叉。比夫将她抱到腿上。她轻晃的小腿碰到他的小腿。她解开他的背心，将脸埋了进去。

“听着，”露西娅说，“我想问你一个问题，你能保证说真话吗？”

“当然。”

“不管是什么？”

比夫摸着贝彼柔软的金发，手温柔地放在她的脑袋上。“当然。”

“大约是在七年前。我们第一次结婚后没多久。有天晚上他从你那里回来，满头是包，说你扭住他脖子，将他头往墙上撞。他编了个故事，讲你这么做的原因，不过，我想知道真相。”

比夫旋转着手指上的婚戒。“我从来都不喜欢勒罗伊，我们打了一架。我那时候和现在不太一样。”

“不对，你这么做肯定有原因的。我们认识很久了，我知道你做的每件事背后都有原因。你的思维是有逻辑的，并不冲动。你保证过要说出实情的，我想知道。”

“现在，它一点儿意义都没有了。”

“我说了我必须知道。”

“好吧，”比夫说，“那天晚上他进来就开始喝酒，喝醉之后口不择言乱讲了你一通。他说，他每月回家一次，每次把你打得满地找牙，你都没事。过后，你还会走到门廊外大笑几声，好让邻居以为你们只是在耍闹，全都是玩笑。实情就是如此，忘了它吧。”

露西娅坐直了，脸颊上泛出红晕。“你看，巴塞洛缪，这就是我一直假装戴了眼罩的原因，这样我就不用想起过去或乱想别的事。我唯一能想的就是每天的工作、家里的三顿饭和贝彼的将来。”

“是的。”

“我希望你也这样，别去回忆过去。”

比夫的头低垂到胸前，闭上了眼睛。漫长的一天里他都没时间去想艾莉斯。当他尝试回忆她的脸，却是一片茫然，很奇怪。他脑子里唯一印象清晰的是她的脚——胖胖的、软软的、白白的，还有肥肥的小脚指头。脚底是粉红色的，左脚后跟处有一颗褐色的痣。他们结婚的那天晚上，他脱掉了她的鞋子和袜子，亲吻了她的脚。嗯，想到这个，还是值得回忆的，日本人都认为那是女人身体最美妙的部位——

比夫动了动身子，看了一眼手表。他们马上就该出发去举行葬礼的教堂了。他在脑海里过了一遍仪式。教堂——和露西娅、贝彼一起坐车，跟着灵柩，以哀乐的节奏向前移动——人群站在九月的阳光下，低垂着头。阳光照在白色墓碑、凋谢的花朵和新掘墓穴的帆布帐篷上。然后回家——还有什么？

“不管怎么吵，自己的亲姐姐还是不一样。”

比夫抬起头。“你为什么没有再婚？善良的、不曾娶过妻的年轻人，能够照顾你和贝彼的人？只要你把勒罗伊忘了，你会成为一个好男人的好妻子。”

露西娅迟迟没回应。最后，她说：“你知道我们是怎样的——我们算是一直以来都彼此理解，没有其他动机。嗯，这就是我想和任何男人所保持的最亲密关系了。”

“我的感觉也一样。”比夫说。

过了半小时，有人在敲门。为葬礼准备的车停在了屋外。比夫和露西娅慢慢地站了起来。他们三个人肃穆平静地走了出去，身穿白丝裙的贝彼走在前头。

第二天，比夫的餐厅还是关着。傍晚时，他拿走了门前已经枯萎的百合花环，又开门做生意了。老顾客吊丧着脸走进来，点菜前在收银台和他聊几句。常客都来了——辛格、布朗特，这条街上的商店里做事的人，河下游工厂里的工人。晚饭之后，米可·凯利带着她的小弟弟出现了，往老虎机里投了五分钱。她输掉第一个硬币后，用拳头击打那老虎机，不停地打开出币口好确认真的没有钱掉下来。随后，她又投进了第二个五分币，这次几乎中了头奖。银币稀里哗啦地掉了下来，滚落在地板上。这孩子和她弟弟两人眼疾手快迅速将银币捡起，以免银币被别人踩上一脚。哑巴坐在餐厅中间的桌子旁，晚餐摆在面前。在他对面，杰克·布朗特正在坐着喝啤酒，穿着他的礼拜日服装，说着话。一切如常。过了一会儿，餐厅灰蒙蒙的，被烟雾弥漫，噪音在上升。比夫保持警觉，任何声音和动作都逃不过他的眼睛。

“我四处走。”布朗特说。隔着桌子，他殷切地靠拢，眼睛盯着哑巴的脸。“我四处走，尝试告诉他们。他们就是笑。我不能让他们理解一丁点儿。不管我怎么说，我都没法让他们看见真相。”

辛格点着头，用餐巾擦嘴。他的晚餐已经冷了，因为他没法低头吃饭，但他很有礼貌，让布朗特继续说下去。

老虎机旁两个小孩说话的声音，在一群男人粗哑的嗓音里头，显得清脆响亮。米可正将五分币投回机器里。她的目光老往中间的桌子转，不过哑巴背对着她，没看见。

“辛格先生要了炸鸡作晚餐，但他还一块都没吃呢。”小男孩说。

米可慢慢摇下老虎机的操作杆。“别多管闲事。”

“你经常去他房间或者其他你知道他会在的地方。”

“我说了你给我闭嘴，巴伯尔·凯利。”

“你就是这么干的。”

米可摇晃他，摇得他牙齿打战，再将他身子转向门口的方向。“你回家睡觉吧。我早说过了，我白天已经受够了你和拉尔夫，晚上不想再被你缠着，这是我的自由时间。”

巴伯尔伸出他脏兮兮的小手。“好吧，那你给我五分钱。”钱放入衬衫口袋后，他就回家了。

比夫拉直了外套，摸了一下头发。他的领带是纯黑的，灰色外套的袖子上他缝了一块黑纱。他想走到老虎机那里和米可说话，却被什么困住了。他深呼吸了一口，喝下一杯水。收音机在播放一首管弦乐舞曲，他却不想听。过去十年里，曲子都差不多，他分辨不出哪首是哪首。一九二八年后，他就不再喜欢音乐了。他年轻的时候，可是弹过曼陀铃的，熟悉每首流行歌曲的歌词与旋律。

他的手指放在鼻子边上，又歪着脑袋。米可在过去一年里长得很快，马上就要比他高了。她穿着每天上学都穿的红毛衣和蓝色百褶裙。现在褶子松脱了，折边松松垮垮吊在她瘦削突出的膝盖上。她正处在看起来更像个早熟男孩的年龄。

关于这点，为何那些最聪明的人通常都没注意到呢？所有人都天生是双性人。所以，婚姻和床根本不是一切。证据？青春和老年。老年男人的声音经常变得又高又细，会走碎步。老年妇女呢，发胖，声音变得粗哑而深沉，她们还会长出黑色的小胡子。他甚至能够自证——他的内心有时候希望自己是个母亲，米可和贝彼是自己的孩子。比夫突然在收银台后转了个身。

报纸乱七八糟。他有两星期没整理任何报纸。他从柜台下面拿起一沓报纸，双眼熟练地从报头扫到报尾。明天他要去检查橱柜里的几沓报纸，看能不能重新归类。做几个架子，用那些旧的、运罐头的结实箱子做几个抽屉。按时间顺序排列，从一九一八年十月二十七日到现在。用文件夹和贴在上面的标签标出历史事件。分三类——第一类是从停战协议直到后来的《慕尼黑协定》的国际新闻；第二类是国内新闻；第三类是本地消息，从莱斯特镇长在镇俱乐部枪杀妻子到哈德孙工厂大火。过去二十年发生的每件事都被摘录、概述，一件不漏。比夫的手擦着下巴，脸上不动声色地微笑着。之前，艾莉斯却想让他将报纸都拉走，好把储藏室变成女士专用卫生间。这是她一直唠叨没完让他去做的事，但这一次，他没有让她得逞，只有这一次。

平静而着迷，比夫投入到报纸的故事里了。他定定地读，很专注，只是，出于习惯，他还保持着对周围的警觉。杰克·布朗特还在说话，时不时用拳头击打桌子。哑巴抿着啤酒喝。米可绕着收音机无聊地走来走去，盯着其他顾客看。比夫读了第一页的每个字，在页边添加笔记。

突然，他惊讶地抬起头。他的嘴巴张开，要打哈欠，却硬生生压下去了。收音机里跳出一首老歌，是他和艾莉斯订婚那个年代的——《只是黄昏时一个宝贝的祈祷》。一个周日，他们坐有轨电车到老萨迪斯湖，还租了一艘划艇。日落时，他弹奏着曼陀铃，她在唱歌。她戴着水手帽，当他手臂去揽她的腰时，她——艾莉斯——

消失的情感被记忆之网捞起。比夫合上报纸，把它们放回到柜台下面。他一只脚站着，一会儿又换另一只。终于，他对着房间另一头的米可喊道："你没在听吧？"

米可关了收音机。"没有，今晚没东西听。"

这一切他都不要去想，他得专注在别的事情上。他俯下身子靠着柜台，观察着一个又一个的顾客。最后，他的注意力落在了坐中间桌子的哑巴身上。他看见米可慢慢地蹭到他跟前，他邀请她坐下了。辛格指了指菜单，女侍应给她拿了一瓶可口可乐。除了哑巴这样的怪人，没人会邀请一个花季少女坐在他和另一个男人一起喝酒的桌边。布朗特和米可都盯着辛格。他们在说话，哑巴看着他们时的表情在变化。真有意思。原因——在他们身上，还是在他身上？他非常安详地坐着，手放在口袋里，他没有说话，因此显得高高在上。这家伙在想什么，意识到什么？他知道什么？

那个晚上比夫有两次想要向中间的桌子走去，但每次都被他克制住了。他们走了之后，他还在思索琢磨这个哑巴——接近黎明，他在床上躺了下来时，还是翻来覆去地想着问题与答案，思绪不宁。谜团已在心里植根。它在意识里困扰着他，让他不安。有什么地方不对。

3

考普兰医生和辛格先生交谈过很多次。他真的不像别的白人。他是个睿智的人，他以其他白人做不到的方式去理解那强烈的、真正的使命。他聆听，脸上有着温柔的、属于犹太人的表情，一种属于被压迫民族的人的理解。有一次，他带辛格一起出诊。他领着他穿过弥漫着灰尘、疾病和炸肥肉气味、寒冷狭窄的过道。他让他看了一次成功的面部皮肤移植，病人是一个被严重烧伤的妇女。他治疗一个患梅毒的孩子，指给辛格看孩子手掌爆发的鳞屑斑、那呆滞浑浊的眼膜和歪斜的大门牙。他们去看有两个房间、容纳了十二个或十四个人的贫民窟。一间房里，橘黄色的炉火在壁炉里有气无力地烧着，其中一个老人因肺炎而咳得上气不接下气，他们很无助。辛格先生走在他后面，看着一切，理解了。他给小孩子一些五分硬币，他是那么安静和得体，不像别的访客那样打扰病人。

天气又冷又变幻莫测。镇上爆发了流感，考普兰医生白天黑夜忙个不停。他开着很高的道奇车穿越小镇的黑人区，这辆车他已经开了九年。他在车窗上扣上明胶材料的窗帘来挡风，脖子上则紧紧地围了条灰色的羊毛围巾。最近他没有见波西娅、威利或海伯尔，但时常想到他们。有一次，他不在家，波西娅过来看他，留了个字条，借走了半袋面粉。

有天晚上，他累极了，虽然还有几处患者召唤，他直接喝了热牛奶就上床睡觉了。他身体发冷又发烧，一开始睡不着。等到他快要入睡时，却听到了一个声音叫他。他疲乏地起身，穿着法兰绒睡衣去开门，是波西娅。

“主耶稣帮助我们，父亲。”她说。

考普兰医生打着寒战，睡衣在腰间裹紧。他的手捂着喉咙，看着她，等她说话。

“是我们的威利。他是坏孩子，给自己惹了大麻烦，我们得做点儿什么。”

考普兰医生踏着凝滞的脚步从门厅走过去，在卧室停了下来，找出浴袍、围巾和拖鞋，回到厨房。波西娅在那里等他。厨房冰冷，毫无生气。

“好吧。他做了什么？怎么回事？”

“给我一分钟。让我理清一下思路，好把事情的来龙去脉和你讲清楚。”

他弄皱炉边的几张报纸，捡起几根火柴。

“让我来生火，”波西娅说，“你就坐下吧，等炉子热了，我们弄杯咖啡喝。也许，一切就没那么糟糕了。”

“没有咖啡了。我昨天喝完了。”

他说这个时，波西娅哭了起来。她粗鲁地将报纸和木柴塞入炉子，用颤抖的手去点火。“事情是这样的，”她说，“威利和海伯尔今晚去了一个地方玩耍，没什么正经事。你懂我的感觉吗，好像我得一直牢牢地看着他们才行。我当时要是在的话，就不会有这些麻烦了。但我在教堂参加妇女聚会，他们男孩子坐不住。他们跑到丽芭夫人的快乐宫。父亲，这肯定是个很乱、很邪恶的地方。他们弄了个男人卖票——但也有一些趾高气扬、让人厌恶、搔首弄姿的黑人女孩。他们有红缎子窗帘和——”

“女儿，”考普兰医生急躁地说，他的手压在脑袋边，“我知道这个地方，说重点。”

“乐芙·琼斯在那儿——她是一个很坏的黑人女孩。威利喝了酒，绕着她跳希米舞，然后不知怎么回事就和人打了起来。和他打架的这个男孩叫‘甲虫’——为了乐芙。一开始他们用拳头打，后来这个‘甲虫’掏出他的刀子。我们威利没有刀子，他大喊大叫，绕着舞厅跑。最后海伯尔给威利找来一把剃刀，他有了装备，几乎将‘甲虫’的头切了下来。”

考普兰医生将围巾收得更紧了。“他死了吗？”

“那个男孩太坏了，死不了。他在医院里，不过快要出院了，没多久会再寻麻烦的。”

“威利呢？”

“警察来了，用囚车押送他到看守所里，他还关在那儿呢。”

“他没有受伤？”

“哦，他眼睛被打坏了，后背被切了一块。不过，这都不碍事。我真不懂他怎么和那个乐芙搞到一块儿去的。她至少要比我黑十倍，是我见过的最丑的黑鬼。她走路的样子就像两腿间夹了个鸡蛋，生怕打破。她也不干净。威利却为她赴汤蹈火。”

考普兰医生挨近炉子，发出呻吟的声音。他咳得脸都僵硬了。他用纸巾捂住嘴，纸巾上出现了血迹。他黑皮肤的脸变得发绿和苍白。

“当然，事情一发生，海伯尔就跑来告诉我了。我的海伯尔和这些坏女孩一点儿关系都没有。他只是陪着威利。他太为威利难过了，一直坐在看守所前的马路牙子上。”映着火光的泪水从波西娅脸上流下。“你知道我们三个一直是怎么过的。我们都有各自的安排，以前从未出错。甚至都不曾为钱烦恼过。海伯尔出房租，我买吃的——威利管周六晚上的活动。我们仨就像三胞胎一样。”

终于到了早晨。工厂早班的哨声吹响。太阳出来了，照亮了壁炉上面挂的洁净的平底锅。他们坐了很久。波西娅扯着耳环，直到耳垂被扯得火辣辣地疼，变成紫红色。考普兰医生的手依然捧着他的头。

“我觉得，”波西娅终于开口说话，“我们如果找些白人给威利写信，也许有用。我已经去找了布瑞农先生。他完全照着我说的来写。这事发生时，他和平时一样待在他的咖啡馆里。所以我直接进去，和他说了整件事。我把信带回了家。

我把它夹在《圣经》里，这样不会丢也不会弄脏。”

“信上怎么说的？”

“布瑞农先生完全按照我说的去写。信里就是讲威利这三年来怎么为布瑞农先生工作，他是一个非常出色的黑人孩子，之前从没有惹过麻烦。信里还说他如果像别的黑人男孩那样，他可有大把机会在咖啡馆偷东西，还有——”

“哼！”考普兰医生说。“这一点儿用也没有。”

“我们总不能干坐着等消息吧。威利还关在牢里。我的威利，虽然他今晚做了错事，但他是多么可爱的一个孩子。我们不能干坐着。”

“我们只能这样。这是我们唯一能做的事。”

“哦，我可不会。”

波西娅从椅子上站起来。她的眼睛心烦意乱地到处看，仿佛要在屋里找什么。突然，她走向了大门。

“等一下，”考普兰医生说，“你要去哪里？”

“我去工作。我得保住我的工作。我得继续和凯利太太待着，保证每周拿到工钱。”

“我想去看守所，”考普兰医生说，“也许我能见到威利。”

“上班路上我会经过看守所。我得让海伯尔也去上班，否则，他肯定整个早上都坐在那儿，为威利难过。”

考普兰医生匆匆忙忙地穿衣服，赶上已在门厅的波西娅。他们走进清凉的、蔚蓝的秋天的清晨里。看守所里的人态度粗暴，他们几乎一无所获。随后，考普兰医生去咨询了一个曾经打过交道的律师。接下来的日子漫长，充满忧虑。三周之后，对威利的庭审开始了，他被指控使用致命武器袭击他人，被判了九个月的强迫劳役，并且被立刻遣送到本州北部的一个监狱里。

考普兰医生虽然还心存强烈的、真正的使命感，却没时间去细想它了。他从一栋房子走到另一栋房子，工作没完没了。大清早，他就开着车出门，到了十一点，病人都到了他办公室。呼吸过外面清新的秋天的空气后，屋里这闷热发臭的气息让他咳嗽。厅里的长凳上永远坐满了耐心等着看病的黑人，有时候，甚至前廊和他的卧室都挤满了人。他整个白天都在工作，经常还要工作到半夜。身体如此疲惫，他常常想直接躺到地上、挥舞拳头和大哭。如果能休息，他会好起来的。他有肺结核，每天自量体温四次，每个月照一次 X 光。但他无法休息。有一件事情比他的疲惫更重要——那就是他强烈的、真正的使命。

他惦记自己的使命，除了某些时候——一天一夜漫长的工作过后，他的脑子一片空白，那时他会暂时忘了所谓的使命。然后，它又回来了，于是，他焦躁难安，急于处理新任务。但他经常舌头打结，声音也嘶哑了，不像原来那么洪亮。他费劲地和那些生病的、耐心的黑人——他的同胞们说话。

他常和辛格先生交谈，他会与他谈化学和宇宙之谜，谈无限小的精子和成熟卵子的分裂，谈复杂的百万倍的细胞分裂，谈生物的神秘性和死亡的简单。他还和他谈种族问题。

“我的同胞从大平原和郁郁葱葱的森林被带到这里，”有一次，他和辛格说，“被锈在锁链里，他们成千上万地死在走向海岸的漫长旅途中。只有强壮的人能活下来。锈在发臭的、运载他们到这里的船上，他们又死了一大批。只有那些坚硬如石的黑人还活着。被殴打，被铁链锁住，被拍卖，这批强壮的人里最不济的又死去了。最终，经过艰苦的岁月，我最强大的同胞留在这里了。他们的儿女、他们的孙辈和重孙辈生生不息。”

“我来借东西，找你帮个忙。”波西娅说。

她穿过门厅，站在过道和他说话时，考普兰医生正独自在厨房里。威利已经被送走两周了。波西娅变了。她的头发不像以前那样梳得整齐和油光滑亮，她眼睛里有血丝，仿佛喝了烈酒。她的脸颊凹了下去，她悲伤的、蜜一般颜色的脸现在很像她母亲。

“你记得你那些漂亮的白色碟子和杯子吧？”

“你可以拿走，不用还给我。”

“不，我只想来借。另外，我还想请你帮个忙。”

“你尽管说。”考普兰医生说。

波西娅隔着桌子，在她父亲对面坐了下来。“我最好先解释一下。昨天，我收到外公的信息，他们全家明天过来，和我们住一个晚上和半个周日。他们很担心威利，外公觉得我们应该重新聚一下。他也是对的。我当然也想再见见我们的亲戚。威利走后，我非常想念老家。”

“你可以随意拿走这里的碟子或别的，”考普兰医生说，“但是，女儿，挺直你的肩膀，你姿势很不好。”

“这将是一次真正的团聚。你知道，这是外公二十年来第一次在镇上过夜。他这辈子，只有两次不在家睡。他到了夜晚总是不安定。黑漆漆的大半夜，他老要起来喝水，看看孩子们有没有盖好被子，一切是否都好。我有点担心外公住这里会不自在。”

“我的任何东西你若需要——”

“当然是李·杰克逊带他们来，”波西娅说，“李·杰克逊在路上得花上一天时间才能将他们带到，我估计到达已是晚饭时间了。外公对李·杰克逊从来都很耐心，他不会去催赶它的。”

“我的天！那老骡子还活着啊？它肯定足足有十八岁了。”

“还要老。外公用了它二十年了。他和那头骡子待了那么久，他老说李·杰克逊就像他的一个亲人。他理解它、爱它就像理解和爱自己的孙子孙女。我从没见过哪个人会像外公那样懂得一头动物的想法。他对一切会走路、会吃东西的生物都有亲密的情感。”

“让骡子工作二十年是够长的了。”

“的确。李·杰克逊现在很虚弱了。但外公会好好照顾它的。他们在大太阳底下犁地时，李·杰克逊头顶上会戴一顶大草帽，就像外公那样——帽子还剪了洞让它耳朵穿过。骡子那顶草帽真的滑稽，李·杰克逊要犁地时，头上要没帽子，一步都不肯挪。”

考普兰医生从架子上拿下白色的瓷碟，并用报纸包起来。“你有足够的罐子和锅来煮所有人的饭吗？”

“够了，”波西娅说，“我不要弄得太复杂。外公，他自己就是‘体贴先生’——一家人来吃饭时，他总会带些有用的。

我只要准备充足的面粉、卷心菜和两磅重的新鲜鲱鱼。”

“不错。”

波西娅发黄的手指不安地交缠着。“我还有一件事没和你说。一个惊喜。巴迪和汉密尔顿都要来。巴迪刚从莫拜尔回来。他现在农场帮忙。”

“我有五年没见卡尔·马克思了。”

“这就是我想来问你的事，”波西娅说，“你记得我刚才进门时就说过我来借东西和请你帮个忙。”

考普兰医生将指关节按得咯咯响。“对的。”

“嗯，我来是想看看你明天能否和我们聚聚。除了威利，你所有孩子都在。我觉得你应该来一趟。你要是来，我会很高兴的。”

汉密尔顿、卡尔·马克思和波西娅——还有威利。考普兰医生取下眼镜，手指按摩着眼皮。过了一会儿，他清楚地看见那四个孩子，看见他们很久以前的样子。他抬起头，把眼镜放回鼻梁上。“谢谢你，”他说，“我会去。”

那个夜晚，他一个人在漆黑的房间里，坐在火炉边回忆往事。他回想起自己的童年时光。他的母亲生来就是奴隶，获得自由后去做了洗衣女工。他的父亲是一个牧师，一度和约翰·布朗有交往。他们用每周挣钱所存下的两三美元供他读书。他十七岁时，他们将他送到北方，在他鞋里藏了八十元。他在铁匠作坊当过学徒，在酒店里做过侍应。他同时还学习、读书、上学。他父亲死后，母亲不久也跟着走了。经过十年奋斗，他当上了医生，他知道自己的使命，回到了南部。

他结婚成家。他挨家挨户不停地宣讲他的使命和真理。同胞们绝望的处境让他痛苦得发狂，内心生出愤怒邪恶想摧毁一切的欲望。他有时喝烈酒，呼天抢地。在他内心深处有一股野蛮的暴力，有一次，他抓起火炉边的拨火棍将妻子打倒在地。她带着汉密尔顿、卡尔·马克思、威利和波西娅回了父母家。他的灵魂在和邪恶的黑暗较量、搏斗。但黛西没有回到他身边。八年之后她死了，他的儿子也不再是孩子，他们也没有回来。他成了一个孤独的老人，独自住一栋空房子。

第二天下午五点，他准时来到波西娅和海伯尔的住处。他们住在镇上一个叫糖果山的地方。房子是一栋局促狭小的村舍，有一个门廊和两个房间。屋里传来喋喋不休、嘈杂的人声。考普兰医生迈着生硬的脚步走近，站在门口，手里拿着破旧的毡帽。

屋里人很多，一开始谁也没注意他。他寻觅卡尔·马克思和汉密尔顿的脸。他们旁边是外公和两个坐在地上的小孩。当波西娅发现他在门口站着时，他依然盯着儿子的脸看。

“父亲来了。”她说。

说话声戛然而止。坐在椅子里的外公转过身来。他很瘦，腰都挺不直了，满脸皱纹。他穿着一件墨绿色的西装，是三十年前参加女儿婚礼时穿过的那套。背心上佩戴了一条光泽已失的铜表链。卡尔·马克思和汉密尔顿面面相觑，然后两人都往地上看，最终才看向父亲。

“本尼迪克特·马迪——”老人开口，“很久没见了，真的很久了。”

“可不是嘛！”波西娅说，“这是我们大家那么多年来头回团聚。海伯尔，你到厨房里拿一张椅子来。父亲，这是巴迪和汉密尔顿。”

考普兰医生和他的儿子们握手。他们两个都长得又高又壮，局促不安。蓝色衬衫和工装裤把他们的皮肤衬成和波西娅一样的深褐色。他们没看他的眼睛，他们脸上既没有流露出爱，也没有恨。

“很遗憾人没有来齐——莎拉姨妈和吉姆，还有其他人，”海伯尔说，“但今日大家是真高兴啊。”

“马车太满了，”有个孩子说，“我们只好下车走了很长的路，因为车上太满了。”

外公用火柴挠了挠耳朵。“家里得有人留守。”

波西娅紧张地舔了舔她深色的、薄薄的嘴唇。“我在想我们的威利。他从来都是各种聚会和热闹场面的主力。我老想到他。”

屋里一片窃窃私语，都表示同意。老人身子后仰靠着椅背，点着头。“波西娅，宝贝，请给我们读一点儿《圣经》吧，困难的时候，主的教导很有意义。”

波西娅从屋子中间的桌上拿起《圣经》。“外公，你想听哪一章呢？”

“整本书都来自我们神圣的主，你的目光落在哪里就从哪里开始吧。”

波西娅开始念路加福音。她读得很慢，细长柔软的手指滑过一行行字。屋里很安静。考普兰医生坐在大伙边上，将指关节按得咔咔响，他的目光四处游移。屋子很小，不通风，很闷。四面墙上挂满了日历和粗糙的杂志油画广告。壁炉架上有一个插满红色玫瑰的花瓶。壁炉里的火慢慢燃着，油灯摇曳的光影打在墙壁上。波西娅读《圣经》的节奏如此慢，那些词语沉睡在考普兰医生的耳朵里，他昏昏欲睡。卡尔·马克思懒洋洋地躺在地板上，和孩子们一起。汉密尔顿和海伯尔在打瞌睡。只有老人似乎在琢磨那些词语。

波西娅读完一章，合上书。

“我经常在想这个。”外公说。

屋里的人都醒了。“什么？”波西娅问。

“是这样的。你记得耶稣让死人复活、让病人痊愈那部分吗？”

“我们当然记得，先生。”海伯尔恭敬地说。

“当我在犁地或干活，一天里有好几次，”外公慢悠悠地讲，“我想过和推算过耶稣第二次降临的时间。因为我太向往了，我觉得它会在我还活着时发生的。我研究过好多次了。我是这样计划的。我会带着我所有的孩子、孙儿、重孙站在耶稣面前，对他说：‘主耶稣啊，我们都是悲伤的黑人。’主会把他神圣的手挨个放在我们头上，我们立刻就变得像棉花一样白。这个计划和推理在我心里想了很多次 。”

屋里一片沉默。考普兰医生扯了扯袖口，清了清喉咙。他的脉搏跳得太快，喉咙发紧。在角落里坐着让他觉得孤立、愤怒和寂寞。

“你们谁见过神迹？”外公问。

“我见过，先生，”海伯尔说，“那时候，我得了肺炎，看见主的脸从火炉里探出来看我。那是一张宽大的白人的脸，有白胡子和蓝眼睛。”

“我见过鬼。”有一个孩子说，是个女孩。

“我有次见到——”一个小男孩要开始讲。

外公举起了手。“孩子们别说了。你，西莉亚——还有你，惠特曼——现在轮到你们听，而不是说，”他说，“我只接收过一次真正的神迹。它是这样显现的。是在去年夏天，天很热。我正挖着猪圈旁边的大橡树桩的树根，我当时弯着身子，突然，我的后背一阵剧痛。我直起了身子，眼前发黑。我用手撑着背，抬头看天，突然就看见这小天使。她是一个白人小女孩天使——大概和豌豆差不多大小——黄头发，白袍子。她就飞在太阳边上。后来，我进屋去祷告。我一下子连读了三天《圣经》，才再次到地里去。”

考普兰医生心里又蹿起熟悉的邪火。有许多没想好的话涌到喉咙，他说不出口。他们都听那老人的话，却不听人讲道理。他想劝说自己，这些是我的同胞——但他现在没吭声，这念头也毫无帮助。他紧张而阴沉地坐着。

“真是奇怪的事，”外公突然说道，“本尼迪克特·马迪，你是个好医生。我挖一会儿地和种一会儿地之后，后背时不时会痛，这是为什么？我怎么会有这烦人的痛？”

“您今年多大了？”

“大概七八十岁吧。”

老人热爱药物和治疗。过去他带家人来见黛西，总要检查一下身体，再开些药物和药膏回去给一大家子。自从黛西离开他后，老人就没再来，只能买报纸广告上的通便和保肾丸来安慰自己。现在老人看着他，既怯懦又热切。

“大量喝水，”考普兰医生说，“尽量多休息。”

波西娅走入厨房准备晚餐。温暖的香气充满了屋子。人们开始小声闲聊，但是考普兰医生既没去听，也没说话。他时不时望向卡尔·马克思和汉密尔顿。卡尔·马克思在谈论乔·路易斯。汉密尔顿则老在说某次冰雹如何毁了农作物。他们捕捉到父亲的目光时，只是咧嘴笑，脚在地板上蹭。他愤怒又痛苦，眼睛始终盯着他们。

考普兰医生牙关咬得紧紧的。他为他们——汉密尔顿、卡尔·马克思、威利和波西娅考虑了那么多，为他们的真实使命考虑了那么多。看见他们的脸，他体内黑人的感情膨胀了起来。假如他能一次和他们全说清楚，从久远的开始说到这个特别的夜晚，那么倾诉能抚平他心中深深的痛楚。但是，他们不会听，也不会理解。

他的身体绷得紧紧的，每一块肌肉都僵硬紧张。他对周围的一切置若罔闻。他坐在角落里，像一个瞎子，像一个哑巴。很快，他们走到餐桌边，老人做了祷告。但是考普兰医生没吃东西。海伯尔拿出一瓶一品脱的杜松子酒，他们都在欢笑，轮流拿过酒瓶来喝，他也拒绝了。他沉默僵硬地坐着，最后，终于拿起帽子，不辞而别。如果他不能说出那一通大道理，他也没别的话可说。

他紧张地躺在床上，彻夜未眠。第二天是周日。他出了几次诊，上午过了一半，他就去拜访辛格先生了。拜访减轻了他内心的孤独，告别时，他又恢复了宁静。

然而，还没走出房子，这宁静就离他而去。发生了一件事。当他走下楼时，他看见一个拎着大纸袋的白人，他挨着扶手，好让两人通过。但那白人一步跨两三级台阶地往上冲，也不看一眼，结果两人狠狠撞上了，考普兰医生被撞得胸口发闷，呼吸不畅。

“天啊，我没看见你。”

考普兰医生仔细看了他一眼，没有回答。他曾经见过这个白人。他记得那矮小、野蛮的身躯和巨大笨拙的手。怀着突如其来的职业兴趣，观察他的脸，在对方的眼睛里，他看见一个奇怪、固执和孤僻的疯子的眼神。

“抱歉。”那白人说。

考普兰医生手扶到栏杆上，继续往下走。

4

“那人是谁？”杰克·布朗特问，“那个高高瘦瘦，刚刚离开这里的黑人是谁？”

小房间很整洁。阳光照亮了桌上的一碗紫葡萄。辛格坐着，椅背后仰，手插在裤兜里，看着窗外。

“我在楼梯上撞到他，他看我那样子——怎么了？从来没人这样瞪我。”

杰克将一袋啤酒放在桌上。他很吃惊地发现辛格并不知道他来了。他走到窗边，轻拍了一下辛格的肩膀。

“我不是有心撞他的。他那样表现没道理。”

杰克打起了冷战。尽管阳光明媚，屋里还是很冷。辛格举起食指，向走廊走去。回来时他带了一筐黑炭和一些引火柴。杰克看着他蹲在火炉边。他熟练地将木柴棍在膝盖上折断，将它们放在纸张上，再按次序放火炭上去。一开始火没点着。火苗虚弱地晃动，被一团黑烟卷没。辛格用两层报纸封着炉栅，气流让火旺了起来。房间里响起燃烧的咆哮声。

报纸在燃烧，被火吞噬。噼里啪啦作响的一团橘黄色火焰充满了壁炉。

早晨的第一桶啤酒有着怡人的醇香。杰克大口喝下他那份，用手背擦了擦嘴。

“有一位女士我认识很久了，”他说，“你让我想到她。克拉拉小姐。她在得克萨斯有一个小农场，制作果仁糖卖到各大城市。她很高，很壮，长得挺好看。整天穿那些很多口袋、长长的毛衫，脚踩乡巴佬才穿的鞋子，戴男人的帽子。我认识她的时候，她丈夫已死了。但我要说的是这个：要不是她，我不会知道。我也许就像那些愚昧的芸芸众生一样过一辈子。我也许会做牧师、棉纱工人或者是个推销员。我整个人生也许就荒废了。”

杰克诧异地摇摇头。

“要明白你得知道你先前的经历。你看，我年轻时住在加斯托尼亚。我是个罗圈腿的小矮个儿，人太小了，没法到工厂做事。我在保龄球馆打杂，混口饭吃。后来，我听说在不远的地方，有个机灵麻利的男孩扎烟叶一天能挣三十美分。我就去了，一天挣它三十美分，那时候我十岁。我就这样离开了亲人。我不写信。他们高兴我走了。你明白怎么回事。而且，除了我姐姐，没人识字。”

他在空中挥舞着手，好像要把眼前什么东西给赶走。“但我的意思是，我最初的信仰是耶稣。有一个家伙，和我在同一个工棚干活。他有一个帐篷，每晚布道。我去听了，后来就信了。我整天想着耶稣。空闲时，读《圣经》和祷告。然后，有天晚上，我拿一把锤子，手放在桌上。我很愤怒，我把整个钉子都敲了进去。我的手被钉在桌上，我看着它，手指在颤动，变成蓝紫色。”

杰克伸出手掌，指着掌心里凹凸不平、死灰色的疤痕。

“我想当一名福音传教士。我想去全国各地旅行布道，主持培灵会。同时，我从一个地方搬到另一个地方，快二十岁的时候，我到了得克萨斯。我在一片山核桃林里干活，离克拉拉小姐住的地方不远。我认识了她，有些夜晚会到她家。她和我交谈。明白吗，我不是立刻就明白的。没有人会立刻明白。它有个过程。我开始读书。我工作攒够了钱我就歇一段时间来读书。这就像重生。只有我们知道的人明白什么意思。我们开眼了，我们看见了。我们仿佛来自遥远的地方。”

辛格同意他的话。屋里像家一般温馨。辛格从橱柜里拿出锡盒，里面装着饼干、水果和芝士。他挑了一个橙子，慢慢地剥皮。他将橙子的衬皮都撕掉，橙子被阳光照得晶莹剔透。他一瓣瓣地掰开了橙子，两个人分着吃。杰克一次吃两瓣，响亮地将籽咳出，吐到火炉里。辛格慢慢地吃他那一半橙子，将籽都摆在一只手的掌心里。他们又开了两罐啤酒。

“我们这样的人在这个国家有多少呢？也许有一万。也许两万。或者更多。我去过很多地方，我们这样的人没遇见几个。说说一个真正的明白人吧。他看见世界的本质，他回顾几千年的历史来理解它如何演变。他观察资本与权力慢慢地聚集，如今已发展到顶点。他看到美国就是个疯人院。他看见人们为生存掠夺手足。他看见挨饿的孩子和为了吃饱一周工作六十小时的女人。他看见该死的失业大军、几亿美元和几千公里荒废的土地。他看见战争一触即发。他看见人们受苦太多而变得恶毒丑陋，失去信仰。但最重要的是他看见整个世界建立在一个谎言之上。尽管它就像烈日般明显——那些无知的人一直生活在谎言里而不自知。”

杰克额头上深红偾张的血管愤怒地鼓了起来。他抓起壁炉架上的煤筐，一股脑儿把煤块都倒入火里。他的脚麻了，他重重地跺着脚，地板被跺得震动。

“我走遍了这个地方，我到处去。我和人们说，尝试去向他们解释。但有什么结果呢？我的主啊！”

他凝视着火光，啤酒和热度引起的红晕让他脸色变得更深。脚麻的刺痛感蔓延到腿。他目光呆滞，注意着火苗的颜色：

绿色、蓝色和明黄色。“你是唯一一个，”他梦呓般说道，“唯一的。”

他不再是陌生人。如今他熟悉每条街道，每条小巷，镇上杂乱的贫民窟里的每一道篱笆。他仍然在“阳光南部”工作。秋天时，游乐场从一处空地移到另一处空地，总是处于城市的边缘，直到将小镇绕了一圈。地点虽然常变，环境却相似——被一排排破旧的棚屋围起来的一片荒地，离工厂、轧棉厂或灌瓶厂不远。人也一样，主要是工厂工人和黑人。夜晚亮起各种彩灯，演出都很俗气。木马在机械音乐的伴奏下转着圈子。秋千飞扬,抛硬币游戏的围栏前总是挤满了人。有两个摊位卖点饮料、汉堡包和棉花糖。

他一开始被雇用为技工，但是，渐渐地，他要管的事情多了。一片嘈杂声里，他粗哑的嗓子在大声叫喊，人得不停地从一个场地晃到另一个。额头上汗津津，胡子也被啤酒弄湿。周六时，他的工作就是维持秩序。他矮墩墩的身板用蛮力挤过人群。全身上下只有眼睛中没充满暴力。他宽大的、紧皱的额头下，眼睛大睁，显得孤僻，若有所失。

他深夜十二点到一点左右回到家。他住的房子被隔成四个房间，每人房租一点五美元。厕所在后面，走廊上有个水龙头。他房间的墙壁和地板有一股潮湿发霉的气味。发黑、劣质的蕾丝窗帘挂在窗户上。他把那套好的西装放入袋子里，工装服挂在钉子上。房间里没有火没有电，只有窗外一盏街灯照进房间，留下苍白发绿的光影。只有看书时，他才将床边的油灯点着。阴冷的房间里，灯油燃烧时刺鼻的气味让他作呕。

他要是在家，就焦虑地走来走去。他坐在凌乱的床沿，野人一样啃咬自己肮脏、破损的指甲。嘴里都是污垢呛鼻的气味。孤独的感觉如此强烈，让他的内心惶恐。他通常都存有一品脱的私酿威士忌。他喝了酒原液，到天亮时还感到暖和放松。早晨五点，工厂早班的哨声传来。哨声制造了迷惘怪异的回音，只有哨声响过，他才能安然入睡。

但他一般不在家。他出门，走到狭长、空旷的街上。黎明前几小时，天空黑漆漆，星星清楚明亮。有时候，工厂还在上班。亮着黄灯的建筑里传来机器的噪音。他守在大门口，等待换早班。穿着毛衣和印花裙子的年轻女孩从厂里出来，走到黑暗的街上。男人们走出来，手里拎着饭桶。有几个人在回家前，总要去有轨电车咖啡馆喝杯可乐或咖啡，杰克跟着他们去。在嘈杂的厂房里，每个字大家都听得清清楚楚，可是出来后的头一个小时，他们都成了聋子。

有轨电车咖啡馆里，杰克会喝加了威士忌的可乐。他和人交谈。冬天的黎明是白色的，烟雾弥漫，很冷。他充满醉意、急切地看着那些男人憔悴发黄的脸。他经常被嘲笑，被笑时，他会挺直敦实的身子，用轻蔑的口气说一串高深的词语。他的小指松开玻璃杯，傲慢地扭着胡须。如果人们还继续嘲笑他，他有时会打一架。他狂暴地挥舞褐色的拳头，大声地哭泣。

度过这样的清晨后，他如释重负地回到游乐场。挤在人群里让他感到放松。嘈杂的声音、汗臭味、肩膀处的肌肤接触缓和了他绷紧的神经。

镇上有“蓝规”[①]，游乐场在安息日关闭。周日，他早早就起床，从手提箱里取出他的哔叽西装。他走到主街。先去“纽约咖啡馆”，买一袋淡啤酒，接着就去辛格家。镇上，他虽然认识很多人，记得他们的名字或认得他们的样子，哑巴却是他唯一的朋友。他们会在安静的房间里消磨时光，喝啤酒。他老在说，言语滔滔不绝，它们来自在街上消磨或一个人在屋里度过的那些漆黑清晨。组织好的词语，被他尽情倾吐。

“是这样的，你看，我们明白以后就不能随遇而安，我们得有所作为。有些人疯了。有太多的事要做，你不知道从哪儿开始。它让人发疯。即使是我——我也做过一些事后看

① 蓝规，禁止周日贩酒、饮酒、娱乐等的清教徒法规。

来非理性的事情。有次我建立了一个组织。我选了二十个棉纱厂工人，给他们讲道理，一直讲到我以为他们明白了。我们的座右铭是一个词：行动。嘿！我们想发起暴动——尽可能地制造最大的麻烦。我们的终极目标是自由——真正的自由，伟大的自由，只有靠人类精神里的正义感才能实现的自由。我们的座右铭‘行动’，意味着资本主义的灭顶之灾。在我自己拟的宪章里，有几条条例规定，我们的任务一旦完成，我们的座右铭就要从‘行动’过渡到‘自由’。”

杰克将火柴的一头削尖，剔那烦人的蛀牙洞。过了一会儿，他接着说：

“宪章写完后，第一批追随者也组织起来了——我接着就搭便车到处去组织我们团体的分会。三个月后我回来了，你猜我发现了什么？我们第一次英雄主义的行动是什么？他们正义的愤慨盖过了我们的部署，自行冲上前了？它是毁灭、谋杀还是革命呢？”

坐在椅子上的杰克身子向前倾，停顿了一下，他沮丧地说：

“我的朋友，他们从库房里偷了五十七元三十分，去买制服帽，吃周末大餐。我撞见他们坐在会议室里，扔着骰子，头上戴着帽子，面前是火腿和一加仑的杜松子酒。”

杰克爆笑了起来，辛格也露出含蓄的微笑。过了一会儿，辛格脸上的笑凝固了，消失了，而杰克仍然在笑。他额头的青筋凸起，他的脸颊通红。他笑得太久了。

辛格抬头看了看钟，指了指时间——十二点半了。他从壁炉架上拿起手表、银色铅笔、便笺本、香烟和火柴，把它们放入不同的口袋里。午饭时间到了。

但杰克还在笑。他的笑声有点疯狂。他在房间里走来走去，弄得衣袋里的硬币叮当响。他长而有力的双臂绷紧着，笨拙地摇晃。他开始念出午饭的菜单。说到食物，他的脸露出狂热的狰狞。每说一个单词，他的上唇都翘起，像一头饿极了的动物。

“带汁的烤牛排。米饭。卷心菜和白面包。还有一大块苹果派。我饿瘪了。噢，强尼，我能听见北方佬在路上了。说到吃，我的朋友，我和你说过克拉克·帕特森先生吗？就是‘阳光南部’游乐场的老板。他太胖了，都有二十年没见过自己的脚尖了，他整天坐在拖车里，玩接龙，抽大麻。他的三餐都叫附近的快餐，每天的早餐是——”

杰克往后退了一步，好让辛格离开房间。和哑巴一起出门时，他总是缩在后面。他总是跟着辛格，期望他带路。走下楼梯时，他还在亢奋地滔滔不绝地说话。他褐色的大眼睛始终看着辛格的脸。

下午是温和舒适的。他们待在屋里。杰克带回家一夸脱的威士忌。他坐在床尾，陷入沉思，不说话，时不时弯下身拿起地上的酒瓶给杯子倒酒。辛格坐在他靠窗的桌子边下棋。杰克有点放松了。他看着朋友下棋，感觉到温和安静的下午渐渐融入幽暗的暮色里。炉火在四壁投下漆黑沉默的波纹。

但是，到了夜晚，他内心的焦虑又回来了。辛格将棋盘推到一边，和他面对面坐着。杰克的嘴唇因为紧张而颤抖，他喝酒来缓解。卷土重来的不安与欲望抓住了他。他喝掉威士忌，又开始和辛格说话。话语在他心里涨潮，从他嘴里喷涌而出。他从窗户走到床边，又走回来——一遍又一遍。最终，心里的话涨潮如洪水泛滥，他醉醺醺的，向哑巴强调说：

“他们对我们做的事情！那些被他们变作谎言的真理。被他们弄脏的理想，变得邪恶。就像耶稣。他是我们中的一员。他知道。当他说，富人进天堂比骆驼穿针眼还难时——该死的他就是这意思。但看看教会在过去两千年都对耶稣做了什么。他们怎么对待他的。他们为了自己邪恶的目的歪曲他说过的每个字。今天，耶稣如果还活着，他就会被陷害，被关到监狱里。耶稣是真正明白的人。耶稣和我会面对面坐在桌子前，我看他，他看我，我们都知道对方明白。我、耶稣和卡尔·马克思会一起坐在桌子前——

“再看我们的自由都遭受了什么。独立战争里的战士和革命女儿会的夫人们的差别就像我和那肚子鼓鼓、喷了香水的哈巴狗的差别一样。他们对自由真心实意，他们为真正的革命而战斗。因为他们的战斗，才可能有这么一个国家，人人都是自由而平等的。哈！那意味着每个人在自然面前都是平等的——平等的机会。而不是说百分之二十的人可自由抢劫另外百分之八十的人的生计。也不是说一个富人追求更富裕就可以榨干一万个穷人的血汗。更不是说暴君有权将国家置于如此困境，千百万的人不择手段——欺骗、撒谎或砍掉他们的右臂——就为了一日三餐和一个可以倒头睡的地方。他们使‘自由’成了亵渎上帝的词。你听见了吗？他们使‘自由’这个词，在所有明白的人看来，臭得就像臭鼬。”

杰克额头上的青筋激烈地抽动。他的嘴巴失控地颤抖。辛格警觉地坐直了身子。杰克想再说话，但话都堵在嘴里。一阵战栗穿过身体。他坐了下来，手指按住那一直颤抖的嘴唇。然后，声音沙哑地说：

“就是这样，辛格。发疯没有半点好处。我们能做的事都没有用。我觉得事情就是这样。唯一能做的是到处走，说出真相。只要足够多懵懂的人知道了真相，就没有战斗的必要了。我们唯一要做的事，就是要让他们明白。只需要这个。但是怎么做呢？嗯？”

炉火的影子打在墙上。黑暗朦胧的波浪升高了，屋子仿佛在移动。房间起落不平。杰克感觉自己在下沉，缓慢地、如波浪般沉入那梦幻的海洋。既无助又恐惧，他努力撑开眼睛，然而，除了漆黑与猩红的波浪在头顶贪婪地吼叫，他什么都看不到。终于，他找到了他要找的。哑巴的脸很模糊，很遥远。杰克闭上了眼睛。

第二天早上他很晚才醒来。辛格已经离开好几个小时了。桌子上放着面包、芝士、一个橙子和一壶咖啡。他吃过早餐就该去上班了。他情绪低落地走着，脑袋垂下来，穿过小镇回自己房间。当他走到住处所在的片区时，他穿过某条狭窄的街道，街道上一排都是被烟熏黑的砖砌的仓库。这些房子的墙壁上有什么东西隐隐约约地吸引着他。他正要继续走，突然注意力一下集中起来。有人用红色的粉笔在墙壁上写了一句话，笔迹厚重，形状奇怪：

你该啖勇士的肉，饮凡人之君的血。

这句话他读了两遍，眼巴巴地朝街头街尾张望。一个人都没有。他困惑地思考了几分钟后，从口袋里掏出一支粗的红铅笔，在那句话下面写上：

请写字的人明天中午和我在此碰头。十一月二十九号，星期三。或后天。

次日中午十二点，他在墙前等待。时不时不耐烦地走到街角，左顾右盼。没有人来。等了一小时，他不得不离开去上班。

第三天他再等。

然后到了周五，下了一场漫长的、拖拖拉拉的冬雨。墙壁湿透了，字被淋得模糊，无法辨认。雨继续下着，灰暗、苦涩而寒冷。

5

“米可，”巴伯尔说，“我觉得我们要被淹死了。”

的确，雨仿佛永远不会停。威尔斯太太开她的车接送他们上学放学，每天下午他们都不得不待在前廊或屋里。她和巴伯尔玩飞行棋和“老姑婆”纸牌游戏，或者在客厅的地毯上打玻璃球。圣诞节快到了，巴伯尔开始念叨小主耶稣和希望圣诞老人送他红色的自行车。银色的雨打在窗玻璃上，天空湿冷发灰。河水涨得如此高，有些工人只好撤离住的房子。当雨看上去要永远地下时，它突然停了。有天清晨，他们醒来看见阳光明媚。到了下午时，几乎如夏天般温暖了。米可放学回到家时天色已晚，巴伯尔、拉尔夫和斯伯尔瑞布斯在屋前的人行道上。孩子们看上去热烘烘、黏糊糊的，他们的冬装发出酸臭的气味。巴伯尔拿着弹弓，有个衣袋里装满了石头。拉尔夫在婴儿车里坐着，帽子歪戴着，有点烦躁。斯伯尔瑞布斯拿着一把新的来复枪。天空蓝得让人惊奇。

“我们等你很久了，米可，”巴伯尔说，“你去哪儿了？”

她三步跨作两步跳上台阶，把毛衣扔到衣帽架上。“在体育馆练钢琴。”

每天下午放学后，她都留下来练习一个小时。体育馆人很多，很嘈杂，因为女篮队在打篮球。她今天有两回被球砸到了头。不过，不管被砸多少次，有多少麻烦，能坐到钢琴前都是值得的。她对音符进行各种组合直到听见她想要的声音。这比她想象的要容易。最初的两三个小时后，她就摸索出低音部的几个和弦，能配她右手弹奏的主旋律。现在，几乎每首曲子她都能弹。她也自己作曲。这比光是老调重弹要帅多了。当她手指找到这些美妙的新声音时，她感到前所未有的愉悦。

她想学习如何读乐谱。德洛丽丝·布朗上了五年的音乐课。她每周付德洛丽丝五十美分好让她给自己上课，那钱是从午饭钱省出来的。结果是她终日饥肠辘辘。德洛丽丝弹了很多行云流水的曲子——但德洛丽丝并不能回答她所有的问题。德洛丽丝只教会她分辨不同音阶、大小调和弦、音符时值等基本规则。

米可砰地把厨房的炉子门关上。“我们就吃这些？”

“宝贝，我能给你做的就是这个了。”波西娅说。

只有玉米面包和人造黄油。她一边吃着一边喝水，以帮助下咽。

“别吃得那么猴急，没人跟你抢。”

孩子们还在屋前玩耍。巴伯尔将弹弓放进口袋，开始玩他的来复枪。斯伯尔瑞布斯十岁了，他父亲上个月过世了，这是他父亲的枪。所有的小屁孩都爱摆弄它。巴伯尔每隔几分钟就把枪扛到肩上，瞄准一个目标，发出响亮的“嘭”的声音。

“不要瞎动扳机，”斯伯尔瑞布斯说，“枪装了子弹。”

米可吃完了玉米面包，四周转悠想找点儿事干。哈利·米诺维茨坐在前廊的栏杆上读报纸。她看见他很高兴，开玩笑把手臂向前举了起来，向他大喊："嗨！"

但哈利·米诺维茨没觉得是玩笑。他走入前厅，将门关上。他情感上很容易受伤。她觉得抱歉，近来，她和哈利已成了很好的朋友。他们还小的时候，就常和同一群孩子玩，最近三年他上了技校，而她还在念语法学校。同时，他课余还打工。他一下子就长大了，再也不和那些孩子在前后院玩耍。有时候，她能看见他在卧室读报纸或夜深时脱衣服。学校的数学课和历史课上，他是最聪明的学生。如今她也上了高中，他们常常会在回家路上遇见对方，并结伴同行。他们修了同一门机械课，有一次老师将他们分在一组组装一个发动机。他读书，每天读报纸，时刻关心着世界政治。他语速缓慢，当他很严肃地探讨一件事情时，额头上就会冒汗。现在，她把他气坏了。

"不知道哈利的金条还在不在。"斯伯尔瑞布斯说。

"什么金条？"

"每个犹太男孩出生时，家人都会在银行为他存下一根金条。这是犹太人的风俗。"

"呸。你搞混了，"她说，"你想的是天主教徒。有婴儿出生时，天主教徒都会买一把手枪。说不定哪天天主教徒就发动一场战争，把人都杀光。”

“我觉得修女很滑稽，”斯伯尔瑞布斯说，“每次在街上看见修女都被吓到了。”

她在台阶上坐了下来，脑袋放在膝盖上。她走进了“内屋”。她的世界仿佛分出两个地方——内屋和外屋。学校、家和每天发生的事都属于外屋。辛格先生同时在两个地方。外国、她的计划和音乐则属于内屋。脑中萦绕的歌曲在那儿。还有那部交响曲。当她一个人待在内屋时，派对那天晚上听到的音乐就会浮现。这部交响乐就像一朵饱满的花在脑袋里缓缓绽放。有时在白天，或在清晨她刚醒来时，交响乐新的片段会突然弹奏起来。为此，她得走进内屋，反复地聆听，试图将它和她所记的部分结合起来。内屋是一个很私密的地方。即使待在到处是人的房子的中央，她依然能感觉自己被锁在里面。

斯伯尔瑞布斯脏兮兮的手举到她眼前，因为她直勾勾地盯着某处发呆。她打了他一下。

“修女是什么？”巴伯尔问。

“一位天主教派的女士，”斯伯尔瑞布斯说，“从头顶开始一身黑袍的天主教派女士。”

她提不起劲和孩子们玩了。她想去图书馆，想看《国家地理》上的图片。世界上一切异域的摄影。法国巴黎。巨大的冰川。非洲丛林。

“你们看着拉尔夫，别让他上街。”她说。

巴伯尔把巨大的来复枪放在肩膀上。“给我带一本故事书回来。”

这孩子仿佛天生就知道阅读。他才上二年级，却喜欢独自读故事书——从不要别人念给他听。“这次你想要哪种？”

“给我挑一些讲到吃的故事书。有一本我非常喜欢，讲德国小孩到森林里，来到一间用各种糖果造的房子，还有女巫。我喜欢讲到吃东西的故事。”

“我去找一本。”米可说。

“但我对糖果没什么兴趣了，”巴伯尔说，“看能不能帮我带一本讲到烤肉三明治的。如果找不到，那就西部牛仔的故事吧。”

她正准备走，突然停住了，眼睛瞪着。孩子们也瞪着眼睛。他们全都站着不动，看着贝彼·威尔森从街对面她屋子的台阶上走下来。

“贝彼真可爱啊！”巴伯尔轻轻地说。

也许是因为天突然热了起来，下了几周的雨后突然来了艳阳天。也许是因为这样的午后，他们身上深色的冬服已不合时宜。总之，贝彼穿得就像一个精灵或者电影里的人。她穿着她去年社交晚会的服装——一件小小的、粉红色的薄纱裙，短而坚挺地撑开，粉红色的束腰，粉红色的舞鞋，甚至粉红色的小坤包。除黄色的头发外，她整个就是粉红色、白色和金色的——如此娇小和洁净，看着就让人心痛。她矜持优雅地穿过马路，脸没有向他们转过来。

“过来，”巴伯尔说，“让我看看你粉红色的小坤包——”

贝彼沿着路边从他们身边经过，头扭向一边。她拿定主意不和他们说话。

在人行道和街道之间有片草地，贝彼走到上面时，停了一秒钟，接着翻了一个跟斗。

“别看她，”斯伯尔瑞布斯说，“她整天在卖弄。她是去布瑞农先生的咖啡馆拿糖果。他是她姨夫，糖果不要钱。”

巴伯尔将来复枪立在地上。他扛的这把大枪太沉了。他一边看着贝彼沿着街道走远，一边扯自己乱乱的刘海。“那个粉红色的小坤包是真漂亮啊。”他说。

“她妈妈老说她多么有天赋，”斯伯尔瑞布斯说，“她觉得自己能让贝彼去演电影。”

没有时间去看《国家地理》了。晚饭快好了。拉尔夫哭了起来，她从婴儿车里抱起他，放到地上。现在是十二月，对于巴伯尔这个年龄的孩子来说，从夏天到现在可是很漫长的时光。整个夏天，贝彼都穿着那件粉红色的晚装出门，在街道的中央跳舞。一开始，孩子们都围拢过来看她跳舞，但很快就厌倦了。她再出来跳舞时，巴伯尔成了她唯一的观众。他会坐在马路牙子上，只要有车经过，就向她大喊。他看她跳晚会舞看了一百遍——但是夏天都过去三个月了，现在，他仿佛是第一次看到。

“我真希望有一件礼服。”巴伯尔说。

“你想要什么样的？”

“一件真正帅的礼服。有着各种颜色、绝对漂亮的礼服。像一只蝴蝶。这就是我想要的圣诞节礼物。礼服和单车！”

“娘娘腔。”斯伯尔瑞布斯说。

巴伯尔又把大枪扛到肩上，还瞄准了街对面的房子。“我要有一件，我就穿着它到处跳舞，每天穿着它上学。”

米可坐在前排台阶上，眼睛看着拉尔夫。巴伯尔并不像斯伯尔瑞布斯讲的那样娘娘腔。他只是爱漂亮的东西。她可不能轻易放过老斯伯尔瑞布斯。

“一个人要努力争取才能获得每一样东西，”她缓缓说道，“我很多次注意到，一个家庭里的孩子谁最小，谁就最出息。

最小的孩子往往是最坚韧的。我很结实，就因为我上面有许多兄弟姐妹。巴伯尔——他看着虚弱，喜欢漂亮的东西，但骨子里是很勇敢的。如果我说得不假，等到拉尔夫长大后肯定是个非常强大的家伙。尽管他现在只有十七个月大，我已经在他脸上看到努力和坚韧了。”

拉尔夫知道有人在讲他，到处看。斯伯尔瑞布斯坐到地上去，摘下拉尔夫的帽子，朝着他的脸晃，逗弄他。

“好啦，”米可说，“你要弄哭了他，你知道我会干什么。你最好小心点儿。”

一切都安静了。太阳落到屋顶后，西边的天空变成紫红色。隔壁的街区传来孩子们溜冰的声音。巴伯尔靠在一棵树上，仿佛在做着白日梦。晚饭的香气从屋里飘了出来，马上要开饭了。

“看，”巴伯尔突然说道，“贝彼又来了。她穿那件粉红色的礼服真好看啊。”

贝彼向他们慢慢走来。她拿到一盒里面有奖品的爆米花糖，手正在盒子里摸奖品。她的步态照样矜持优雅。显然她知道他们在看她。

“求你了，贝彼——”她经过他们时，巴伯尔说，“让我看看你粉红色的小坤包，让我摸一下你的裙子。”

贝彼开始哼一首歌，没听他的。她穿过他们，不让巴伯尔碰到她。她只是低着头，冲他微微一笑。

那把大枪还在巴伯尔的肩上。他叫出“砰”的一声，假装射了一枪。然后，他又叫了贝彼一声——温柔而伤感的声音，仿佛在呼唤一只小猫。“求你了，贝彼——过来吧，贝彼——”

他的动作太快，米可根本来不及阻止。当那可怕的枪声“嘣”地响起，她才看见他的手指扣在扳机上。贝彼扑通倒在人行道上。她仿佛被钉在台阶上，不能移动，不能呼叫。斯伯尔瑞布斯的手臂举过了头顶。

只有巴伯尔还不清楚状况。“起来，贝彼，”他大喊，“我没生你的气。”

一切都发生在瞬间。三个人同时奔向贝彼。她弯曲的身体卧倒在肮脏的人行道上。她的裙子盖住了头，露出粉红色的内裤和白皙的小腿。她的手掌摊开——一只手上是糖果盒里的奖品，另一只手上是小坤包。她扎头发的丝带和黄黄的鬈发上全是血。她的头部中枪，脸埋在地上。

一秒钟内发生了那么多事。巴伯尔尖叫着扔掉了枪，跑掉了。米可的双手捂着脸，也在尖叫。之后，来了很多人。她爸爸第一个到来，把贝彼抱进屋里。

“她死了，”斯伯尔瑞布斯说，“子弹穿过了她的眼睛，我看到她的脸了。”

米可在人行道上徘徊，她想问贝彼是否死了，但舌头却打了结。威尔森太太从她干活的美容院沿着大街一路狂奔过来。她走进屋子，又走了出来。她在街上走来走去，一边痛哭一边把手指上的戒指摘下来套回去。之后，救护车到了，医生进去看贝彼。米可跟着医生。贝彼躺在前屋的床上。屋里安静得像一座教堂。

床上的贝彼仿佛一个漂亮的小洋娃娃。除了身上的血，看不出她受伤了。医生弯下身子去看她的头。他检查结束后，他们将贝彼放在担架上抬了出去。威尔森太太和她爸爸跟着一起上了救护车。

屋里依然很安静。大家都忘记巴伯尔了。他不见了。已过去一个小时了。她妈妈、黑兹尔、埃塔和所有房客都聚在前屋等待。辛格先生站在门口。过了很久，她爸爸回来了。他说贝彼不会死，但是头盖骨破裂了。他问巴伯尔去哪儿了。没人知道他在哪儿。外面黑漆漆的。他们在后院和大街上呼唤巴伯尔，让斯伯尔瑞布斯和别的男孩出动去找他。看起来，巴伯尔并不在附近。哈利跑到一栋房子那里，他们觉得他可能会在那儿。

她爸爸在前廊来回踱步。“我没有打过孩子，”他念念有词，“我从不相信打有用。但是，只要让我抓到他，非把他揍一顿不可。”

米可坐在栏杆上，望向黑鸦鸦的大街。“我能管教巴伯尔。他回来后，让我来处理他吧。”

“你出去找找他。你比谁都更清楚哪里能找到他。”

她爸爸刚说了这句，她突然就想到了巴伯尔所在之处。后院里有一棵大橡树，夏天的时候，他们在那儿造了一间树屋。他们拖了一个大箱子放在橡树上，巴伯尔喜欢一个人坐在树屋里。米可离开了聚在前廊的家人和房客，穿过后面的小巷走向漆黑的后院。

她在树干边站了一分钟。“巴伯尔——”她轻声地说，“是米可。”

他没有回应，但她知道他在那儿，仿佛她能闻到他的气息。她跳上最矮的树杈，慢慢往上爬。她被这孩子气疯了，得好好教训他一回。她爬到树屋后，再一次和他说话——依然没有回答。她爬进大箱子里四处摸索，终于摸到他。他缩在角落，双腿颤抖。他一直屏住呼吸，当她摸到他时，他的哭声和呼吸都立刻一起释放了出来。

“我——我不是故意要射倒贝彼。她是那么小巧可爱——

我就是忍不住要射她一下。”

米可在树屋的地板上坐了下来。“贝彼死了，”她说，“他们出动很多人来找你。”

巴伯尔不哭了。他非常安静。

“你知道爸爸正在家里做什么吗？”

她仿佛能听到巴伯尔在倾听。

“你知道劳斯监狱长——你在收音机里听到过他。你也知道纽约州新新监狱。嗯，我们爸爸正给劳斯监狱长写信，等到他们捉到你将你送到新新监狱那里时，求他对你好点儿。”

这些话在黑暗里发出可怕的声音，她打了一个寒战。她感觉到巴伯尔在颤抖。

“他们那儿有小的电椅——和你尺寸一样。他们扭开电流，你会像块被烤过的培根一样，然后你就去了地狱。”

巴伯尔紧紧缩在角落，一言不发。她爬出箱子，从树上下来。“你最好待在这里，院子里有警察守着呢。也许过两天我能给你带点吃的。”

米可靠着橡树干。那些话够巴伯尔受得了。她一直能对付他，也比任何人都要了解这孩子。曾经，大概一两年前，他老是待在树丛后，小便，然后偷偷玩一会儿。她很快就发现了。只要他做这事，她就给他一记耳光，不出三天，他的毛病就治好了。从那以后，他甚至都不能像个正常孩子一样撒尿——他的手总放在背后。她一直照看巴伯尔，所以能管住他。不用多久她就回到树屋，把他带回去。之后，他这辈子再不会想摸枪。

屋里仍然是一片死寂。房客都坐在前廊，既不说话，也不在椅子里摇晃。她爸爸和妈妈在前屋。她爸爸喝着一瓶啤酒，在屋里走来走去。贝彼会好起来的，所以，他并不为她忧虑。看起来也没人担心巴伯尔。

“那个巴伯尔！”埃塔说。

“发生了这事，我都不好意思出门了。”黑兹尔说。

埃塔和黑兹尔走进中间的卧室，关上门。比尔待在屋后他自己的房间里。她不想和他们说话。她在前厅里闲站着，一个人思索整件事。

她爸爸的脚步停住了。“是故意的，”他说，“这不像是小孩子瞎弄枪而走火。每个看见的人都说他故意瞄准的。”

“不知道威尔森太太什么时候会来找我们。”她妈妈说。

“我们有的烦了，好吧！”

“我想是的。”

太阳现在下山了，夜晚又像十一月般冷了。人们从前廊进来，坐在客厅里——但没人生火。米可的毛衣挂在衣帽架上，她将它穿上，站在那里，两肩缩着取暖。她想到巴伯尔正坐在又冷又黑的树屋里。他真的相信她说的每句话。不过，这是他活该。他差点儿杀死了贝彼。

“米可，你能想到巴伯尔会待在什么地方吗？”她爸爸问。

“他就在附近，我猜。”

她爸爸手里抓着空啤酒瓶走来走去。他就像个瞎子一样走，脸上有汗。“可怜的孩子吓得不敢回家。如果能找到他，我会好受点儿。我从没有打过巴伯尔，他不该怕我的。”

她要再等一个半小时。到那时，他对自己所作所为应该感到很难过了。她总能对付巴伯尔，给他教训。

过了一会儿，屋里一阵激动。她爸爸又给医院打了电话问贝彼的情况，几分钟后，威尔森太太回了电话。她说想和他们谈谈，会上门来。

她爸爸依然像个瞎子般在前屋走来走去。他又喝了三瓶啤酒。“按这事态，她能将我们告到内裤都不剩。本来，除去抵押，她最多能得到这房子。现在事情这个样子，我们一点儿反驳的理由都没有。”

米可突然想到什么。他们也许真的会审判巴伯尔，再把他送到少年监狱。威尔森太太可能会把他送到感化院。他们可能真会对巴伯尔做出可怕的事。她想马上到树屋，和他坐在一起，叫他别害怕。巴伯尔一直是那么羸弱伶俐。谁要让他离开家,她会杀了谁。此刻她想亲他咬他,她是多么爱他啊。

但她不能错过任何事情。威尔森太太没几分钟就要到，她得知道事态的发展。然后她再跑过去告诉巴伯尔，之前讲的全是骗人的。这样他才会真正吸取这次自找的教训。

一辆“十分钱出租车”开到人行道边上。所有人都在前廊等待，既安静又害怕。威尔森太太和布瑞农先生一起从车里出来。他们走上台阶时，她能听见她爸爸紧张的磨牙声。大伙走入了前屋,她也在后面跟着,站在门口。埃塔、黑兹尔、比尔和房客们待在外面。

“我是来和你彻底谈谈这事的。”威尔森太太说。

前屋看上去肮脏俗气，她看见布瑞农先生正东张西望。破烂的合成树脂玩偶、珠子和拉尔夫玩的廉价货散落在地上。她爸爸的工作台上有啤酒，她爸妈睡的枕头已脏成灰色。

威尔森太太不断地把手指上的婚戒拿下又戴回去。她身旁的布瑞农先生很冷静。他双腿交叉地坐着。他的下巴是青黑色的，看起来像电影里的匪徒。他对她一直怀有恶意。和她说话的方式与众不同，格外的粗声粗气。也许是因为他知道她和巴伯尔有次在他柜台顺手牵羊拿过一包口香糖？她讨厌他。

“说到底，”威尔森太太说，“你孩子是故意射我家贝彼的。”

米可走到屋子中央。“他不是故意的，”她说，“我当时在场。巴伯尔拿枪瞄准过我和拉尔夫，以及周围的一切。他只是碰巧瞄准贝彼，失手扣了扳机。我在场。”

布瑞农先生擦了擦鼻子，难过地看着她。她真是恨死他了。

“我知道你们的感受——所以我想直截了当地说。”

米可妈妈将一串钥匙弄得哗啦哗啦响，她爸爸坐得笔直，一双大手搁在膝盖上。

“巴伯尔事前是没有想过的，”米可说，“他只是——”

威尔森太太把指环套上去又拿下来。“等一等。整件事我知道。我可以到法庭将你告得一文不剩。”

她爸爸面无表情。“我告诉你一件事，”他说，“我们没有多少可赔偿，我们所有的家当是——”

“听我说，”威尔森太太说，“我没带律师来这儿告你。巴塞洛缪——布瑞农先生——和我来前已经谈好了，我们就事情重点达成共识。首先，我想公平诚实地解决——其次，我不想让贝彼这么小的年纪卷入不寻常的诉讼里。”

鸦雀无声，房间里所有人都僵硬地坐在椅子上。只有布瑞农先生对着米可似笑非笑，但她斜了一眼，态度强硬地回敬了他。

威尔森太太紧张兮兮的，点烟时手在抖。“我不想迫不得已去起诉你或干类似的事。我只想要公平。我不要求你们补偿贝彼经历的一切痛苦和哭泣，他们得喂药她才能睡着。什么也补偿不了这些。我也不要求你们赔偿对她事业以及我们的计划将造成的损害。她得绑绷带几个月，也去不了晚会跳舞——她头上甚至会有一块秃掉。”

威尔森太太和她爸爸相互看了一眼，好像都被催眠了。接着，威尔森太太摸索她的钱包，从里面取出一张纸来。

“你们只要赔偿我们实际所花费的金钱。贝彼出院前在医院有单人间和专门的护士。手术室和医生的账单——就这一次我希望立刻支付给医生。另外，他们还把贝彼的头发都剃光了，你要付我上次带她到亚特兰大烫头发的费用——等她的新发长出来后能再做一次。还有她的晚会礼服和其他琐碎的、诸如此类的费用。我搞清楚之后会写出一个清单。我尽可能做到公正和诚实，把清单给你们时，你们得赔偿清单上的所有。”

她妈妈抹了抹膝盖上的裙子，急促地吸了口气。“我觉得儿童病房比单人间要好很多。米可得肺炎时——”

“我说了，是单人间。”

布瑞农先生伸出他粗短白皙的手，摆出在天平上的平衡状。“也许过一两天，贝彼可以搬进和别的孩子共用的双人间。”

“你们都听见我说的了。是你家孩子射我们贝彼，她理应得到最好的照顾，直到康复。”威尔森太太冷冷地说。

“这是你的权利，”她爸爸说，“上帝知道我们现在一无所有——也许我能勉强凑集。我明白你没有趁机勒索，我很感激。我们会尽力的。”

她想留下来听他们说的每句话，但心里惦记着巴伯尔。念及他正坐在漆黑寒冷的树屋里想着新新监狱，她就感到不安。她走出前屋，沿着走廊向后门走去。风正吹着，后院很暗，只见厨房透出的黄光。她回头看见波西娅坐在桌边，瘦削的手支撑着下巴，很安静。后院是寂寥的，风吹起闪烁吓人的影子，黑暗里响起呜咽的声音。

她站在橡树下。正要爬上第一个树杈时，一个可怕的念头出现了。她突然意识到巴伯尔走了。她喊他，没有回应。她像猫一样爬得又快又轻盈。

“巴伯尔，说话！”

无需在箱子里摸索，她知道他已经不在了。为了确认这点，她爬进箱子里，把角角落落都摸遍。这孩子不见了。肯定是她刚走，他就爬下去了。现在可以肯定他已经跑掉了，像巴伯尔那么聪明的孩子，谁也不知道去哪儿找他。

她爬下了树，跑到前廊。威尔森太太正要离开，他们都出来送她到台阶上。

"爸爸！"她说，"我们得为巴伯尔做点儿什么。他跑了。我肯定他已离开我们这区。我们都得出去找他。"

没人知道去哪儿找或如何找。她爸爸在大街上来来回回地走，检查每条小巷。布瑞农先生帮威尔森太太叫了一辆十分钱出租车，自己留下来帮忙找人。辛格先生坐在前廊的栏杆上，他是唯一保持冷静的人。他们都在等待米可拟出寻找巴伯尔的最佳地点。但是小镇那么大，这孩子又如此聪明，她束手无策。

他也许去了波西娅在糖果山的房子。她返回厨房，波西娅正坐在桌前，双手撑着脸。

"我突然有个想法，他去了你家。帮我们找他去。"

"我怎么就没想到呢！我打五分钱的赌，我吓破胆的小巴伯尔肯定一直在我家。"

布瑞农先生借来一辆汽车。他、辛格先生、米可爸爸、米可和波西娅都钻入车里。除了她，没人知道巴伯尔的感受。

没人知道他真的是在逃命。

波西娅的房子黑漆漆的，只有地上的一方月光。他们一走进屋里就知道两个房间都没有人。波西娅点亮前面的灯。屋里有股黑人的气味，他们被墙上的剪贴画、蕾丝边桌布和床上的蕾丝枕头簇拥着。巴伯尔并不在。

“他来过，”波西娅突然说道，“我能感觉到有人来过。”

辛格先生在厨房的餐桌上发现了一支铅笔和一张纸。他飞快地看了一眼，然后大家都看到了。字写得圆润而潦草，这聪明的孩子只拼错了一个单词。纸条上写着：

亲爱的波西娅，

我去佛拉里达[①] 了。告诉大家。

你真诚的，

巴伯尔·凯利

他们站在边上，都惊呆了。她爸爸向门口看去，发愁地用拇指抠着鼻头。他们都准备上车，朝南出发上高速。

“等一下，”米可说，“巴伯尔尽管才七岁，假如真要跑，也不会笨到要告诉大家去哪里。那个佛罗里达是个圈套。”

---

①此处佛拉里达原文为 Florada，是巴伯尔拼错的单词。

“圈套？”她爸爸说。

“对。巴伯尔只熟悉两个地方。一个是佛罗里达，另一个是亚特兰大。我、巴伯尔和拉尔夫上过亚特兰大公路好多回。从那里他知道怎么走，那就是他去的地方。他经常说到有机会去亚特兰大的话他要做什么。”

他们又走向外面的汽车。她要爬进后座时，波西娅捏了捏她的手肘。“你知道巴伯尔做了什么？”她小声地说，“别和其他人说，巴伯尔在我的梳妆台上拿走了一对金耳环。我压根没想到巴伯尔会对我做出这样的事。”

布瑞农先生发动了汽车。他们开得很慢，沿路寻找着巴伯尔，朝着亚特兰大公路驶去。

的确，巴伯尔身上有种粗暴、残忍的倾向。他今天的行为和过去大不一样。在此之前，他一直是个安静的小孩，从未做过一件不好的事。有谁感到受伤害了，都会让他羞愧和不安。总之，他怎么会做出今天这样的事情？

他们在亚特兰大公路上缓慢地开着。他们经过了最后一排房屋，进入了漆黑的田野和林地。沿路，他们一直停车问有没有见过巴伯尔。“有没有一个赤脚的、穿着灯芯绒裤的小孩经过？”但是，他们都已经开了十英里，却没有人见过或注意到他。冷冽的风从敞开的车窗灌了进来，夜已深。

他们往前继续开了一会儿，就掉头开回小镇。她爸爸和布瑞农先生想去找所有上二年级的孩子，但她让他们掉头，继续在亚特兰大公路上开。她想起对巴伯尔说过的话，关于贝彼已经死了、新新监狱和劳斯监狱长等。关于吻合他尺寸的小电椅和地狱。黑暗里，这些话听起来真可怕。

他们开得很慢，离开小镇大概半里左右，突然，她看见了巴伯尔。车灯将前面的他照得很清晰。真有趣。他在公路边上走着，拇指伸了出来，想要搭便车。波西娅的厨刀别在腰带上，宽阔黑暗的公路衬得他如此的小，像个五岁孩子，而不是七岁。

他们停车，他跑了过来要上车。他看不清他们是谁，他的脸上有着一贯的、瞄准玻璃球时的表情——斜着眼睛。她爸爸抓住他的衣领。他又踢腿又挥拳，之后将厨刀抓到手里。他们的爸爸及时地将刀拔走。他像个被困的小老虎一样搏斗着，但最终还是被弄进了车里。回家路上，他们的爸爸将他抱在腿上，巴伯尔坐姿挺立僵硬，没有倚靠任何东西。

他们得将他拖进屋里，所有的邻居和房客都出来看热闹。他们把他拽到前屋，进屋后，他退到一个角落，拳头紧紧握着，斜眼看着每个人，仿佛随时要和所有人战斗。

进屋之后，他一直没说话，直到后来突然大叫：“是米可干的！我没干。是米可干的！”

从没有听过巴伯尔这样的叫喊。他脖子的血管突了出来，他的拳头像石块一般硬。

“你们抓不到我！没人能抓到我！”他不断地叫喊。

米可去摇晃他的肩膀。她告诉他之前说的全是编的。他好不容易明白了她的话，却安静不下来，仿佛没有任何东西能阻止那尖叫。

“我恨所有人！我恨所有人！”

他们只是站在一旁。布瑞农先生摩擦他的鼻头，目光朝下落在地板上。最后，他静悄悄地离开了。辛格先生似乎是唯一明白情况的人。也许是因为他听不见那些可怕的声音。他的表情仍然平静，巴伯尔每看他一眼，似乎就稍微安静一点。辛格先生和其他人都不一样，这样的事情如果放手让他来处理就会好多了。他更具有理性，知道一般人不可能知道的东西。他只是看着巴伯尔，过了一会儿，这孩子安静下来了，他们的爸爸总算能将他弄上床睡觉了。

在床上他脸朝下趴着哭泣。他的抽噎长久响亮，全身颤抖。他哭了一个小时，三个房间的人都无法入睡。比尔挪到了客厅的沙发上，米可钻到巴伯尔的床上来。他不让她碰或者依偎。他又哭了一个小时，还打嗝，终于睡着了。

她久久睡不着。黑暗里，她用双臂紧紧抱着他。她抚摸他的身体，到处亲吻。他是如此娇柔，身上散发着海盐般的男孩气息。她的爱如此强烈，不得不使劲地抱紧他，直到胳膊都酸了。在她心里，同时想到巴伯尔和音乐。好像无论她做得怎么好都不足以配他。她再也不会打他或者逗他。她用胳膊抱着他的头睡了一整夜。然后在清晨醒来，发现他已不见。

那晚之后，她也没有什么机会再去逗弄他——她或者别人。自从枪击了贝彼后，这孩子再也不像以前的小巴伯尔了。他沉默寡言，也不和谁玩了。大多数时候，他独自坐在后院或储煤室。圣诞节越来越近了。她真想要一架钢琴，不过，她当然不会说出来。她告诉所有人她想要一块米老鼠手表。当巴伯尔被问到想要什么圣诞节礼物时他说什么都不想要。他藏起自己的玻璃球和折刀，不让任何人碰他的故事书。

那晚之后，没有人再叫他巴伯尔。附近的大孩子开始叫他“贝彼杀手凯利”。但他和谁都不太说话，似乎对一切无动于衷。家里人叫他本名——乔治。一开始，她改不了巴伯尔的称呼，也不想改。有意思的是大约一周后，她就很自然地叫他乔治，和别人一样。他真成了另外一个孩子——乔治——总是独来独往，看着老成了很多，没有人——甚至是她——知道他脑子里都想些什么。

平安夜她和他一起睡。他缄默不语躺在黑夜里。“别这么古怪了，”她说，“我们聊聊聪明人吧，那些荷兰孩子不是把袜子挂起来，而是将木鞋子放在外面。”

乔治不回应。他睡着了。

她凌晨四点起来了，将家里人都闹醒。他们的爸爸在前屋点着火炉，让他们都到圣诞树跟前，去看收了什么礼物。乔治的是一套印第安人的服装，拉尔夫收到一个橡胶玩偶。其他人收到衣服。她翻遍了袜子找米奇老鼠手表，没有。她的礼物是一双褐色的牛津鞋和一盒樱桃糖。天依然漆黑，她和乔治出去站到人行道上，砸巴西坚果吃，放鞭炮，将一整盒双层的樱桃糖都吃光。天亮时，他们的肚子都不舒服，也玩累了。她躺在沙发上，闭上眼睛，沉入内心的世界。

6

早晨八点钟，考普兰医生坐在办公桌前，借着窗外微弱的晨光，研究一沓文件。他身旁的树，一棵雪松，深绿色的叶子长到天花板。从第一年行医起，每年圣诞节他都办一个年度派对，现在，一切就绪。前屋的长凳和椅子靠墙排列成行。整个屋子弥漫着新鲜出炉的烤蛋糕和冒着热气的咖啡的香甜气息。办公室里，波西娅和他一起坐在靠墙的长凳上，她的手托着下巴，她的身体几乎弯成两段。

“父亲，你五点钟就趴在桌子上。你并无事情要处理。你该等到要做事了再起来。”

考普兰医生用舌头润了润嘴唇。他的脑子里装了那么多事情，根本顾不上波西娅。她在边上让他心烦。

终于，他烦躁地对她说。“你为什么坐在那儿闷闷不乐？”

“我就是担心，”她说，“首先，我担心我们家威利。”

“威利？”

“你知道，他每周日都给我写信。信一般在周一或周二就到了。但他上周没写。当然，我也没有太焦虑。威利——他性格那么好，那么讨人喜欢，我相信他会没事的。他已经从监狱转去服劳役，他们要到亚特兰大北部某个地方干活。两周前，他写了封信说今天要到教堂服务，让我给他送去一套衣服和他的红领带。”

“威利就说了这些？”

“他还说了这个 B.F. 梅森先生也在监狱里。他还碰到了巴斯特·约翰逊——威利过去认识的一个男孩。他也让我把他的口琴一起送去，没有口琴吹他开心不起来。我全都送去了。还送去一副棋子和一个白糖霜蛋糕。我真希望过几天能收到他的信。”

考普兰医生的眼睛闪烁着激动的光，他的手无处安放。“女儿，我们晚点再讨论吧。现在有点迟了，我得打住了。你到厨房去看看是不是一切妥当了。”

波西娅站了起来，努力装出开朗快乐的神情。“那五美元的奖金你决定发给谁？”

“我现在还不能决定哪个是最好的。”他谨慎地说。

他的某个朋友，一个黑人药剂师，每年拿出五美元的奖金，颁给命题文章写得最好的一名中学生。药剂师从来都让考普兰医生独自裁决，并在圣诞派对上宣布获胜者。今年的作文题目是：“我的野心：我如何让黑人获得更好的社会地位”。只有一篇文章值得认真考量。然而这篇文章太幼稚，太不明智了，把奖金颁给它很难说是审慎的决定。考普兰医生戴上眼镜，再次集中精神阅读此文。

这是我的野心。首先，我想去塔斯基吉大学，但我不想成为布克·华盛顿或卡佛博士那样的人。当我完成学业后，我想去当一名好律师，就像为“斯科茨伯勒男孩”辩护的律师一样。我只接黑人起诉白人的案子。我们的同胞每一天都被迫觉得自己是低等的，在每个方面，以每一种方式。事实并非如此。我们是一个正在崛起的种族。我们不能长久地在白人的压迫之下流汗。不能总是我们耕耘他人收获。

我想成为摩西那样的人，他带领着以色列的儿女离开压迫者的土地。我想建立一个“黑人领袖与学者秘密组织”，所有的黑人都由甄选出来的领导带领，组织起来准备抗争。关注我们种族困境的、愿意看见美国分裂的其他国家会来帮助我们。所有黑人会组织起来，将会有一场革命，最终黑人会取得密西西比河以东、波托马克河以南的所有领土。我要建立一个在“黑人领袖与学者秘密组织”控制下的强大国家。不给白人签证——如果他们进入国土，不会有任何合法权利。

我恨整个白人种族，我会一直奋斗，直到黑人种族为他们所有的苦难复了仇。这就是我的野心。

考普兰医生感到血液沸腾。桌上的钟嘀嗒嘀嗒走得很响，那声音让他烦躁不安。他怎么能够把奖给这么一个想法疯狂的男孩子？他该如何决定？

其他文章毫无实质内容。年轻人并不思考。他们只是写出自己的野心，对题目的后半部分完全忽略。只有一点是有点意义的。二十五个人里有九个如此开头:“我不想成为仆人”接着,他们会写想开飞机、当一个职业拳击手、牧师或者舞者。一个女孩唯一的梦想是对穷人友善。

困扰他的这篇文章的作者是兰斯·戴维斯。无需翻到最后一页看签名，他已知道作者的身份。他之前就和兰斯·戴维斯打过棘手的交道。他的姐姐十一岁时外出当女仆，被她的雇主，一个中年白人强奸了。大概一年后，他接到出急诊的电话，治疗兰斯。

考普兰医生走近卧室的档案柜，里面存放了他所有病人的资料。他抽出一张卡片，上面标注有“丹·戴维斯太太及全家”,他浏览备注,直到找到了兰斯的名字。时间是四年前。他的记录是用墨水写的，比其他人都要详尽:“十三岁——已过发育期。自我阉割未遂。性欲过剩和甲状腺亢进。两次探视,身体无痛却又哭又闹。喋喋不休——喜欢说话,但有偏执狂。有一点例外，成长环境正常。参看露西·戴维斯——母亲是洗衣妇。聪明,值得观察和尽可能给予帮助。保持联系。费用:一美元。”

“今年要做的裁决很困难,”他和波西娅说，“但是，我估计我得把奖给兰斯·戴维斯。”

“如果你已经决定了，那么——和我说说这些礼物吧。”

要在派对分发的礼物都放在厨房里。有许多装食物和衣服的纸袋，上面都附着红色圣诞卡。只要愿意，谁都可以参加派对，但那些真要来的人都已经顺道过来在门厅桌上的宾客册上签了他们的名字（或许是让朋友帮忙签的）。纸袋堆放在地板上。大约有四十个，袋子大小取决于收礼物人的需求。有些礼物只是一小袋坚果或葡萄干，另一些是重得几乎抬不起的箱子。厨房被好东西堆满。考普兰医生站在门口，鼻翼因洋洋得意而颤动。

“我觉得你今年做得很好。大家也表现不错。”

“哼！”他说，“这还不到需求的百分之一。”

“喂，你又来了，父亲！我知道你其实高兴极了。你就是不想表现出来。你非得鸡蛋里挑骨头。我们有四配克豌豆、二十袋面粉、约十五磅的咸肉、乌鱼、六打鸡蛋、充足的燕麦面粉、西红柿和桃子罐头、苹果和二十四个橙子。还有衣服。两个床垫和四张毛毯。很了不起！”

“杯水车薪。”

波西娅指着角落里的一个大箱子。“这个——你打算怎么处理？”

箱子里就是一些垃圾——无头的玩偶、龌龊的蕾丝和一张兔皮。考普兰医生检查了每一样东西。“别扔掉。每一件都有用。这是客人的礼物，他们送不出更好的东西。我迟点会发现它们的用处。”

“那么你来看看这里的箱子和袋子吧，这样我可以开始打包了。厨房快没地方了。他们就快进来吃点心了。我要把这些礼物拿到后面的台阶和院子里。”

旭日已经升起。这是晴朗而寒冷的一天。厨房里飘着浓郁的香甜气息。一大盆咖啡放在炉子上，奶油蛋糕摆满了橱柜的架子。

“没有一样是白人送的，全是黑人。”

“不，”考普兰医生说，“不完全准确。辛格先生送了十二元的支票，让我们买煤。我今天邀请了他。”

“我的天啊！”波西娅说，“十二元！”

“我觉得应该请他来。他不像别的高加索人[1]。”

“你说得对，”波西娅说，“但我一直在想我的威利。我真希望他今天能参加这个派对。我真希望收到他的信。这念头折磨着我。但眼下！我们别说这些了，得准备了。派对快要开始了。”

---

①高加索人，即白人。

时间还足够。考普兰医生仔细地沐浴更衣。他花了一点时间演练了一遍宾客到齐时他的发言。可是，期待与不安让他无法集中精神。到十点了，第一批客人来了，接着不到半小时，所有人到齐了。

“圣诞快乐！”邮差约翰·罗伯特说。他在拥挤的屋里欢喜地转，肩膀一高一低的，用一条白丝绸手帕擦脸。

“节日快乐！”

门庭若市。客人们被堵在门口，他们三五成群地站在前廊和院子里。既没有推搡也没有粗鲁的举止。乱得井然有序。熟人们打着招呼，陌生人相互介绍并握手。小孩和年轻人聚在一起，向后面的厨房走去。

“圣诞礼物！”

考普兰医生站在前屋的中央，圣诞树边上。他晕乎乎的。他糊里糊涂地握着手，回应着问候。给他的礼物都塞到他手里，有的用丝带精心包扎，有的用报纸包。空气变得厚重，声音越来越响。面孔绕着他转，他谁也认不出来。渐渐地，他恢复了镇定。找了个地方放下怀中的礼物。晕眩有所缓解，屋里清晰了。他拨弄了一下眼镜，开始观察周围。

“圣诞快乐！圣诞快乐！”

药剂师马歇尔·尼科尔斯穿着长燕尾服，正和他开垃圾车的女婿聊天。“至圣升天教会”的牧师也来了。还有其他教会的两个执事。海伯尔穿一身夸张的格子西装，善于应酬地在人群里穿梭。健壮年轻的花花公子们对身穿靓丽长裙的年轻女人献殷勤。有带着孩子来的母亲，有矜持的老人，他们往花哨的手帕里吐痰。屋里暖烘烘、闹哄哄的。

辛格先生站在门口。很多人盯着他看。考普兰医生记不得自己是否迎接过他。哑巴就一个人站着。他的脸看起来有点像斯宾诺莎的一幅画像。一个犹太人的脸。见到他真好。

门和窗户都开着。风吹过房间，炉火噼啪响。声音小了。座位都坐满了人，年轻人并排坐在地上。大厅、前廊，甚至是院子里都挤满了沉默的客人。到他讲话的时间了——他要说什么呢？慌乱让他喉咙发紧。一屋人在等待。约翰·罗伯特做了个手势，一下子全场安静了。

“我的同胞们。”考普兰医生茫然地开始。停顿了一下。突然，话就涌了出来。

“这是第十九年了，我们在这间屋里一起共度圣诞节。我们的同胞第一次听说耶稣的诞生时，那还是个黑暗时代。我们的同胞在这个镇的市政广场上作为奴隶被售卖。从此以后，我们听了无数遍他的故事，讲了无数遍他的故事，次数多得记不得了。因此，今天我们要讲一个不同的故事。

“一百二十年前，另一个人诞生在一个叫德国的国家——大西洋彼岸一个遥远的国家。这个人和耶稣一样明白。但他思考的并非天堂或来世。他的使命是为活着的人。为那些一生工作、受苦、工作的大众。为那些洗碗的、掌勺的、摘棉花的人，以及工厂里滚烫的染缸旁工作的人。他的使命是为我们，这个人的名字叫卡尔·马克思。

“卡尔·马克思是一个智慧的人。他学习、工作和理解周围的世界。他说世界分为两个阶级，穷人和富人。每个富人都有一千个穷人为他干活，他因此变得更富。他没有把世界分成黑人、白人或黄种人——对卡尔·马克思而言，一个人是属于数以百万计的穷人还是极少数的富人阶级比他的肤色更重要。卡尔·马克思毕生的使命是让全人类平等和平均分配财富，世上再无穷人或富人，每个人都得到他的一份。这是卡尔·马克思留给我们的一条戒律：各尽所能，按需分配。”

大厅里一只皱巴巴的、发黄的手怯怯地举了起来。“他是《圣经》里的马克思吗？”

考普兰医生作了解释。他拼出两个名字，引用了日期。“还有问题吗？我希望你们每个人都自由参与或开始讨论。”

“我想，马克思先生是基督教会的人？”牧师问。

“他相信人类灵魂的神圣。”

“他是白人？”

“是的。但他不认为自己是个白人。他说，‘我以为没有人是我的异族’，他把自己看作所有人的兄弟。”

考普兰医生停顿了更久。他周围的面孔在等待。

“我们任何的资产、在商店买的任何商品的价值是什么？价值只取决于一样东西——那就是制造它或培植它所需要的劳动。为什么一栋砖房比一棵卷心菜贵？因为造一栋砖房投入了许多人的劳动。有人要做砖头和灰浆，有人要砍树来做地板的木条。有人要解决建造房屋的可行性。有人要运送材料到建筑工地。有人要造手推车和卡车来运送材料。最后，还有建筑工人。一栋砖房让很多很多人投入劳动——而我们随便哪个都可以在他的院子里种卷心菜。一栋砖房比一棵卷心菜贵是因为它需要更多的劳动。所以一个人买这栋砖房，他是为制造它的劳动买单。但谁赚了钱——利润？不是付出劳动的许多人——而是支配他们的老板。如果你更深入研究，你会发现老板上面还有老板，那些老板又有更高的老板——所以，真正操控所有这些劳动、让这些东西值钱的人，很少很少。这个明白了吗？”

“我们明白了。”

他们真的明白了吗？说过的话他从头开始又讲了一遍。

这次有人提问题了。

“但是造砖用的泥土不也要花钱吗？租地种作物不也要花钱吗？”

“这点提得很好，”考普兰医生说，“土地、泥土、木材——这些被叫作自然资源。人不制造自然资源——人只是开发它们，利用它们来劳动。因此，哪个人或集体有权拥有它们？一个人怎能拥有种植所需要的土地、空间、阳光和雨露？一个人怎么能说这些‘是我的’而不让别人使用？因此马克思说这些自然资源属于每个人，并非分成一小块一小块的，而是根据各尽所能来让所有人共同使用。类似这样。譬如说一个人死了，把他的骡子留给四个儿子。儿子们不会将骡子割成四块各取一份。他们会一起拥有和使用骡子。这就是马克思讲的一切的自然资源被占有的方式——不是被一群富人而是世界上所有的劳动者共同拥有。

“在这间房子里我们没有私有财产。也许我们中有一两个人拥有自己住的房子，有一元两元的闲钱——但我们所有的无一不是维持生存之物。我们所拥有的是我们的身体。我们活着的每天都出卖身体。我们早晨去干活，我们整天工作，就是在出卖它。我们被迫接受任何价格、任何时间和任何目的来出卖它。我们为了吃、为了活着而不得已出卖身体。我们为此得到的酬劳仅够我们维持体力以工作得更久，给别人挣更多的利润。今天，我们不再摆放在展台上，在市政广场上出售。但我们几乎在活着的每时每刻都被迫出卖我们的体力、我们的时间和我们的灵魂。我们从一种奴隶制度中解放只为了进入另一种。这是自由吗？我们是自由人了吗？”

一个深沉的声音从前院传来。“这就是真理！”

“这就是本质。”

“在这种奴隶制里，我们并不孤单。世界上有千千万万的同样的人，来自所有肤色、种族和信仰。我们必须记得这点。我们的同胞中有很多人憎恨贫穷的白人，也恨我们。镇里那些住在河边、在工厂工作的人。他们的需求和我们几乎一样。这种憎恨是巨大的恶意，不能带来任何好处。我们必须记住卡尔·马克思的话，按照他的教导来认识真理。分配的不公正让我们团结起来，而不是分离。我们得记住是我们大家通过劳动来创造这个地球上有价值的东西。我们要铭记卡尔·马克思的真理，不要忘记。

“但是我的同胞们！这间房子里的我们——我们黑人——还有另一个只属于我们的使命。在我们之中有一个强烈的、真正的使命。我们如果失败，将要永远输了。那么，让我们看看，这个特殊使命究竟是什么？”

考普兰医生松了一下衬衣领子，他的喉咙有窒息的感觉。他内心的爱过于沉重。他看着四周沉默的客人。他们在等待。院子和前廊上站立的人群也像屋里的人一样专注安静。一个耳聋的老人身子前倾，手托着耳朵。一个女人用橡皮奶嘴安抚着烦躁的婴儿。辛格先生站在过道上专心地听。年轻人大多数坐在地板上。兰斯·戴维斯也在里面。男孩的嘴唇紧张而苍白。他的胳膊紧紧地抱着膝盖，他年轻的脸神情阴郁。房间里所有的眼睛都在看，目光里都是对真理的渴求。

“今天我们要把五美元奖金颁给那个将命题作文‘我的野心：我如何让黑人获得更好的社会地位’写得最好的中学生。今年的得奖者是兰斯·戴维斯。”考普兰医生从口袋里拿出一个信封，“显然，无需我说，这个奖的价值并不完全在于它的奖金——还在于它所体现的神圣的信任和信念。”

兰斯笨拙地站了起来。他阴郁的嘴唇颤抖着。他鞠躬，领奖。“你希望我朗读这篇文章吗？”

“不，”考普兰医生说，“但我希望你这周来找我谈谈。”

“是的，先生。”屋里又安静了。

“‘我不想成为一个仆人！’我在这些文章里一次次读到这个愿望。仆人？我们中一千个人里只有一个被允许成为仆人。我们没有工作！我们没有服务！”

房间里的笑声不自然。

“听着，我们这些劳动者，五个中有一个在修路，或者做环卫工，或者在锯木厂和农场工作。另有一个找不到任何工作。剩下的五分之三呢——我们的大多数同胞？许多人为那些没有能力给自己准备食物的人做饭。许多人为了一两个人的愉悦，毕生都在打理花园。我们中的许多人为豪宅的地板打蜡。或者为那些懒得自己开车的富人当司机。我们的一生都耗费在上千种毫无意义的工作上。我们劳动，但我们所有的劳动都是浪费。那是服务吗？不，那是奴役。

“我们劳动，但我们所有的劳动都是浪费。我们没有机会服务。这个上午在场的学生，你们代表着我们种族里幸运的少数。我们大多数的同胞根本没有机会上学。你们每个人的背后是几十个连自己的名字都写不出来的年轻人。我们学习和智慧的尊严被剥夺了。

“‘各尽所能，按需分配’，我们大家都为温饱而受过苦。那是巨大的不公正。但有一种不公正比它更令人痛苦——那就是被剥夺了各尽所能的工作权利。一辈子庸庸碌碌。被剥夺了服务的机会。比起被富人抢劫我们的头脑和灵魂，我宁愿他们来抢我们钱包里的钱。

“这个上午在这里的年轻人，你们有些可能想当老师、护士或是同胞的领导者。但是你们大多数人会被拒绝。为了活着，你们将不得不为了无用的目的而出卖自己。你们要被排挤，感受挫败。年轻的化学家摘棉花。年轻的作家没机会学习阅读。教师成为熨衣板上的奴隶。我们在政府里没有发言人。我们没有投票权。在这个伟大的国家里，我们是最受压迫的人。我们不能大声疾呼。我们的舌头没机会使用而腐烂在嘴巴里。我们的内心变得空虚，失去了为个人奋斗的力量。

“黑人同胞们！人类的思想和灵魂是我们与生俱来的财富。我们给予了最珍贵的礼物。我们的付出却遭到嘲笑和蔑视。我们的礼物被践踏在泥地里，成了废物。我们被安排去做比畜生还要低级的工作。黑人！我们必须站起来，重新团结一致！我们必须获得自由！”

屋里一片低语声。狂热的情绪在高涨。考普兰医生声音哽塞，拳头握紧。他感觉自己仿佛膨胀成一个巨人。他内心的爱使得胸腔成了发电机，他想大喊，好让他的声音传遍小镇。他想跪下来，用巨兽般的声音大喊。屋里充满了悲叹和叫喊。

“拯救我们吧！”

“全能的主啊！带领我们走出死亡的荒野吧！”

“哈利路亚！主，拯救我们！”

他努力控制自己。他一再努力，终于恢复了自制力。他压下内心的呐喊，找出真正有力的声音。

“请注意！”他喊道，“我们必须自我拯救！不是通过悲痛的祷告。不是通过懒散和烈酒。不是通过欲望或无知。不是通过服从和谦卑。而是通过自尊。通过尊严。通过成为坚韧有力的人。我们必须为了我们真正的使命而积聚力量。”

他突然停住，身体挺得笔直。“每年这个时候，我们会用自己的微薄之力去阐明卡尔·马克思的第一戒条。来聚会的每个人都事先带了礼物来。你们许多人为了减轻他人的贫困而放弃了自己的舒适。你们每个人都各尽所能，没有考虑回报礼物的价值。我们很自然地和他人分享。我们长久以来就认识到施比受有福。我们内心一直记得卡尔·马克思的话：‘各尽所能，按需分配。’”

考普兰医生沉默了很久，好像说完了。随后又说道：

“我们的使命是，带着力量与尊严穿过那些羞辱的岁月。我们应有强大的自尊心，因为我们知道人类精神和灵魂的价值。我们必须教育我们的孩子。我们必须牺牲，让他们获得学习和智慧的尊严。时机会到来。我们的财富不再被嘲笑和蔑视的那天会到来。我们能够服务的那天会到来。我们将要劳动，而我们的劳动不再被浪费的那天会到来。我们的使命就是用力量和信念等待这一天。”

他说完了。人们鼓掌，在地板和外面坚硬的冬天的地面上跺脚。滚烫、浓郁的咖啡香气从厨房飘了过来。约翰·罗伯特负责分发礼物，喊着卡片上的名字。波西娅用长柄勺把咖啡从炉上的盆里打出来，马歇尔·尼科尔斯负责派发一块块蛋糕。考普兰医生在客人中间穿梭，身边总跟着一小群人。

有个人碰他胳膊:“你的巴迪的名字就是从他那里来的？”他说是的。兰斯·戴维斯跟着他问问题。他对一切问题都回答“是”。快乐让他感觉自己像个醉汉。为他的同胞们提供教导、勉励和解惑——使他们明白道理。这是最棒的事。说出真理，被聆听。

“今天的派对，我们真的很高兴。”

他站在门厅和大家告别。一遍遍地握手。他沉沉的身体靠在墙壁上，只有眼珠子转动，他很累了。

“我非常感激。”

辛格先生是最后一个走的。他真是非常好的人。他是一个具有智慧和真知的白人，丝毫没有那刻薄的傲慢。所有人都走了，他是最后一个留下来的。他等待着，似乎还想听他最后说点什么。

考普兰医生手放在喉咙上，他的嗓子疼。“老师，”他声音沙哑地说，“这是我们最大的需求。领导者。团结和带领我们的人。”

庆祝活动过后，屋里一片狼藉。室内很冷。波西娅在厨房里洗杯子。圣诞树上的银雪花落在地上被人踩出轨印，有两个装饰坏掉了。

他很累，但是依然沉浸在快乐和兴奋里。他从卧室开始收拾整个屋子。档案柜上面有一张快掉出来的卡片——兰斯·戴维斯的记录。他想对他说的话在脑子里开始成形，他很焦躁，因为现在无法说出来。男孩那阴郁的脸充满了他的心，让他无法摆脱。他打开档案柜上面的抽屉，将卡放好。A，B，C——他的拇指紧张地翻动着字母。接着，他的目光落在了自己的名字上：本尼迪克特·马迪·考普兰。

文件夹里是几张肺部的X光片和简短的病历。他将X光片举到光下。肺的左上部有很亮的一块像被钙化的星星。向下有很大的一块阴影，沿着右肺向上扩展到双倍大的面积。考普兰医生麻利地将X光片放回文件夹。只有他为自己写的简短病历还在手里。字写得大而潦草，他自己都认不出。“1920年——钙化。淋巴腺——淋巴门有明显的增厚。病灶被控制——功能恢复。1937年——病灶再度打开——X光片显示——”他读不懂这病历。一开始辨认不出字，后来能清楚认出了，却搞不懂。末了只有四个字：“预后不定。”

往日那黑暗的、狂野的感觉又回来了。他弯着身子，猛地拉开档案柜最下面的抽屉。一堆杂乱的信。来自“有色人种协进会”的信。已发黄的一封黛西的信。汉密尔顿和他索要一点五美元的信。他在找什么？他的手在抽屉里翻找，最后僵硬地站了起来。

时间浪费了。一个小时没了。

波西娅在厨房的餐桌上削土豆皮。她萎靡不振，脸色哀伤。

“挺起肩膀，”他生气地说，“别再闷闷不乐。你一会儿消沉一会儿兴奋的，让人看不下去。”

“我只是在想威利，”她说，“当然，信只拖了三天。但他没理由让我如此担心。他不是那种男孩。我觉得怪怪的。”

“耐心点，女儿。”

“我想我也只能这样。”

“有几个病人我得去看，不过，很快回来。”

“好的。”

“一切都会好的。”他说。

在中午明亮、寒冷的日光下，他的快乐几乎都消失了。

脑子里胡乱地想着病人的病情。肿大的肾。脑膜炎。脊柱结核病。他升起汽车后座上的曲柄。通常，他会喊路过的黑人帮他转动曲柄好发动汽车。他的同胞也总是乐意帮助。但今天他自己调整曲柄，大力地转动着。他用外衣袖擦去脸上的汗珠，匆忙坐到方向盘前上路了。

他今天说的话有多少能被理解？有价值的又有多少呢？他回忆自己的措辞，它们显得苍白而无力。留在心里不曾说出口的话更沉重。它们涌到嘴边，让人焦躁。他受苦同胞的脸聚集着，不断膨胀，在眼前移动。他沿着大街缓慢地驾驶，心里充满了愤怒不安的爱。

7

小镇许多年未遇见这么寒冷的一个冬天。窗户的玻璃结满了霜，屋顶白茫茫一片。冬日的下午散发着朦胧的、柠檬色的光，阴影则是淡淡的蓝。街上的水坑结了一层薄冰，据说圣诞节的第二天，在北边十英里处下了场小雪。

辛格变了。安东纳帕罗斯离开后的最初几个月，他常忙于出门散很久的步。他散步远达数英里，小镇的四面八方他都走遍了。他漫游过河边稠密的居民区，这个冬天工厂变得萧条后，此处比往日更脏了。很多人眼里流露出阴沉的孤独感。人们现在无事可做，能感觉到他们身上的某种焦虑。一种新的信仰突然热烈地传播开来。一个曾在染织厂干活的年轻男人忽然声称一股伟大神圣的力量进入他身体。他说，传播主的一套新戒条是他的义务。这个年轻人设了一个帐幕，每晚都有几百人来，在地上打滚，相互摇晃身体，他们相信自己正和某种超人类的事物在一起。还发生了谋杀。一个吃不饱的女人认为工头克扣了她的工钱，朝他的喉咙插了一刀。有一家黑人搬到最阴暗的街道上最角落的房子里，此事引发了巨大的愤怒，房子被烧，黑人被他的邻居殴打。不过，这些都是小插曲。没什么实质的改变。挂在嘴边的罢工从未付诸行动，因为人总凑不齐。一切基本是老样子。即使最冷的夜晚，“阳光南部”游乐场依然开放。人们和原来一样，继续做梦、打架和睡觉。出于习惯，他们不愿多想，免得迷失在明天之后的黑暗里。

辛格穿越气味难闻的黑人聚集区。此处有更多的欢乐和暴力。小巷里常常飘荡着杜松子酒辛辣的香气。温暖的、让人昏昏欲睡的炉火给窗户添了光彩。教堂几乎每晚都有聚会。褐色的草地衬托着舒适的小屋——辛格也经过此处。这里的孩子更强壮，对陌生人更友善。他漫步经过富人区。那里的房子雄伟而古老，有白色的圆柱和错综复杂的铁栅栏。他走过高大的、砖砌的房子，车道上的汽车响着喇叭，烟囱里冒出挥霍的浓烟。他走到从小镇通向杂货铺的公路边缘，农民周六晚聚集在杂货铺，围炉而坐。他经常漫游在四个主要的商业区，它们灯火通明，然后再穿过后面黑暗空旷的小巷。小镇没有哪个角落是辛格不知道的。透过窗户，他看过万家灯火。冬天的夜晚很美。天空是冷冽的蓝，星光闪亮。

如今他散步路上常被人叫住聊天。人人都认识他。如果有陌生人和他说话，辛格就掏出一张卡片解释自己的沉默。他在镇上无人不知。他走路时肩膀挺直，双手永远插在口袋里。他灰色的眼睛仿佛将周围的一切尽收眼底，他的脸上永远是平静的表情，那些非常睿智而忧伤的人们独有的表情。无论谁想和他待一会儿，他都会愉快地停下脚步。毕竟，他只是在漫无目的地散步。

现在镇上开始流传关于哑巴的各种流言蜚语。几年前，和安东纳帕罗斯一起时，他们来来回回走在上班路上，除此之外，两人总是待在房间里。那时候，没有人打扰他们——若有谁留意到他们，也是因为那个胖希腊人。那些年里，辛格是被人遗忘的。

关于哑巴的谣言丰富多样。犹太人说他是犹太人。大街上的商人说他继承了一大笔钱，是个富翁。一个被打压的纺织协会私下传说哑巴是产业工会的组织者。一个孤独的土耳其人，许多年前流浪到小镇来，和家人在一家小店里生活潦倒，售卖亚麻，他兴奋地告诉妻子哑巴是土耳其人。他说哑巴能听懂他的土耳其语。他说这些时，声音变得富含感情，也忘了和孩子拌嘴，脑子里都是计划和行动。一个乡下老人说哑巴来自离他家不远的地方，哑巴的父亲种的烟草作物是全郡最好的。所有这些事说的都是哑巴。

安东纳帕罗斯！辛格的心里永远有伙伴的记忆。夜晚，当他合上眼睛，希腊人的脸就浮现在黑暗中——圆圆的、油光滑亮的，有着狡黠和温柔的微笑。他的梦里，他们永远在一起。

现在，他的伙伴已经走了一年多了。这一年感觉既不长也不短。它只是有点脱离平常的时间观念——就像一个人喝醉了或是半梦半醒时。每时每刻都有他的伙伴。和安东纳帕罗斯的这段隐秘生活也随着周围的事物在变化延续。一开始的几个月他老在想安东纳帕罗斯被带走前最可怕的那几周——他生病后引起的麻烦，他被抓走，企图阻止伙伴疯狂念头的痛苦。他想到过去和安东纳帕罗斯不快乐的时刻。其中一个场景，很久以前的场景，多次回到眼前。

他们没有朋友。他们有时去见其他哑巴——在过去十年里他们和三个哑巴成了熟人。但总有变故发生。有一个见面才一周就搬到另一个州。另一个结婚了，生了六个孩子，腾不出手来交谈了。伙伴走后，辛格回忆最多的就是他们和第三个哑巴的关系了。

这个哑巴名叫卡尔。他是个面色蜡黄的年轻工人。他的眼珠子是淡黄色的，牙齿脆薄透明，也是淡黄色的。他的蓝色工装服松松垮垮地罩着他瘦骨嶙峋的身体，看上去就像一个用蓝碎布与黄碎布拼的玩偶。

他们请他吃饭，并安排预先在安东纳帕罗斯工作的店铺会合。他们俩到时，希腊人还在忙。他在店后的厨房里，快做好一批太妃软糖了。金黄光泽的软糖搁在长长的大理石桌上。温暖的空气里有着浓厚的香甜气息。安东纳帕罗斯似乎很乐意卡尔看他如何用刀滑过热乎乎的软糖，将它们切成一块块。他将一小块粘在油腻的刀刃上的软糖递给他们的新朋友，还给他表演了一个只有想取悦对方时才表演的小把戏。他指了指炉子上沸腾的糖浆缸，扇了一下脸，眯起眼睛表示它非常烫。接着，他将手浸入一盆冷水，再突然插到沸腾的糖浆里，又迅速地把手放回冷水里。他的眼珠鼓起，舌头翻了出来，仿佛承受着巨大的痛苦。他甚至绞着手，单脚在跳，房子被他震得发抖。然后，他忽然笑了，伸出了手，表明这是个玩笑，还拍了一下卡尔的肩膀。

这是个黯淡的冬日黄昏，他们手挽着手走在街上，呼吸在冷空气里如云如雾。辛格走在中间，途中有两次将他们留在人行道上，他自己进了商店买东西。卡尔和安东纳帕罗斯拎着大袋小袋，辛格紧紧挽着他们的胳膊，一路微笑着回家。他们的房子很舒适，他在屋里高兴地走动，和卡尔聊天。晚饭过后，他们俩说话，安东纳帕罗斯在一旁看，笑容温和。通常，胖希腊人会挪到储藏室，倒点杜松子酒。卡尔坐在窗边，只有安东纳帕罗斯把酒杯推到他眼前，才会犹豫地喝上几口。辛格不记得他的伙伴对陌生人有过如此热情，他愉快地想象卡尔今后常来看他们的时光。

过了午夜，发生了一件事情毁掉了这个仿佛过节的派对。安东纳帕罗斯有一次从储藏室回来后，满脸怒容。他坐在床上，不断瞪着他们的新朋友，表情既愤怒又厌恶。辛格说个不停，想掩饰这个怪异的行为，但希腊人很固执。卡尔缩在椅子里，摸着他骨瘦如柴的膝盖，被胖希腊人的鬼脸弄得迷惑不已。他的脸红了，小心翼翼地喝着酒。辛格不能再放任不管了，他终于开口问安东纳帕罗斯是胃痛还是哪里不舒服，要不要上床睡觉。安东纳帕罗斯摇头。他指着卡尔，把知道的下流手势都做了个遍。脸上的厌恶表情不堪入目。卡尔吓得缩成一团。最后，胖希腊人咬牙切齿地从椅子上站了起来。卡尔慌张地拿起帽子离开了。辛格跟着他下楼。他不知道如何向这个陌生人解释他朋友的行为。卡尔缩着身子站在楼下的门廊上，无精打采，帽舌遮住了脸。最后，两人握了握手，卡尔离开了。

安东纳帕罗斯告诉他，他们的客人趁他们没注意跑到储藏室，将杜松子酒都喝光了。再多的劝说也没法让安东纳帕罗斯相信是他自己将酒喝光的。这胖希腊人坐在床上，他的圆脸阴沉着，充满怪罪的意味。大颗的泪珠缓缓流到他的内衣领口，如何也安慰不了。最后，他去睡觉了，但辛格却在黑暗中久久不能入睡。他们再也没见过卡尔。

几年以后，安东纳帕罗斯开始从壁炉架上的花瓶里取出房租的钱去玩老虎机。夏天的午后，安东纳帕罗斯赤身裸体地走下楼拿报纸。暑热让他难受死了。他们分期付款买了一台冰箱，安东纳帕罗斯的嘴老是含着冰块，甚至在睡觉时让冰块融化在床上。安东纳帕罗斯要是喝醉了，会当着他面把一碗通心粉都扔了。

最初的几个月里，那些不堪的记忆就像地毯里的破线头般，交织于他的思绪里。然后，它们就消失了。他们所有不愉快的时刻都被遗忘了。随着时间推移，对伙伴的记忆渐渐沉淀下来，留下一个只有他才了解的安东纳帕罗斯在心上。

这就是那个能让他倾吐肺腑之言的伙伴。这就是安东纳帕罗斯，他的聪明唯独他知道。随着那年过去，他的伙伴似乎在他脑海里拥有了更多位置，漆黑的夜晚里，他的脸会极其缓慢又微妙地浮现出来。关于伙伴的记忆都变了，所有不好的、犯蠢的事全忘了——只余下机灵的、好的。

他看见安东纳帕罗斯在跟前，坐在一把宽敞的椅子里。他坐得很安稳，一动不动。他的圆脸难以捉摸。他的嘴角在微笑，意味深长。他的眼神深奥。他看着那些向他诉说的事。他以他的方式领会了。

这就是如今在他脑中盘桓的安东纳帕罗斯。这就是那个让他想诉说一切的老伙伴。为了今年发生的一些事，他被留在一个陌生的国度了。独自一个人。他睁开了眼睛，周围的世界难以理解。他感到困惑。

他观察他们说话的嘴形。

我们黑人需要一个最终获得自由的机会。自由，只是奉献的权利。我们想服务和分享，想工作和消费我们应得的回报。但你是我遇到的唯一一个能认识到我同胞的迫切需求的白人。

你明白吧，辛格先生。我无时无刻不在想着音乐。我要成为一个真正的音乐家。也许，我现在啥也不懂，但到了二十岁，我就懂了。明白吗，辛格先生？到时候，我要去一个下雪的国家旅行。

我们喝完这瓶酒吧。我要小瓶的。因为我们在想自由的问题。这词就像我脑中的蠕虫。是？不是？多大？多小？这个词就是抢劫、偷窃和狡诈的暗号。我们将会自由，然后最聪明的人又能奴役他人。但是！但是这个词还有另一重含义。所有词语里面，这个词最危险。我们知道的人必须警惕。这词让我们感觉良好——事实上，这个词是巨大的理想。然而，伴随这个理想的是为我们而准备的、最丑陋的罗网。

最后一个揉了揉鼻子。他不常来，话也不多。他问问题。

这四个人一直来他房间超过七个月了。他们从不一起来——总是单独来。他一贯在门口迎接他们，带着真诚的微笑。需要安东纳帕罗斯的念头从未消失——和他伙伴走后的头几个月没两样——随便和谁在一起都比长期一个人好。就像几年前，他向安东纳帕罗斯做了保证（甚至写了保证书，还贴在床头的墙壁上）——保证要戒一个月的烟、酒和肉。刚开始几天非常难过。他静不下来，躁动不安。他老跑去水果店找安东纳帕罗斯，查尔斯·帕克对他很不耐烦。他一完成手头上的雕工活，就到店铺前和表匠、售货的女孩子消磨时间，或者逛到冷饮机那儿喝一罐可口可乐。那段时间里，随便和哪个陌生人待着都比一个人挂念香烟、啤酒和肉要好。

最初，他一点儿也不理解这四个人。他们说来说去——随着日积月累，他们说得更多。他对他们的唇形变得很熟悉了，便明白了他们说出的每个字。后来，又过了一阵子，他们还没开口，他就知道他们要说什么，因为基本是老调重弹。

他的手让他备受折磨。它们不肯休息。它们在梦里抽搐，有时候，他醒来发现双手在面前比划着梦里说的话。他不喜欢看他的手，也不愿想它们。它们修长、褐色，非常有力。前些年，他还很细心地护理它们。在冬天，他要抹油以防皲裂，还经常磨掉表面的死皮，指甲也都修得刚好到指头处。他喜欢洗手和护理它们。现在，他只是一天两次用刷子随意刷一下，然后又将手放回口袋里。

他在房间里来回踱步时，会用力按指关节，或猛拉它们，直到手指发痛。要不然就是用一只拳头去击打另一只手的掌心。有时，他一个人在家，想到他的伙伴，他的手不知不觉就开始比划手语。等他意识到，就仿佛一个正高声自言自语的人被发现一样。感觉好像犯下了什么道德错误，羞愧混杂着悲伤，他的双手并拢放到身后。但它们不会放过他。

大街上，辛格站在他和安东纳帕罗斯曾住过的房子前。傍晚是烟灰色的。西边有一缕缕淡黄色和淡玫瑰色的烟。烟雾缭绕的天空下，一只叫声刺耳的冬雀在花式飞行，最终落在一座房子的山墙上。街道荒凉。

他直勾勾地看着二楼右边的一个窗户。这里原来是他们的前屋，后面就是宽大的厨房，是安东纳帕罗斯做饭的地方。透过亮灯的窗户，他看见一个女人在房间里走来走去。她很高大，被灯光照得轮廓模糊，裹了一条围裙。一个男人坐着，手里拿了份晚报。一个孩子拿着一片面包，来到窗前，鼻子压在玻璃上。辛格看见房间和他离开时一模一样——安东纳帕罗斯睡的大床和他睡的折叠床，圆鼓鼓的大沙发和折叠椅。拿来当烟灰缸用的打破的糖罐，屋顶漏雨在天花板上的湿痕，墙角放洗衣物的盒子。像这样的傍晚，厨房里一般没有灯光，只有大炉子上的几个烧油的灶眼发出的火光。安东纳帕罗斯老将油芯调小，只有灶眼里才能看见那金色和蓝色斑驳的火苗。房间温暖，充满了食物的香气。安东纳帕罗斯用木勺子品尝每道菜，他们喝许多杯红酒。炉前的亚麻油毡上，火苗照出了明亮的倒影——五个金色的小灯笼。浑浊的黄昏越来越暗，小灯笼则越来越清晰，夜晚终于降临时，它们都燃烧起来，耀眼鲜明。那时晚饭都做好了，他们打开灯，把椅子拉近桌子。

辛格低头看那黑暗的大门。他回想起他们早上一块儿出门，晚上一块儿回家。人行道坏了一块，安东纳帕罗斯有次摔了一跤，擦破了胳膊肘。有一个邮箱，供电公司的账单每月都寄到那里。他能感觉到手指上还残留着伙伴胳膊温暖的触摸。

街道现在黑下来了。他又抬头看了一眼窗户，他看见陌生的女人、男人和孩子在一块儿。空虚感在他体内蔓延。一切都流逝了。安东纳帕罗斯走了。他不在这里，这不是回忆他的地方。对伙伴的思念在别处。辛格闭上眼睛，尽量去回想疯人院和安东纳帕罗斯今晚待的房间。他想起了狭窄的白床，角落里玩纸牌的老人。他紧紧闭住双眼，可是房间并没有因此而更清晰。他的内心有着深深的空虚，过了一会儿，他又向窗户投去一瞥，然后沿着他们曾一起走过无数次的、黑暗的人行道走了。

这是周六的夜晚。大街上人很多。瑟瑟发抖的黑人穿着工装服，在“十分钱店”的橱窗前徘徊。电影院的售票处排了许多拖家带口的，年轻的男孩和女孩盯着外面贴的海报。穿过的车流变得很危险，他不得不等了很久才过了马路。

他经过了水果店。橱窗里的水果很好看——香蕉、橘子、鳄梨和鲜艳的小金橘，甚至有几个菠萝。但是查尔斯·帕克在里面招呼一个顾客。他觉得查尔斯·帕克的脸很丑陋。有几次查尔斯·帕克不在时，他走进店里，在里面待了很久。他甚至走到后面安东纳帕罗斯做糖的厨房。查尔斯·帕克在的时候，他从不进去。自从安东纳帕罗斯坐巴士离开的那天起，他们就小心地避开对方。他们在路上遇到时，会扭过头去，不和对方点头。有一次，他想给老伙伴寄去一罐他最喜欢的蓝果蜜时，他写信向查尔斯·帕克订购，那样就不用见到他了。

辛格站在窗前，看着他伙伴的表亲在招呼一群客人。周六晚上的生意一向很好。安东纳帕罗斯有时得干到晚上十点。那巨大的自动爆米花机离门口很近。店员将一杯量的玉米粒倒入机器，爆米花像大片的雪花在里面飞舞。商店的气味温暖而熟悉。地板上有被踩碎的花生壳。

辛格沿着大街往前走。他小心迂回地穿过拥挤的人群，免得被撞。因为过节，街上挂着大红大绿的灯。欢笑的人们三五成群地聚集，互相拥抱。年轻的父亲照料着肩膀上因受凉而哭闹的婴儿。街角有个头戴红蓝色童帽的救世军女孩摇着铃铛，她看着辛格，让他觉得非投一个硬币到她身边的罐里不可。街上还有乞丐，有黑人和白人，递出帽子或伸出粗糙的手。霓虹灯广告在人们的脸上投下了橘黄的光。

他走到一个角落，他和安东纳帕罗斯曾在某个八月的下午在这里遇到一条疯狗。然后，他经过了海陆军商店，安东纳帕罗斯原来每逢发薪日都会到它楼上拍张照片。他的口袋里现在就带着许多照片。他向西边的河流走去。他们曾经有过一次野餐，穿过桥，在对岸的草地上。

辛格沿着大街走了大约一小时。整个人堆里，他看起来是唯一没同伴的人。最后，他掏出手表，朝住处的方向走去。也许今晚会有人来他房间看他。但愿如此。

他给安东纳帕罗斯寄了一大箱圣诞礼物。他也给那四个人每人一份礼物，还有凯利太太。他给大家买了一台收音机，放在靠窗的桌子上。考普兰医生没有注意到收音机。比夫·布瑞农马上就注意到了，眉毛抬了抬。杰克·布朗特只要在，就会让它一直开着，调着相同的台，说起话来，声音仿佛要盖过那音乐不可，额头的青筋都跳了出来。米可·凯利看到收音机时有点蒙。她的脸颊通红，一遍遍地问是否真是他的，她可不可以听。她调了几分钟，终于调到她想听的台。她坐在椅子上，身子前倾，手搁在膝盖上，嘴巴张开，太阳穴的脉搏跳得激烈。无论放什么她似乎都听进去了。她在那儿坐了一下午，冲着他微笑时，眼眶湿了，用拳头擦了擦眼睛。她问他，能不能趁他上班时偶尔来听，他答应了。接下来几天，他一开门就看见她在收音机旁。她用手梳着凌乱的短发，脸上有一种他从未见过的表情。

圣诞节后不久的一个晚上，四个人恰好一起来看他。这是前所未有的事。辛格在屋里忙个不停，微笑地款待他们吃喝，以最大的热情想让客人们感到自在。却有什么不对劲。

考普兰医生不肯坐下来。他站在走道上，手里拿着帽子，对其他人冷淡地点点头。他们看着他，对他的出现似乎感到奇怪。杰克·布朗特打开带来的啤酒，泡沫溅到了胸前的衬衣上。米可·凯利在听收音机里放的音乐。比夫·布瑞农坐在床上，跷着腿，他的目光扫过眼前的人，随之眯起了眼睛，不动了。

辛格感到疑惑。他们每个人平时都那么健谈。现在，他们碰到一起，却沉默了。他们来的时候，他预感着某种爆发。他隐约感觉那会让什么东西结束。但屋里只有一种紧张的气氛。他紧张地比划着手语，好像要从空气里抽出什么看不见的东西，再将它们绑在一起。

杰克·布朗特站在考普兰医生身旁。“我认得你。我们之前撞到过一次——在外面的台阶上。”

考普兰医生的发音清晰准确，说出的话好像被剪裁过一般。“我不记得我们见过。”他说。他僵硬的身体似乎在退避。他往后撤，一直退到门边上。

比夫·布瑞农镇定自若地抽他的烟。房间里弥漫着薄薄的一层蓝色烟雾。他转向米可，看到她时，脸上浮起了红晕。他半闭着双眼，转眼他的脸又恢复苍白。

“你的生意现在进展得怎么样了？”

“什么生意？”米可警觉地问。

“就是生活中的事啦，”他说，“学校，诸如此类。”

“还行，我想。”她说。

人人都期待地看着辛格。他很迷惑。他递给他们酒水，微笑着。

杰克用掌心擦了一下嘴。他放弃了和考普兰医生交谈的想法，坐到床上，挨着比夫。“你知道是谁用红色粉笔在工厂附近的墙和篱笆上写那些吓人的话吗？”

“不知道，”比夫说，“什么吓人的话？”

“那些话多数来自《旧约》，我好奇很长时间了。”

每个人都主要在和哑巴说话。他们的想法在他那里聚合，就像车轮的轮辐指向轴心。

“天冷得很不寻常，”比夫终于说道，“前几天我查了一下旧记录，发现一九一九年气温降到过华氏十度。今天早晨只有十六度，是那年寒冬以来最冷的一天。”

“今天早晨储煤室的屋檐挂了冰柱。”米可说。

“我们上周收入不够，工资发不出。”杰克说。

他们又议论了一会儿天气。每个人都在等着别人走。然后，突然一股冲动让他们全都同时起身要离开。考普兰医生最先走，其他人马上跟在后头离开。他们走了后，辛格独自站在房间里，他理解不了这状况，干脆想要忘记。那个夜晚，他决定给安东纳帕罗斯写信。

安东纳帕罗斯不识字的事实并不妨碍辛格给他写信。他一直都知道伙伴看不懂白纸黑字，但几个月过去后，他开始想象原先也许搞错了，安东纳帕罗斯也许向所有人隐瞒了他认字的秘密。而且，也许疯人院中有识字的聋哑人，可以给他读信。他想了几个写信的理由，每当他感到困惑或难过，都有强烈的欲望想给伙伴写信。只是写好后，从没有寄出过。到了周日，他会把从晨报和晚报上剪下来的漫画寄给伙伴。每个月，他寄一张邮政汇票。而他写给安东纳帕罗斯的长信在口袋里越积越多，最终付之一炬。

那四个人走后，辛格披上他暖和的灰外套，戴上灰呢帽，离开了房间。他习惯了在店里写信。而且，他答应明天早上要交货，他想立刻完成，免得耽误。夜是寒冷刺骨的。镶了金边的满月在天上。星光闪烁的夜空下是漆黑的屋顶。他一边走一边想着信的开头，第一句还没想好怎么写，人已经走到店铺了。他用钥匙开了门，走进黑暗的店里，打开前头的灯。

他在店的最里面工作。一块布帘将他的地盘和店铺其他部分割开，因此像一个小小的私人空间。他的工作台和椅子旁边，有一个沉重的保险柜放在角落；一个洗手间，内有一面发绿的镜子；摆满箱子和旧钟的货架。辛格升高了工作台，从毛毡盒里拿出答应交付的银盘。店里虽然很冷，他还是脱了外套，卷起了衬衫的蓝边袖口，好方便干活。

他在盘子中心的图案上费了很大工夫。他熟练专注地用刻刀刻着银器。工作的时候，他的眼里透出一种奇怪的、敏锐的渴望。他在想着给老伙伴安东纳帕罗斯的信。把活干完时已过了午夜。他将盘子收起，额头因为兴奋而冒汗。他清理了工作台，开始写信。他喜欢运笔写字的感觉，他小心翼翼地写着，仿佛那不是信纸，而是银器。

我唯一的朋友：

我从我们的杂志上看到社团今年要在梅肯开会。会有主持人和一席四道菜的晚宴。我在想象它。记得我们一直想要参加一次会议，但从没去过。我现在多希望我们去过。我希望我们能参加这次会议，我想象着它的样子。当然，没有你我不可能去的。他们从各大州来，带着满肚子的心里话和长久的梦想。某家教堂里还会有一次特别的仪式，如发金牌的竞赛活动之类的。我写我想象的这一切。我既想也没有想。我的手不动的时间太长了，想不起来它究竟是什么样子。当我想象这次大会，就觉得所有的宾客都像你，我的朋友。

有一天我站在我们家门前。那里有别人住了。你还记得门前那棵大橡树吗？为了不影响电话线，树枝被剪了，树就死了。树枝烂了，树干的心空了。还有，店里的猫（你以前常抚摸的那只）吃了有毒的东西，死了。让人很难过。

辛格握笔悬在纸上。他挺直身子，以紧张的姿态坐了很久，信没有接着写。他站了起来，点了根烟。房间很冷，空气里有一股酸臭的气味——混合着煤油、银器清洗剂和烟草。他穿上外套，戴上围巾，又开始磕磕巴巴地写信。

你记得我在你那边时提过的四个人。我给你画过他们的像，那黑人、那小姑娘、留小胡子的人，还有“纽约咖啡馆”的老板。我想和你说说他们，不过，不知道从何说起。

他们都很忙。实际上，他们太忙了，让人难以去描述。我不是说他们没日没夜地工作，而是说他们脑子里都想了太多问题，片刻不得安宁。他们到我房间来，说个不停，我都无法理解一个人怎么可以如此不知疲倦、喋喋不休。(但“纽约咖啡馆”的老板不同——他和其他人不一样。他的胡子非常浓厚，一天得刮两回，他有一把电动剃须刀。他喜欢观察。其他人都有憎恨的事。他们也都有除了吃喝拉撒和交友外更热爱的事。这就是他们忙忙碌碌的原因。)

留小胡子的人我想不太正常。他有时说话很明晰，像我很久以前上学时的老师。其他时候净说些我理解不了的话。有时他穿着得体的西装，下次再见，他会穿着上班的工装服，又黑又脏又臭。他会挥舞拳头，说不堪入耳的酒后浑话，我可不想你听见。他觉得我和他拥有一个共同的秘密，但我不知道是什么。我告诉你一件难以置信的事吧。他能喝掉三品脱的“幸福时光威士忌”，依然走来走去说个不停，不愿睡觉。你不会信的，但这是真的。

我从女孩的妈妈那里租了房间，每月十六元。这女孩原来喜欢穿短裤，像个男孩，但现在她穿蓝裙子和罩衫。她还不算是年轻的女子呢。我喜欢她来看我。我为他们买了台收音机后她整天来。她喜欢音乐。我想知道她在听什么。她知道我是个聋子，但她觉得我懂音乐。

那个黑人有肺结核，但在本地找不到好医院，因为他是个黑人。他是个医生，比我见过的人都要勤奋。他说话完全不像黑人。其他黑人说话不好懂，舌头的移动老不到位。这个黑人有时让我害怕。他的眼睛又热烈又明亮。他邀请我去一个派对，我去了。他有很多书。但他没有侦探小说。他不喝酒，不吃肉，不看电影。

是啊，自由和掠夺者。是啊，资本和民主党，留小胡子的脏家伙说。他接着自相矛盾地说，自由是最伟大的理想。我只要有一个机会，写下我心里的音乐，成为一个音乐家。我只要这么一个机会。那女孩说。我们不能服务，黑人医生说。我的同胞像渴求主一般渴求这个。啊哈，纽约咖啡馆的老板说。他是个有想法的人。

这是他们来我房间时说话的方式。他们心里的话让他们无法宁静，一直很忙。你可能会想他们要在一起会像本州来参加梅肯大会的社团的人吧。并非如此。今天他们同时到我房间了。他们坐在那儿，仿佛来自不同城市。他们甚至很无礼，你知道我向来说无礼和不顾及别人感受是不对的。今天就是这样。我不明白，我给你写信，想你会明白的。我有奇怪的感觉。不过，关于这些我写得太多了，我知道你要厌烦了。我也是。

已经五个月又二十一天了。你不在，我一个人过着孤单的日子。我唯一能想象的就是和你重新在一起。我如果不能尽快见到你，不知道如何是好。

辛格的头趴在工作台上休息。木板的味道和贴在脸上的光滑感觉让他想起了在学校的日子。他的眼睛合上，感到不舒服。脑子里只有安东纳帕罗斯的脸，对伙伴的想念是如此强烈，他屏住了呼吸。过了一会儿，辛格坐直了，伸手去拿笔。

我给你订的圣诞礼物没有及时寄到。我希望它立刻就到。我相信你会喜欢，会高兴的。我一直在想着我们在一起的时候，一切都记得。我想念你常做的饭菜。“纽约咖啡馆”比过去糟糕多了。不久前，我在汤里发现一只苍蝇，和蔬菜面条混在一起。不过这没什么。我是如此需要你，这份孤独我承受不了。我很快会再来看你。我的假期还有六个多月才能休，但我可以安排早点去。我想我只能这样了。我不想独自一人，没有你这个知己。

永远的，

约翰·辛格

他回到家已经凌晨两点了。大而拥挤的屋子黑漆漆，他小心地摸索着上了三层楼梯，没有摔跤。他掏出口袋里携带的卡片、手表和圆珠笔。他将衣服叠整齐放在椅背上。他的灰色法兰绒睡衣暖和柔软。他把毯子刚拉到下巴，就立刻睡着了。

黑暗的睡眠催生了梦。有一盏黯然的黄灯笼照亮一段石阶。安东纳帕罗斯跪在石阶的顶部。他赤裸着，笨拙地摸着头顶上举着的东西，凝视着它，仿佛在祈祷。他自己跪在石阶的中部。他赤裸着，感到冷，目光离不开安东纳帕罗斯和他头上的东西。他感觉到身后的地面上有小胡子男人、小女孩、黑人和剩下那个人。他们裸跪着，他感觉到他们都看着他。在他们身后则是无数黑暗里跪着的人。他的手像巨大的风车，如着迷般盯着安东纳帕罗斯举着的未知之物。只有黄灯笼在黑暗中摇曳，其余一切都静止不动。突然间，一阵骚动。动乱中，石阶坍塌了，他感到自己在坠落。他被惊醒。晨曦的光线染白了窗户。他感到恐惧。

过了那么久，他的伙伴也许出了什么事。安东纳帕罗斯不给他写信，他也不知道。老伙伴也许摔伤了。他想再见到他的愿望如此强烈，不管付出什么代价都要实现——立刻。

那天早上在邮局里，他发现一张通知单，他的包裹到了。那是他为安东纳帕罗斯订购的、迟到的圣诞节礼物。这礼物很棒。他用两年多的分期付款买的。礼物是一个个人用的电影放映机，里面有半打安东纳帕罗斯喜欢的《米老鼠》和《大力水手》喜剧片。

那天辛格是最后一个到商店的。他递给他的珠宝商雇主一封正式的请假信，请周五、周六两天假。虽然那周手头上有四个婚礼，珠宝商还是点头同意了。

这次旅行他事先没有告诉任何人，只在出发那天钉了一张字条在门上，说他要出差几天。他在夜晚出发，火车抵达他的目的地时，冬天那闪着红光的拂晓才散开。

下午，很快就到探视的时间了，他向疯人院走去。他双手拎着电影放映机的部件和一篮给伙伴买的水果。他直接走到上次探视安东纳帕罗斯时的病房。

走廊、大门、一排排病床，都和记忆中没两样。他站在门口，着急地寻觅他的伙伴。但他一眼就看见，虽然椅子都坐满了，却没有安东纳帕罗斯。

辛格将礼物放下，在他的卡片下面写道："斯皮诺斯·安东纳帕罗斯在哪里？"一个护士进来，他把卡片交给她。她没明白，摇了摇头，耸了耸肩。他走到外面的走廊，将卡片递给遇到的每个人。没人知道。他的内心如此恐慌，开始挥舞着手势。最后，他遇到了一个穿白大褂的实习医生。他拉着医生的胳膊，把卡片交给他。实习医生仔细读后，带领他穿过几个大厅。他们来到了一个小房间，一个年轻的女人坐在堆放文件的桌子后。她读了卡片，随后在抽屉里翻找档案。

辛格的眼里涌起不安与恐惧的泪水。年轻的女人在便笺本上认真地写着，他忍不住扭过身子去看，想立刻知道老伙伴怎么了。

安东纳帕罗斯先生被转到医务室了。他得了肾炎。我会让人带你去的。

经过走廊时，他停了一下，拿回放在病房门口的礼物。水果篮被偷了，不过其他的还在。他跟着实习医生走出大楼，穿过草坪来到医务室。

安东纳帕罗斯！他们到达病房时，他一眼就看见了他。他的床在屋子中间，他用枕头撑着坐起来。他穿着猩红色的晨衣和绿色的丝绸睡裤，戴着绿松石戒指。他的皮肤蜡黄，眼睛迷茫而乌黑。他太阳穴上的黑发抹了点银粉。他在织东西，胖乎乎的手指缓慢地摆弄着那长长的象牙针。一开始他没有看见他的朋友。然后，当辛格站在他的跟前，他安详地笑了，没有惊讶，并伸出他珠光宝气的手。

辛格感到羞涩和拘束，这是过去不曾有的。他在床边坐下，他双手并拢放在床罩边缘。他目不转睛地看着老伙伴，他的脸像死人一样苍白。老伙伴服饰的华丽让他吃惊。这每件衣服是他陆续寄给他的，但他没想过将它们都穿上时的样子。安东纳帕罗斯比他记忆中更胖了。丝绸睡裤显出他腹部层层叠叠的肉。他巨大的脑袋靠着白色枕头。他脸上平和淡然的表情是如此深邃，似乎并没有意识到辛格在一旁。

辛格羞怯地举起手，开始说话。他熟练有力的手指含情脉脉地打着精确的手势。他说到一个人度过的寒冷漫长的日子。他提及往事，死去的猫，商店，他的住处。每个停顿处，安东纳帕罗斯都和蔼地点一下头。他讲到那四个人和他们在他房间里长时间的逗留。他伙伴的眼睛湿润乌黑，在那里面他看见自己小小的长影子，这影子他看过上千次。他的脸上又浮现出温暖的血色，他的手势加快。他花了很多时间谈到黑人、小胡子翘起来的人和小女孩。他的手势越来越快。安东纳帕罗斯缓慢迟钝地点着头。辛格热切地靠近，深长地呼吸，眼睛里冒出晶莹的泪花。

安东纳帕罗斯突然用胖胖的食指在半空缓缓地划了一个圆圈。他的圈圈向辛格划过来，然后戳到他肚皮上。胖希腊人咧嘴而笑，吐出他肥厚、粉红的舌头。辛格大笑，以狂野的速度挥舞着手语。他的肩膀因大笑而颤抖，他的脑袋往后仰着。他不知道在笑什么。安东纳帕罗斯翻了个白眼。辛格继续狂笑，直到上气不接下气，手指颤抖。他抓着伙伴的手臂，想让自己平静下来。他的笑渐渐慢下来，像在打嗝般难受。

安东纳帕罗斯先镇定下来了。他胖胖的小脚蹬开了床脚的罩单。他的笑意消失了，鄙夷地踢着毯子。辛格连忙去整理，但安东纳帕罗斯皱着眉头，像帝王般向走过病房的护士竖起指头。她按照他喜欢的样子整理床铺，胖希腊人刻意地低下头，那姿态更像赐福，而不是简单的点头致谢。然后，他庄重地将脑袋转向他朋友。

辛格说话时没意识到时间的流逝。当护士拿着托盘将安东纳帕罗斯的晚餐送来时他才意识到很晚了。病房里的灯打开了，窗外几乎全黑了。其他病人面前也有装在托盘里的晚餐。他们放下了手中的事（有人编篮子，其他人做皮具或织毛衣），无精打采地吃起来。除了安东纳帕罗斯，他们都看上去病恹恹的，面无血色。他们大多数人需要理个发，他们穿着破烂的灰睡衣，背部裂了一个长口子。他们惊奇地看着这两个哑巴。

安东纳帕罗斯揭开盖子，仔细检查食物。里面有鱼和蔬菜。他用手拿起了鱼，将它举到灯光下检查了个遍。然后津津有味地吃起来。他一边吃饭一边对房间里的人指指点点。他指着角落的一个男人，做了一个厌恶的表情。那男人向他咆哮。他指着一个年轻的男孩，微笑点头，挥舞他胖乎乎的手。辛格太快乐了，也就感受不到尴尬了。他从地上拿起礼物，将它们放到床上转移伙伴的注意力。安东纳帕罗斯拆开了包装，但他对那台机器一点儿都不感兴趣。他接着吃他的晚餐。

辛格给护士递了张字条，解释这台电影放映机。她叫来了一名实习医生，他们又叫来了一名医生。他们三个人一边商量，一边好奇地看着辛格。病人知道了这个消息，都兴奋地用手肘支起身子。只有安东纳帕罗斯不为所动。

辛格之前已经调试过机器。他将屏幕升高好让所有病人都能看见。然后，开始摆弄放映机和胶片。护士将晚餐托盘拿了出去，病房里的灯熄了。屏幕上亮起《米老鼠》。

辛格看着他的伙伴。起初，安东纳帕罗斯很吃惊。为了看清楚些，他的身子挺起，如果不是护士阻止，他几乎要从床上站起来。他看得眉开眼笑。辛格看到其他病人互相嚷嚷，大叫大笑。护士和护工从大厅进来，整个病房一片骚动。《米老鼠》演完后，辛格接着放《大力水手》。待影片结束时，辛格第一次觉得作为娱乐，这时间够长了。他把灯打开，病房又安静下来。实习医生把机器放到伙伴的床下时，他看见安东纳帕罗斯不动声色地环视病房以确定每个人都知道机器的归属。

辛格又开始用手交谈。他知道很快就得离去，但他脑子里那团想法太庞杂，一下子说不完。他狂躁急促地说着。病房里有个老人，头因中风而颤抖，正软弱无力地拔着眉毛。他嫉妒那老人，因为他能天天和安东纳帕罗斯一块儿住。辛格会很乐意和他交换位置。

他的伙伴在怀里摸索着什么东西。是他常佩戴的黄铜十字架。脏兮兮的绳子已换成红绶带。辛格想到那个梦，把它也说给伙伴听了。因为匆忙，手语有时候打含糊了，他只好摇摇手，重新来过。安东纳帕罗斯用他乌黑的、充满睡意的眼睛看着他。穿着光彩华丽的服装，纹丝不动地坐着，他看起来像传说中睿智的君主。

负责病房的实习医生允许辛格在探视时间结束后多待一小时。终于，他伸出瘦削、多毛的手腕给辛格看手表。病人准备睡觉了。辛格的手变得迟疑。他抓住伙伴的胳膊，专注地看着他的眼睛，就像他们原先在清晨分别去上班时那么做。最后辛格退出了房间。在门口，他的手划出了一个伤心的告别，然后握紧拳头。

一月里那些有月光的夜晚，只要没事，辛格会继续在镇里的街道上散步。关于他的流言越来越荒唐。一个黑人老妇和无数的人说他知道如何让死人的灵魂回来。一个计件工声称他曾和哑巴在一个外地的厂里工作过——他讲的故事前所未闻。有钱人觉得他是有钱人，穷人认为他是和他们一样的穷人。由于没法去反驳这些流言，它们变得既精彩又真实。每个人都随心所欲地描述这个哑巴。

8

为什么？

这个问题一直流淌在比夫心间，不知不觉，就像血管里的血。他想到人、物和思想时，疑问就产生了。午夜，幽暗的清晨，中午。希特勒和战争的流言。猪里脊肉的价格和啤酒税。他特别沉溺于哑巴之谜。比如，为什么辛格要坐火车离开，被问到去哪里时又装作没听懂问题？为什么人人都坚持认为哑巴是他们心里所希望的那个人——明明八成是一个极可疑的错误？辛格一天来三次，坐在中间的桌子。无论摆在面前的是什么，他都会吃下——除了卷心菜和牡蛎。喧嚣不已的噪音里，只有他是沉默的。他最喜欢吃软软的小绿青豆，他将它们整齐地摆在刀叉上。还将饼干泡在肉汁里。

比夫也思考死亡。发生了一件奇怪的事。有一天，他在卫生间的壁橱里翻找东西，发现了一瓶“佛罗里达水”，他给露西娅送去艾莉斯留下的化妆品时，把它遗漏了。他若有所思地将香水瓶握在手里。她已经死了四个月——每个月都如此漫长、无所事事，度月如年。他很少想起她。

比夫扭开瓶盖。他打着赤膊站在镜子前，往他那黑乎乎、毛茸茸的腋窝涂了一点香水。那香气让他僵硬。他用极其晦涩的目光看了一眼镜中的自己，纹丝不动。他被香水带来的记忆击中，并非它们多清晰，而是它们聚合成整段漫长岁月，那么完整。比夫擦了擦鼻子，斜眼看自己。死亡的边界。他的内心感受到和她在一起时的每分每秒。只要过去完整，现在他们在一起的生活也完整。比夫突然掉过头去。

卧室收拾好了。如今完全属于他了。它原先很俗气、乱糟糟，单调乏味。总有长筒袜和有洞的粉红色人造纤维灯笼裤挂在穿过房间的晾衣绳上。铁架床快散架了，生满了锈，摆着脏兮兮的蕾丝枕头。一只瘦得皮包骨的猫，弓着背，凄凉地蹭着污水桶。

这一切都被他改变了。他用铁床换回来一张沙发床。地上铺了一块厚实的红地毯，他还买了一块漂亮的中国扎染挂在裂缝越来越大的墙面上。他打开了火炉，里面放了一些松木料。火炉上是贝彼的一幅小照片和一个穿天鹅绒、手里握球的男孩子的彩画。角落的一个玻璃箱子里放了许多他的奇怪收藏——蝴蝶标本，一个罕见的箭头，一块人形的怪石。沙发上放着蓝色丝绸抱枕，他借了露西娅的缝纫机给窗户缝制了深红色的窗帘。他爱这房间。它既奢华又平淡。桌子上有一座小小的日本宝塔，一阵风吹过时，那玻璃的悬铃叮叮当当地发出陌生的乐调。

这间房里没有什么东西能让他想到她。但他经常拔掉“佛罗里达水”的瓶塞，将塞子在耳垂或者手腕那里点一下。那气味融入他缓慢的默想里。对过去的感应在滋长。回忆几乎以建筑的体系来建构。在他存放纪念品的一个盒子里，他偶然看见他们婚前的老照片。艾莉斯坐在雏菊花地里。艾莉斯和他在河上泛独木舟。纪念物里还有一个他母亲的大骨簪。他小的时候，很爱看他母亲梳头盘髻。他觉得发簪的曲线模仿了女人的身体，有时候会像摆弄洋娃娃那样摆弄它们。那个时候，他有个雪茄盒，里面放满了各种碎布。他热爱那些漂亮布料的手感和色彩，能够坐在餐桌下，和他的碎布玩大半天。然而，他六岁的时候，母亲把碎布拿走了。她是一个高大的女人，有着男人的责任心。她尽全力去爱他。哪怕到现在，他还时不时梦见她。她那陈旧的金婚戒一直在他手上戴着。

除了“佛罗里达水”，他还在橱柜里发现一瓶艾莉斯以前常用的柠檬洗发水。有一天他拿来洗自己的头发。那柠檬洗发水让他斑白的头发看上去蓬松和厚密。他喜欢。他扔掉了以前防秃头用的头油，开始定期用柠檬水洗头。原来他嘲笑艾莉斯的那些心血来潮的念头现在成了他自己的。为什么？

每天早上，楼下那个黑人男孩路易斯，会端一杯咖啡到他床头。他经常靠着枕头坐上一个小时才起来穿衣。他抽雪茄，观察光影投射在墙壁上的图案。陷入沉思时，他的食指抚摸着弯曲的长脚指头。他在回忆。

接着从中午到凌晨五点，他在楼下干活。周日要干一整天。生意在亏损。许多时候生意萧条。不过，吃饭时间餐厅还是坐满了人，他每天守在收银台后，能看见上百个熟人。

“你老站着想些什么呢？”杰克·布朗特问他，“你看起来就像一个犹太人在德国。”

“我有八分之一的犹太血统，”比夫说，“我母亲的祖父是阿姆斯特丹的犹太人。不过，就我所知，其他亲属都是苏格兰人和爱尔兰人混血后裔。”

周日的早上。顾客懒洋洋地靠在桌子上，有烟草的气味和翻报纸的沙沙声。几个男人在角落的隔间里扔骰子，不过那是个不吵的游戏。

“辛格在哪儿？”比夫问，“你今天早上不是要去找他吗？”

布朗特的脸变得阴沉。他的头向前动了一下。他们吵架了？——可是一个哑巴怎么吵？不，以前也发生过。布朗特有时候在这里晃一下，表现得好像在和自己争论。不过很快他就离开了——他总是这样——然后他们两人一起进来，布朗特在说话。

“你日子过得不错啊。只用在收银台后站着。两手摊开地站着。”

比夫没介意。他的手肘撑着身体，眼睛眯着。“我们认真谈一谈吧。你到底想要什么？”

布朗特的手在柜台上砸了一下。他的双手温暖、厚实而粗糙。“啤酒，还有一小袋花生酱芝士饼干。”

“我不是这个意思，”比夫说，“不过，我们迟点再说。”

这个男人是个谜。他老在变。他喝起酒来还是疯了一样，酒精搞垮了别人却没有摧毁他。他的眼圈经常是红的，他紧张时习惯惊慌地扭头看身后。他的细脖子上顶着一个沉重巨大的脑袋。他是那种被小孩子捉弄、让狗想咬的人。他被嘲笑时就像被人揭了伤疤——他变得粗鲁吵闹，像个小丑。他也老怀疑别人在嘲笑他。

比夫若有所思地摇摇头。“欸，”他说，“你为什么一直待在那个游乐场？你可以找到更好的事做。我甚至可以让你在这里做兼职。”

“万能的基督！即使你要将这该死的地方整个、全部交给我，我也不愿在那钱箱后守着。”

他就是这样。让人愠怒。他永远不会有朋友，甚至没法和人相处。

“胡说什么，”比夫说，“认真点。”

一个顾客拿着支票过来，比夫给他找了钱。这里还是很安静。布朗特很烦躁。比夫感觉到他想离开。他想留住他。他在柜台后的架上拿了两根 A-I 牌雪茄，递给布朗特一根。他脑子里小心翼翼地过滤了一个又一个的问题，最终他问道：

“如果你可以选择生活在历史上的某个时代，你会选哪一个？”

布朗特用宽厚湿润的舌头舔了一下胡子。“如果你必须在做一个呆瓜和不再打听之间选择，你会选哪个？”

“这很明显啊，”比夫坚持，“你再想想。”

他的脑袋歪向一边，目光顺着他的长鼻子专注地看下来。这是他喜欢听人聊的话题。他会选古希腊。脚穿凉鞋，沿着蓝色的爱琴海边散步。宽松的袍子束在腰间。孩子们。大理石浴室和神庙里的冥想。

“也许和印加人在一起。在秘鲁。”

比夫审视着他，仿佛要剥光他的衣服。他看见布朗特的皮肤被太阳晒成浓郁的红褐色，他的脸光滑、没有毛发，他的前臂戴了一个金子和宝石做的手镯。他合上眼睛，这个男人是一个好看的印加人。可是，睁开眼睛再看，整个画面消失了。那紧张的胡子和他的脸不衬，他抽动肩膀的姿态，他细脖子上的喉结，宽大如布袋的裤子。还不止这些。

“或者在一七七五年。”

“那是个生活的好时代。”比夫同意道。

布朗特不自在地换了一下脚的重心。他粗野的脸闷闷不乐。他准备走了。比夫敏捷地留住他。“告诉我——你究竟为何要来这个镇？”他立马意识到问题的不礼貌，不免对自己失望。然而，这个男人怎么落到这么一个地方还真是咄咄怪事。

“这是上帝的事，我不知道。”

他们沉默地站了一会儿，两人都倚在柜台上。角落那边，骰子游戏已结束。第一份晚餐——特价菜长岛鸭，已经送到A&P商店经理的桌上。收音机被调到牧师布道和爵士乐之间的频道。

布朗特突然凑了过来，闻了闻比夫的脸。

“香水？”

“剃须液。”比夫镇定地说。

他没法再留住布朗特了。这家伙要走了。晚点他会和辛格一起来。总是这样。他想引布朗特说出一切，这样他就能搞明白和他有关的某些疑问。但布朗特从没有真的和人交谈——除了对哑巴。这是最奇怪的一件事。

“谢谢你的雪茄，”布朗特说，“回头见。”

“再见。”

比夫看着布朗特迈着他一摇一晃像水手般的步伐走向门口。随后，他着手眼前的事。他检查了橱窗里展出的菜。当日菜单已贴在玻璃上，附有配菜的特价餐都摆放好以吸引客人。看上去不咋地。简直恶心。鸭子的卤汁流到蔓越莓酱里，甜品上有一只苍蝇。

“嗨，路易斯！”他喊道，“把这东西从橱窗拿走。把那个红色陶瓷碗和水果拿来。”

他按照自己对色彩和设计的眼光摆放水果。终于那布置让他满意了。他去查看厨房，和厨师谈了一下。他揭开锅盖，闻了闻里面的食物，但心不在焉。这向来是艾莉斯负责的。他不喜欢。他看见油腻的水槽和底部的食物残渣就鼻子发酸。他写了明天的菜单和订单。他轻松地离开了厨房，回到他收银台后面的站位。

露西娅和贝彼周日过来吃午餐。小家伙现在不太好。她的头上还绑着绷带，医生说起码下个月才能摘下。扎头的纱布取代了原来黄色的鬈发，让她的脑袋看起来光秃秃的。

“说比夫姨丈好，宝贝。”露西娅提醒道。

贝彼烦躁地昂起头。“比夫姨丈好，宝贝。”她故意斗嘴。

露西娅要帮她脱下礼拜日穿的外套时她不肯配合。“你给我老实点，”露西娅不停念叨，“你得脱下它，否则等下我们出去你要得肺炎的。你给我听话。”

比夫稳住了局面。他用一颗软糖安抚了贝彼，把她外套轻轻脱了下来。对露西娅的抵抗让她的裙子变了形。他帮她调整了裙子，好让抵肩在胸部拉直。他给她重新系腰带，用手指将蝴蝶结捏成好看的形状。然后，他轻轻地拍了一下贝彼的小身板。“我们今天有草莓雪糕。”他说。

“巴塞洛缪，你能当一个全能的好母亲。”

“谢谢，”比夫说，“过奖了。”

“我们刚去过主日学校和教堂。贝彼，你把刚学的《圣经》经文念一句给比夫姨丈听。”

那孩子畏缩不前，噘着嘴。“耶稣哭泣。”她终于开口。她带着嘲弄的意味说出两个词，使它听起来很可怕。

“想见路易斯吗？”比夫问，“他在厨房里。”

“我想见威利。我想听威利吹口琴。”

“贝彼，你不过是在和自己犟，”露西娅不耐烦地说，“你很清楚威利不在。威利被送到监狱去了。”

“而且，路易斯，”比夫说，“他也会吹口琴。去叫他给你拿雪糕，再给你吹首曲子。”

贝彼向厨房走去，故意走得慢吞吞。露西娅将帽子放在柜台上，她的眼里有泪水。“你知道我一向这么说：一个孩子如果被打扮得干净整洁，被照顾得很好，很漂亮，那孩子通常就会可爱聪明。如果，那孩子又脏又丑，也就没什么可指望了。我想说的是，贝彼对自己没了头发和头上的绷带感到很羞耻，她似乎一直在赌气。她不肯练习说话的技巧——她什么也不做。她的感觉如此糟糕，我根本管不了她。”

“如果你不再对她吹毛求疵，她会好起来的。”

最终，他将他们安排到靠窗的一个雅座里。露西娅要了一份特价餐，贝彼的午餐是一份切得很好的鸡胸肉、小麦奶油和胡萝卜。她摆弄着食物，牛奶溅到她的小罩衫上。他陪她们坐着，直到生意开始忙了，他不得不走来走去以张罗生意。

人们在吃。狼吞虎咽。那话怎么说？他不久前才读到。生命无非是摄入、营养和繁殖之事。餐厅人满了。收音机里放着爵士乐。

然后，他等的两个人进来了。辛格先进门，穿着考究的礼拜日西装，挺拔、引人注目。布朗特紧跟在后面。他们走路的姿态让他感觉异样。他们坐了下来，布朗特兴致勃勃地一边吃一边说，辛格只是礼貌地看着。午餐吃过，他们在收银台边站了几分钟。他们往外走，他再次注意到他们一起走路的姿态，这姿态让他发呆并疑惑。究竟是什么？突然，他深处的记忆浮现了，让他震惊。那个大块头的、又聋又哑的弱智，辛格以前时不时和他一起走路去上班。那个给查尔斯·帕克做糖果的邋遢的希腊人。那希腊人总是走在前头，辛格跟在后面。他原来不怎么注意他们，因为他们从没来过这里。但他之前怎么没想到呢？他一直在琢磨这个哑巴，却忽略了这一点。看见了风景里的一切细节却没看到三只跳华尔兹的大象。不过，那究竟重不重要呢？

比夫眯起了眼睛。辛格过去如何并不重要。重要的是布朗特和米可视他如某种“自制的神”。因为他是哑巴，他们把希望他具有的品质都赋予了他。是的。但这么离奇的事情是如何发生的呢？为什么？

一个独臂人进来，比夫请他在屋里喝了一杯威士忌。但他不想和任何人说话。礼拜日大餐是家庭聚会。那些平时晚上独自喝啤酒的男人在这一天把妻儿都带了过来。放在餐厅后面的高背椅经常不够用。现在是两点半，虽然桌子大多有客人了，午餐却快结束了。比夫已经站了四个小时，累了。他过去能持续站十四到十六个小时而没有感觉。如今他老了。老得很快。毫无疑问。也许用“不再年轻”更合适。还没——当然没有——老。屋里的声浪在他耳边潮涨潮退。不再年轻。他的眼睛疼，身体似乎有点发烧，一切东西都显得太明亮刺眼。

他对一个女侍应叫道:“你来替我一下，好吗？我要出去。”

因为是周日，街道空荡荡的。阳光明朗，没有热度。比夫将衣领拽紧了。一个人在街上让他感到无依无靠。冷风从河边吹来。他该回去了，待在属于他的餐馆里。他要去的地方和他毫无瓜葛。过去的四个周日里，他都是如此。他在有可能见到米可的街区里转悠。这事总有些地方——不太对。是的。错误。

他在她家对面的人行道上慢慢地走。上周日，她在前面的台阶上看漫画。今天，他飞快地扫了一眼那房子，她不在。比夫把毡帽的边檐拉了一下,好遮住眼睛。也许,她晚点要来。周日，通常在晚餐后她会来咖啡馆喝杯热可可，然后在辛格坐的桌边逗留片刻。她在周日穿得和平时那身蓝裙子和毛衣不一样。她的礼拜日打扮是酒红色的真丝裙，有着颜色暧昧的蕾丝领。有一次她穿了长袜——上面有些走线了。他老想着赞助她点什么，给她什么。不是圣代或别的甜食——而是真正的东西。那就是他想要的一切——给她什么。比夫的嘴在发麻。他没做什么错事，但内心却有种奇怪的罪恶感。为什么？所有男人内心的黑暗罪恶，暧昧莫名。

回去的路上，比夫发现水沟的垃圾旁边一枚分币隐约可见。节俭的他捡了起来，用手帕擦干净硬币，放进身上的黑钱包里。回到咖啡馆已经是下午四点。没有生意。屋里一个客人都没有。

五点左右，开始有生意了。他最近雇的一个兼职的男孩早早就来了。男孩名叫哈利·米诺维茨。他和米可、贝彼住在同一个街区。报纸的广告招来了十一个申请人，哈利看起来是最佳选择。他发育良好，整洁。在面试时，比夫就注意到这个男孩的牙齿。牙齿向来是很好的指标。他的牙齿饱满、干净而白皙。哈利戴眼镜，这并不妨碍干活。他母亲为街角的制衣店缝纫，每周挣十块钱，哈利是独生子。

“嗯，”比夫说，“你先和我做一个星期，哈利。你该会接受吧？”

“当然，当然。我喜欢。”

比夫转动了一下手上的戒指。“这样，你几点钟放学？”

“三点钟，先生。”

“嗯，那你有几个小时学习和玩耍。这里工作时间是六点到十点。那样你有足够的时间休息吗？”

“够了。我不需要睡太久。”

“你这个年纪每天需要九个半小时，孩子。纯粹完整的睡眠。”

他突然感到尴尬。哈利也许会觉得他多管闲事。毕竟这不是他的事。他别过头去，想到别的事情。

“你上技校？”

哈利点头，用衣袖擦了擦眼镜。

“让我想一想。我认识很多那儿的男孩女孩。阿尔瓦·理查德——我认识他父亲。麦琪·亨利。还有一个叫米可·凯利的孩子——”他觉得耳朵仿佛着火了。他知道自己是个傻瓜。他想转身离开，但他只是站在那儿，微笑着，用拇指压着鼻子。“你认识她？”他轻轻地问。

“当然，我住在她隔壁。不过，学校里，我是高年级的，她是新生。”

比夫将这点可怜的信息存在心里，好在一个人独处时再回味。“生意这会儿还比较清净，”他匆忙地说，“我把餐馆交给你。你现在已经知道如何做了。你只要观察那些喝酒的客人，记住他们喝了多少，这样你就不必问他们或者依赖他们的说法了。找钱的时候不着急，要随时留意周围的情况。”

比夫把自己关在楼下的房间里。那是他保存文件的地方。房间只有一个小小的窗户，对着侧巷。屋里有股霉味，很冷。一大摞的报纸堆放到天花板。自制的文件柜挡住了整面墙。靠近门的地方有一把老式的摇椅、一张小桌，桌上放着一把大剪刀、一本字典和一个曼陀铃。因为堆满了一摞摞的报纸，屋里迈不开两步。比夫坐在摇动的椅子里，懒洋洋地拨弄着曼陀铃的琴弦。他闭着眼睛，阴郁的声音开始哼唱：

我去了动物园
那里有鸟儿和野兽
月光下一只老狒狒
正梳着它金色的毛

他用弦乐和声来结束，最后的声音在冷空气里颤动，直到沉默。

去收养几个孩子。一个男孩和一个女孩。三四岁左右，这样他们会一直觉得他是亲生父亲。他们的爸爸。我们的父亲。像当年的米可（或者贝彼）那样的小女孩。圆脸蛋，灰眼珠，亚麻色的头发。他要为她做衣服——粉红色的印花双绉裙，过肩和袖口上有漂亮的刺绣。短丝袜和白色的鹿皮鞋。冬天则是一件小小的红色天鹅绒外套、帽子和皮手笼。男孩肤色黝黑,黑发。小男孩跟在他背后,模仿他的举动。夏天时，他们三个去海湾边的小屋，他给他们穿上日光浴服，小心地带着他们走到碧绿清浅的海水里。等他老了，他们就像鲜花一样绽放。我们的父亲。他们会带着问题来找他，他给他们解答。

比夫又拿起曼陀铃。“当——啼——叮——啼——啼，啼——啼，彩绘娃娃的婚——礼。”曼陀铃模拟着副歌。他将整首歌唱了一遍，脚有节奏地摆动。他接着弹“凯——凯——凯——凯蒂”和“爱的甜蜜旧歌”。这些音乐就像“佛罗里达水”一样勾起他的记忆。一切。从第一年起，他那时是幸福的，她似乎也幸福。三个月之内，床随着他们一起塌下来两回。他不知道她的脑子里整天都在想如何攒下五分或十分。后来，他和芮欧，还有别的女孩在她床上。基普、玛德琳和罗。更后来，他突然丧失了它。他再无法和任何女人躺一起。圣母玛利亚！所以一开始，一切似乎都消失了。

露西娅向来懂得这些事。她知道艾莉斯这样的女人。也许她也了解他。露西娅力劝他们离婚。她也尽其所能帮他们理顺那乱七八糟的事。

比夫的眉头突然皱起。他的手从曼陀铃的琴弦上猛地一抽，音乐戛然而止。他身体紧绷地坐在椅子上。然后，他又忽然对自己讪讪地笑了。他怎么想起这些事情来？啊，主啊，主！他二十九岁生日的那天，露西娅叫他看完牙医后到她公寓去。他期待小礼物之类的——一盘樱桃馅饼或一件帅气的衬衫。她在门口接他，他还没进门就被她蒙上眼睛。然后，她说马上回来。无声的房间里，他听见她的脚步声，当她走到厨房时他放了个屁。他站在屋里，眼睛被蒙上，噗的一声。他立刻惊慌地意识到屋里还有别人。先是一阵窃笑，接着是让人耳聋的哄堂大笑。那一刻，露西娅回来了，松开蒙眼的东西。她手里拿着个碟子，上面是焦糖蛋糕。房间里全是人。勒罗伊和一大群人，当然，还有艾莉斯。他想找个地缝钻进去。他站在那里，像个废物，满脸通红。他们寻他开心，紧接着的一小时，几乎和他母亲死的时候一般糟糕——那种感觉。那天晚上，他喝了一夸脱的威士忌。之后的几周——圣母玛利亚！

比夫冷笑。他弹了几下曼陀铃，开始唱一首快活的牛仔歌。他的嗓音是柔软的男高音，一边唱一边闭着眼睛。房间几乎全黑了。潮湿的寒气冷得刺骨，他患风湿的腿在痛。

最后，他把曼陀铃收起来，在阴暗里沉闷地摇着。死亡。有时候，他几乎感觉到它就在房间里，和他在一起。他在椅子里来回起伏。他明白什么？什么都不明白。他要去哪里？哪儿都不去。他想要什么？想知道。什么？一个意义。为什么？一个谜。

破碎的画面像弄乱的拼图般洒在他脑海里。艾莉斯在浴缸里抹肥皂。墨索里尼那副尊容。米可推着婴儿车。橱窗里的烤火鸡。布朗特的嘴。辛格的脸。他感到自己在等待。屋里已经完全黑下来。他能听见厨房里的路易斯在唱歌。

比夫站了起来，按住椅子的扶手，让它不再摇。他把门打开，外面的大厅暖和明亮。他想起来，米可也许会来。他整了整衣服，头发往后抹了一下。温暖和活力回归了他的身体。餐厅里喧闹不已。一轮啤酒和礼拜日晚餐开始了。他和蔼地对年轻的哈利笑了笑，回到收银台的后面。他的目光像套索般扫视着屋里。屋里坐满了人，噪音嗡嗡响。橱窗里的水果盘摆得高雅艺术。他观察着大门的同时，火眼金睛继续巡视着房间。他敏锐而专注地等待着。辛格终于来了，用银色的铅笔写道他只要汤和威士忌，因为他感冒了。米可没有来。

9

她连五美分的零花钱都没有了。他们家就是那么穷。钱是最主要的东西。任何时候都是钱、钱、钱。他们得花老大价钱替贝彼·威尔森支付单人间和私人护理的费用。但这只是其中一项。一张账单刚支付，另一张又来了。他们欠了两百美元的账，得立刻还。他们失去了房子。他们的爸爸向银行抵押了房子，只拿取了一百美元，之后又和银行借了五十美元，辛格也一起签字担保。接下来他们每月不得不为房租发愁，而不是税。他们差不多和厂里的人一样很穷了。只是，没人敢看不起他们。

比尔在一个灌瓶厂里打工，一周挣十美元。黑兹尔在一家美容厅帮忙，八美元。埃塔在电影院卖票，五美元。每个人都交出工资的一半作伙食费。屋里有六个房客，每人五美元的租金。还有辛格先生，他交房租很准时。加上他们爸爸筹到的，一个月大概有两百美元——这笔钱他们得让六个房客吃好，喂饱家人，付整栋房子的租金，以及家具的分期付款。

乔治和她不再有午饭钱了。她得停掉音乐课。波西娅将中午的剩饭留给他们放学回家后吃。他们都在厨房里吃。比尔、黑兹尔和埃塔是和房客一块儿吃还是在厨房吃要看食物够不够。厨房里的早餐有玉米粥、黄油、熏肉和咖啡。晚餐是同样的内容加上餐桌上的剩菜。每次要在厨房吃饭，大孩子们都显得痛苦。有时候，她和乔治干脆就饿足两三天。

不过，这都是“外在的事”。她的音乐、异域和那些计划都不受干扰。冬天很冷。霜挂在窗玻璃上。夜晚时，客厅里的炉火噼啪响，很暖和。全家人和房客都坐在火边，她可以单独待在中间的卧室里。她穿两层毛衣和一条比尔已经穿不了的灯芯绒裤。兴奋让她保暖。她从床底下拿出她的秘密盒子，坐在地板上忙起来。

大盒子里有她在公立免费艺术课上画的画，她从比尔房间拿出来的。盒子里还有她爸送给她的三本侦探小说、一个带镜子的粉饼盒、一盒手表零件、一条水晶项链、一把锤子和几本笔记本。一个笔记本的顶部用红蜡笔写着——私密。勿入。私密——用绳绑着。

整个冬天她都在这个本子上作曲。她晚上不再读课本，好把更多时间花在音乐上。通常她只能写一些小乐曲——没有歌词的歌，连低音符都没有。它们很短。但即使曲子只有半页长，她也给它们取名，在下面标上她名字的缩写。这本子里还没有真正的乐曲或作品。它们只是她脑海里的歌，想记下来。她根据灵感而取名——“非洲”“激战”和“暴风雪”。

她未能真实刻画她脑海里的音乐。她只能将它们简化成几个音符，否则就乱了，写不下去。对作曲，她还知道得太少。不过，也许等她懂得快速记下简单的旋律时，她就可以着手记录脑海里的全部音乐了。

一月里，她开始谱一首极其美妙的曲子，叫《我要什么，我不知道》。那是一首美得无与伦比的歌——悠长而酥软。起初，她尝试为音乐写一首诗，但想不出什么能配得上音乐。而且，在第三行，她也找不到能和“什么”押韵的词。这首新歌让她忧伤、激动又幸福。如此优美的音乐是很难谱的。她两分钟内哼出来的旋律，得费力一周才能写在笔记本上——她得先琢磨出音阶、节拍和音符。

她得集中精力，反复诵唱。她的嗓音向来沙哑。她爸说是因为她小时候哭得太多。她像拉尔夫一样大时，她爸每晚都得起来，抱着她走来走去。他老说，唯一能让她不哭的，是他用杆子去捅煤斗并唱《狄克西》[1]时。

她趴在冰冷的地板上想。将来——她二十岁时——她会成为一名杰出的、驰名世界的作曲家。她会拥有整个交响乐团，亲自指挥自己的所有作品。她会站在舞台上，面

①狄克西，指美国南部。

对一大群听众。指挥乐团时她会穿真正的男式晚礼服或饰有水晶的红裙子。舞台的幕帘是天鹅绒做的，上面印有金色的M.K.。辛格先生会到场，音乐会之后，他们会到外面吃炸鸡。他会仰慕她，将她视作自己最好的朋友。乔治会上台献花环。音乐会在纽约或者国外某个城市举办。名人会对她指指点点——卡洛尔·隆巴德、阿图罗·托斯卡尼尼和海军少将拜尔德。

她还能够随时演奏贝多芬的交响乐。秋天时她听过的这部音乐给她奇怪的感受。这交响乐盘桓在她身体里，一点点生长。原因是这样的：整部交响乐都在她脑海里。只能这样。她听到了每个音符，整部音乐还待在她的脑海深处，仿佛刚演奏完。可她没法重新打捞它出来。唯有等待，等待新的片段突然冒出来。等待它像嫩叶缓缓从春天的橡树枝上长出来。

在内屋，除了音乐，还有辛格先生。每天下午，在体育馆弹完钢琴后，她会沿着大街走到他工作的商店。从前面的窗户是看不到辛格先生的。他在店的后面干活，在门帘之后。但她去看他每日工作的地方，看他认识的人。晚上，则坐在前廊等他回家。有时候，她跟着他上楼。她坐在床上，看他放好帽子、解开衣领和梳头。不知道为何，他们之间好像有秘密。或者，像在等待告诉对方从未说出口的话。

他是内屋里唯一的人。很久以前还有别的人。她回忆他来之前的情形。她想起六年级的时候一个叫西莱斯特的女孩。这个女孩有着金色的直发、翘起的鼻子和雀斑。她穿红色的套头毛衣，外加白色的罩衫。走起路来是内八字。她每天带一个橘子在课间小休时吃，一个蓝色的锡盒装着她午休时的午餐。其他孩子课间小休时把带的食物都吃光，之后就饿了——西莱斯特不这样。她剥掉三明治烤硬的面包皮，只吃中间柔软的部分。她总是带一只煮熟的鸡蛋，抓在手里，用拇指挤压蛋黄，好在上面留下指印。

西莱斯特从不和她说话，她也从不和对方说。尽管这是她最想做的事情。夜晚，躺在床上睡不着，她会想着西莱斯特。她想象她们是最好的朋友，西莱斯特到她家里来，吃晚饭，共度夜晚。不过，这些从未发生过。她对西莱斯特的那种感觉让她无法像对待别人一样，径直上前，交个朋友。一年之后，西莱斯特搬到别的区域住，也转了学。

然后是一个叫巴克的男孩。他块头大，脸上长着青春痘。早上八点半，站他身旁和他一起列队出操时，他闻上去可臭了——他的裤子好像需要晒一晒。有次他像潜艇一样低头撞向校长，被留级了。他笑起来时，牙齿都露出来了，全身颤抖。她想着他就像她想着西莱斯特。然后，是感恩节上卖彩票的一个女人。安格林小姐，教七年级的老师。电影里的卡洛尔·隆巴德。她想着他们所有人。

但辛格先生是不一样的。她对他的感觉是慢慢出现的，她回想不起来它是怎么发生的。其他人都很平凡的，辛格先生不是。他第一天来敲门问租房事宜时，她盯着他看了很久。是她开的门，看他递过来的名片。然后，她叫了妈妈，走到厨房和波西娅、巴伯尔说到他。她跟着他和她妈妈上楼，看着他将垫子放到床上，卷起窗帘看有没有坏掉。他搬进来那天，她坐在前廊的栏杆上，看着他从“十分钱出租车”里走出来，拎着箱子和棋盘。后来，她听见他沉重的脚步在房间里走来走去，开始想象他。之后一切就渐渐变了。结果现在他们之间有了这样秘密的情感。她从没有和谁说过像和他那样多的话。如果他能说话，他必定会告诉她许多事情。他就像某类伟大的教师，纯粹因为是哑巴他才不教。晚上睡觉时，她想象自己是个孤儿，和辛格先生一起住——只有他们两人，住在国外的房子里，一个冬天会下雪的地方。也许是一个瑞士小镇，周围是高大的冰川和大山。那里的屋顶上有岩石，有陡峭的尖顶。或者是法国，人们从店里买了面包，不包装就拿回家。或者冬天灰色的海边上的挪威。

清晨，醒来首先想到的就是他。还有音乐。她一边穿衣服，一边想今天会在哪里见到他。她喷埃塔的香水或者抹点香草精油，这样，如果在厅里遇到他，会有好闻的气味。她迟迟才上学就为了看他下楼去上班。下午和晚上，他如果在家，她就从不出门。

她所了解的和他有关的每一件新鲜事都很重要。他将牙刷和牙膏放在桌上的玻璃杯里。她也把原来放在浴室架子上的牙刷换到玻璃杯里。他不喜欢卷心菜。这是给布瑞农先生干活的哈利和她说的。现在，她也吃不了卷心菜了。当她了解到他的一些新情况时，或者和他说话时，他用银色铅笔写几个字时，她都得一个人待很久，仔细回想一切。和他在一起时，她的主要念头就是收藏一切，以便日后回味和追忆。

但是，与音乐、辛格先生一起待在内屋并不是一切。外在的世界里发生了很多事。她从楼梯上摔了下来，把门牙磕掉了一个。米娜小姐的英语课给她打了两次低分。她在一片空地上弄丢了二十五美分，和乔治找了三天都没找到。

还发生了这事：

有天下午，她在后面台阶上复习，应付英语考试。哈利在篱笆的那边砍柴，她喊了他。他走过来，画图给她讲解了几个句子。他的眼珠子在牛角框眼镜后骨碌碌地转。和她讲解过英语后，他站了起来，手在短外套的口袋里进进出出。

他总是活力十足，有点神经质，每分钟都要说点什么话或者做点什么事。

“你看吧，如今只有两件事。”他说。

他喜欢语出惊人，有时候，她不知道如何回应。

“这是真相。如今我们面前只有两件事。”

“什么？”

“好战的民主党和法西斯。”

“你不是喜欢共和党吗？”

“去，”哈利说，“我不是要说这个。”

一个下午，他详尽地解释了什么是法西斯分子。他说到纳粹如何让犹太小孩跪在地上啃青草。他透露自己如何计划去暗杀希特勒。他有一个深思熟虑的计划。他说在法西斯主义里没有任何正义和自由可言。报纸上都是蓄意的谎言，人民不知道世界上正发生的事。纳粹很可怕——每个人都知道。她和他一起研究如何杀死希特勒。若有四五个人来参与计谋会更好，那么即使一人失手了，其他人也一样能把他干掉。纵然他们都死了，也成了英雄。当一个英雄和当一个伟大的音乐家也不相伯仲。

“不成功便成仁。尽管我不相信战争，但我已准备为心中的正义而战。”

“我也是，”她说，“我愿意向法西斯宣战。我可以打扮成男孩，没人能看得出来。剪短头发之类的。”

那是一个明媚的冬日午后。天蓝得发绿，后院里光秃秃的橡树枝条被衬托得发黑。阳光很暖。这天气让她感到满满的能量。音乐在脑子里。她跃跃欲试，捡起一枚三英寸大的钉子，几下猛击将它钉到台阶里。她爸听见锤击的声音，穿着浴袍跑出来，站了一会儿。橡树下有两张锯木架，小拉尔夫忙着将石头放到一个架子上，再挪到另一个架子那儿。来来回回。他走路时手撑开，保持平衡。他有点罗圈腿，尿布掉到了膝盖。乔治在弹玻璃珠。他该理发了，脸显得瘦长。他的一些恒牙已经长出来了——但它们又小又蓝，像刚吃过黑莓。他为弹珠子画了一条线，然后趴在地上，向第一个洞瞄准。他们的爸爸回到自己的工作台时，把拉尔夫也抱走了。过了一会儿，乔治一个人跑到小巷里。自从射击了贝彼，他就不和任何人玩了。

“我得走了，”哈利说，“我六点前得到岗。”

“你在咖啡馆感觉还好吗？有没有吃什么免费的好东西？”

“当然。三教九流的人都来这地方。和以前的工作比，这是我最喜欢的。薪水也多些。”

“我讨厌布瑞农先生。”米可说。是的，他从没有对她说过什么难听的话，但他说话总是粗鲁可笑。他肯定老早就知道她和乔治那次顺走了口香糖。然后，他为什么要问她的生意怎么样呢——上次在楼上辛格先生的房间里这么问过。他也许以为他们经常这么做。他们没有。他们当然不会。他们只有一次在“十分钱店”里偷过一套水彩笔和一个五分钱的铅笔刀。

“我受不了布瑞农先生。”

“他挺好的，”哈利说，“他有时候看起来是很奇怪的一个人，不过，他脾气不坏，你要是了解他的话。”

“我想起一件事，”米可说，“男孩在类似方面比女孩有优势。我是说男孩通常能找到兼职，不需要退学，还有时间忙别的事。女孩就没有类似的机会。女孩要是想工作，她得退学，做全职。我当然想和你一样一周挣几块美元，不过不可能。”

哈利坐在台阶上，松开鞋带。他扯断了一根。“咖啡馆有个客人叫布朗特先生。杰克·布朗特先生。我喜欢听他说话。他喝啤酒时说的话让我学到很多。他给了我一些新想法。”

“我很了解他。他每周日都来这里。”

哈利解开鞋带，将断了的鞋带拉成一样的长度，重新打了个结。“听着——”他不自在地在短外套上擦着眼镜——“你不用和他提到是我说的。我的意思是他不一定记得我。他不和我说话。他只是和辛格先生说话。他会觉得可笑，如果你——你懂我的意思。”

“好的。”她从他的言语间领悟到他被布朗特先生迷住了，她明白他的感受。“我不会说的。”

黑夜降临。月亮如牛乳般洁白，悬在深蓝的夜空，空气冷冽。她听见拉尔夫、乔治和波西娅在厨房里。炉灶上的火让厨房的窗成了一个暖和的橘子。空气里有人间烟火的味道。

“你知道有一件事我从没有告诉过任何人，”他说，“我自己都厌恶面对它。”

“什么？”

“你还记得自己第一次读报纸并思索你读到的文章吗？”

“当然。”

“我曾是一个法西斯。我曾这么想自己。是这么回事。你知道所有那些照片，和我们一般大的人在行军、唱歌，步调一致。我过去觉得这很酷。所有人相互宣誓，共有一个领导。所有人有同样的理想，一起迈步前进。我没怎么想过发生在少数族裔犹太人身上的事，我不愿意去想。我那时候不愿意像一个犹太人那样去想问题。你看，我很无知。我只是看到照片，读到下面的文字，并不理解。我从不知道它是多么可怕的事。我想，我曾是法西斯。当然，后来我发现不是这么回事。”

他自我批评的声音是苦涩的，声音从一个男性渐渐切换成男孩。

“嗯，那时候你没有意识到——”她说。

“它是可怕的罪。不道德。”

这就是他。一切事情非黑即白——没有中庸之道。二十岁以下的年轻人不可以碰啤酒或红酒，不可以抽烟。考试作弊是可怕的罪，但抄作业不算。女孩子涂口红或者穿露背装是不道德的。购买德国货、日本货是可怕的罪，尽管那花不了五分钱。

她回忆他们都是孩子时的哈利。有一回他的眼睛向内斜视了，一斜就斜了一年。他坐在屋前的台阶上，手放在膝盖之间，观察万物。非常安静，斜着眼睛。在语法学校他跳了两级，才十一岁就准备上技校了。但在技校里，阅读到《艾凡赫》里的犹太人时，全班学生都转头去看哈利，他回到家里大哭。他母亲让他退学了。他有一年没上学。他长高了，很胖。每次她爬上篱笆，都能看见他在厨房里弄吃的。他们都在街区玩耍，有时候还摔跤。她小时候喜欢和男孩子打架——不是真的打架，只是在玩。她用柔道混合拳击的策略。有时他撂倒她，有时反过来。哈利对人从不耍狠。小孩子弄坏了玩具会来找他，他总是耐心修理。他能修一切东西。这一片区的女士请他修坏了的电灯或者缝纫机。他到十三岁时又回到技校，开始努力学习。他送报纸、周六打工、读书。有很长一段时间，她没有怎么见到他——直到她上次办了个派对。他变化很大。

“是这样，”哈利说，“过去的我一直怀有很大的野心。想当伟大的工程师、医生或者律师。但我现在不这么想了。我目前关心的是世界上发生的事。法西斯和欧洲那些可怕的事——另一方面，则是民主党。我意思是我无法投入到自我价值的实现中，因为我在这个‘其他事情’上想得太多。每晚我都梦见杀死希特勒。我在半夜里醒来，口干舌燥，感到莫名恐惧——不知道恐惧什么。”

她看着哈利的脸，一股深沉严肃的情感让她难过。他的上唇很薄很紧，下唇却很厚，在颤抖。哈利看上去没有十五岁。天黑了，冷风吹来。风绕着街区的橡树放歌，吹得百叶窗砰砰打在墙上。街角，威尔斯太太在叫沙克回家。幽深的傍晚加重了她内心的悲伤。我想要一架钢琴——我想上音乐课，她对自己说。她看着哈利，他玩着纤细的手指，缠绕成各种形状。他散发着温暖的男孩气息。

是什么让她突然有了那样的举动？也许是想到了小时候的时光，也许是悲伤让她感到怪异。总之，她突然推了一把哈利，几乎将他推下台阶。“你奶奶是狗娘养的。”她冲他大喊，然后跑了。这是街坊孩子要挑架时说的话。哈利站了起来，吃惊地看着。他将鼻头上的眼镜调整了一下，看了她一眼。然后就跑到后巷去了。

冷风吹得她力气大如参孙。她大笑时发出短促的回响。她用肩膀去撞哈利，他抱住了她。两人奋力搏斗的同时在欢笑。她个子更高，但他双手有劲。他没有很卖力，被她掀翻在地上。然后，他突然停顿了，她也停住。他温热的呼吸喷在她脖子上，他一动不动。她感到他的肋骨抵着自己的膝盖，被她坐在身上，他的呼吸变得粗重。他们一起站起来了。他们没有再笑，巷子里很安静。他们穿过黑暗的后院时，不知为何，她觉得滑稽。并没有什么不寻常的事，但突然间就这样了。她轻轻地推了他一下，他回敬了她。接着，她又笑了起来，感觉正常了。

“再见。”哈利说。他已经是大人了，不适合再攀爬篱笆，所以他跑过旁边的小巷，到了他家大门。

“天啊，真热！”她说，“我要闷死了。”

波西娅正在炉灶上给她热饭。拉尔夫在他的餐椅托盘上敲打着勺子。乔治脏兮兮的小手拿着一片面包在搅拌燕麦粥，他的眼睛斜视着，眼神里透着漠不关心。她自己去拿了些鸡胸肉、卤汁、燕麦粥和葡萄干，将它们放在碟子上拌到一块儿。她大口大口地吃着。燕麦粥都吃光了，但她还不饱。

她整天都想着辛格先生，吃完晚饭，她就上楼去。她走到三楼时，看见他的门开着，房间是暗的。这给她空虚的感觉。

她在楼下无法安心坐着复习英语。仿佛是因为她太壮了，没法像别人一样安坐在椅子里。仿佛她能够推倒屋里所有的墙壁，像个巨人般走向街道。

最后，她将床底下的秘密盒子拿了出来，趴在地上，翻看着笔记本。上面有二十首歌了，但她还不太满意。如果她能写一首交响乐！为整个乐团——你怎么写呢？有时，几个乐器同奏一个音符，因此乐谱必须很庞大。她在一张很大的考试纸上画了五条线——每条线相距一英寸。某个音如果是为小提琴、大提琴或者笛子写的话，她在旁边注明乐器名。但所有乐器同奏一个音符时，她会在边上画个圆圈。在纸张的顶部，她写了大大的“交响乐”三个字。在下面署上“米可·凯利”。之后就进行不下去了。

她要是能上音乐课!

她要是有一架真正的钢琴!

过了很久她才能着手开始。旋律在她的脑海里，她只是不知道如何写出来。似乎，这是世界上最难的音乐。但她一直在琢磨，直到埃塔和黑兹尔进来躺下，并对她说，请把灯关掉，已经十一点了。

10

波西娅等威利的消息等了六周。每天黄昏她都来到那栋房子问考普兰医生一个问题:“你见到谁收到威利的信了吗？”每天晚上他都不得不对她说，他啥消息都没有。

终于,她不再问了。她只是来到厅里,不声不响地看着他。她喝酒。她的罩衫常常半敞开着，鞋带也松了。

二月来了。天气先变得暖和，随后就热了。耀眼的阳光明晃晃地照着大地。光秃秃的树枝上有鸟儿歌唱，孩子们赤着脚,光着膀子在门前玩耍。晚间,如同仲夏般热烘烘。然而，过了几天，冬天又返回小镇。柔和的天空阴暗下来。下了场很冷的雨，空气变得潮湿而刺骨地冷。镇上的黑人吃足了苦头。燃料耗光了，到处在为保暖而挣扎。流行性肺炎在潮湿狭窄的街上蔓延开来，有一周时间，考普兰医生只能偶尔打个盹，衣服都不脱。威利依然没有消息。波西娅写了四封信，医生写了两封。

一天里的大多数时间他都没空多想。但他偶尔有机会在家里休息片刻。他会在厨房的炉灶边喝一壶咖啡，被深深的不安所占据。他的五个病人死了。其中一个就是奥古斯都·本尼迪克特·马迪·路易斯，那个聋哑小孩。他被邀请在葬礼上发言，但他的规矩是不参加葬礼，所以没接受。五个病人的死亡并非他照料不周，而是因为长年的物质匮乏。就吃些玉米面包、腌猪肉和糖浆，四五个人挤在一个单人间里。死于贫困。他一边想着这些，一边喝咖啡提神。他经常用手抵着下巴，最近他疲惫时，脖子上轻微的神经震颤会让他不受控地点头。

二月的第四周，波西娅来了。才早晨六点钟，他正坐在厨房的火炉边上，热一锅牛奶作早餐。她醉得一塌糊涂。他闻到杜松子酒那强烈的甜味，他鼻孔因厌恶而张开。他不看她，忙着准备他的早餐。他将面包碎放到碗里，再倒上热牛奶。他准备咖啡，摆好桌子。

等他在早餐前坐下来，才严厉地看着波西娅。“你吃过早餐了吗？”

“我不想吃早餐。”她说。

“你要吃。假如你今天要上班。”

“我不上班。”

他感到一阵害怕。他不想再问下去了。他盯着那碗牛奶看，用勺子舀牛奶喝，勺子在他手里发抖。吃完早餐，他的目光落在她头顶上的墙上。“你舌头打结了？”

“我会告诉你的。你会听到的。等我能说了，我会告诉你的。”

波西娅一动不动坐在椅子里，她的目光慢慢从一个墙角移到另一个墙角。她的手臂无力地下垂，双腿松弛地交叠着。他不看她时有片刻感到一种危险的轻松和自由，他知道这种感觉很快要被打碎，因此而更强烈。他弄了一下炉火，暖了暖手。然后卷了一根烟。厨房干净整洁，一尘不染。墙上的平底锅被炉火照得发亮，它们背后都有一个圆形的阴影。

“是威利。”

“我知道。”他小心翼翼地在手掌里搓着卷烟。他不为所动地环顾四周，留恋着最后的甜蜜美味。

“我和你提到过的巴斯特·约翰逊，和威利一块儿坐牢的。

我们以前认识他。他昨天被送回家了。”

“嗯。”

“巴斯特终生残疾了。”

他的脑袋在抖。他用手压着下巴，保持稳定，但是顽固的颤动很难控制。

“昨天晚上，几个朋友来我家，说巴斯特回家了，要和我说威利的事。我就跑了过去，下面是他说的。”

“嗯。”

“他们有三个人。威利和巴斯特，还有另一个男孩。他们是朋友。然后就出麻烦了。”波西娅停顿了一下。她的舌头舔了舔手指，又将手指润了润干燥的嘴唇。“这事和那个白人看守老欺负他们有关。有一天，他们到外面公路上劳动，巴斯特顶撞了看守，另一个男孩企图跑到树林里。他们把三个人都带走了。把他们三个人都带到营地里，将他们关到冰窟里。”

他又“嗯”了一次。但他的头在抖，这个词听着像喉咙里发出的呼噜声。

“这是大概六周以前的事了，”波西娅说，“你记得那时的寒潮吧。他们把威利和其他男孩关到冰窟一样的屋里。”

波西娅的声音低沉，她的话语之间没有停顿，脸上的悲痛也没有缓和。就像一首哀歌。她说着，他听不懂。传到他耳朵里的声音分明，但它们没有形状和意义。他的脑袋仿佛是船头，声音就像打在船头的浪花，流逝了。他感到要往回看，去找那已经说过的话。

“……他们的脚都肿起来，他们躺在那儿，在地板上滚动，大喊大叫。没有人来。他们喊了三天三夜，没有人来。”

“我聋了，”考普兰医生说，“我听不明白。”

“他们把我们的威利和其他男孩扔到冰窟里。天花板上垂下一条绳子。他们的鞋被脱掉，光着的脚被绑在绳子上。威利和两个男孩身子躺在地上，脚在半空中。他们的脚肿得厉害，在地上滚动，大喊大叫。屋里冰冷，他们的脚都结冰了。他们的脚发肿，他们喊了三天三夜，没有人来。”

考普兰医生用手压着头，但那持续的颤抖没法停止。“我听不见你说的话。”

“他们最终来接他们。他们飞快地将威利和男孩子们带到病房，他们的脚都肿得很，冻成冰。生了坏疽。他们把威利的双脚都锯掉了。巴斯特·约翰逊锯掉了一只，另外那个男孩没事。但是我们的威利——他终身残疾了。他的两只脚都被锯掉了。”

话说完，波西娅俯下身子，头撞向桌面。她没有哭，也没有哀吟，她只是一遍遍地用头撞向难以擦洗的桌面。碗和勺子咣当作响。他将它们拿到水槽里。他脑袋里的词语破碎，但他不想将它们拼凑起来。他烫了一下碗勺，洗了一下擦盘子的毛巾。他从地上捡起什么，放回到别处。

“残废？”他问，“威利？”

波西娅的头撞在桌面上，有着类似缓慢的打鼓声的节奏，他的心跳也被带入这个节奏。话语安静地复活，拼凑出意义，他理解了。

“他们什么时候送他回家？”

波西娅颓丧的脑袋枕在胳膊上。“巴斯特不知道。他们三个很快就被分到不同地方去。他们把巴斯特送到另外一个营地。因为威利只需要再待几个月，他想他应该快回家了。”

他们喝着咖啡，坐了很久。相互看着对方的眼睛。咖啡杯碰到了他的牙齿。她将咖啡倒在杯托上，溅出来的咖啡洒到她大腿上。

“威利——”考普兰医生说，他说出这个名字时，牙齿深深地咬到了舌头，他痛苦地摆动着下巴。他们又坐了很久。波西娅握着他的手。微弱的晨光将窗户映得灰白。窗外还在下雨。

“我如果要上班，还是现在走比较好。”波西娅说。

他跟着她到大厅，在衣帽架前停住，穿上外套和围巾。随着门开，一股又冷又湿的风钻了进来。海伯尔坐在马路牙子上，头顶盖了张已湿答答的报纸来避雨。人行道上有栏杆，波西娅挨着栏杆走。考普兰医生在后面和她保持着几步的距离，他的手也撑在围栏板上来保持平衡。海伯尔在他俩后面。

他等待那黑暗骇人的愤怒，就像夜晚释放的野兽。但它没有来。他的肝肠就像灌了铅一般，他走得如此慢，沿路挨着栏杆和楼房那湿冷的墙壁。向深处坠落，直到下面再无深谷。他已触到了绝望的实底，也就坦然了。

这里面，有他熟悉的某种强烈而神圣的快乐。被迫害的笑声，被鞭打的黑奴歌唱他愤怒的灵魂。如今他的心里就有一首歌——它还不是旋律，只有歌的感觉。被浇透的平静，它的沉重压迫着他的四肢，唯有强大的、真正的使命才能让他有力前行。他为什么还要往前走？为什么不在这最深的侮辱下面苟安，获得短暂的慰藉？

但他继续向前走。

“叔叔，”米可说，“喝点热咖啡会让你感觉好点吧？”

考普兰医生看着她的脸，没有回应。他们穿过小镇，最后来到凯利家后面的巷子里。波西娅先进去，他跟在后面。

海伯尔待在外面的台阶上。米可和她两个弟弟原来就在厨房里。波西娅说了威利的事。考普兰医生没有听她讲，但她的声音是有节奏的——开始、展开、结束。她讲完以后，又从头讲了一遍。其他人也进来听。

考普兰医生坐在角落的高凳上。他的外套和围巾在炉灶边的椅背上冒着热气。他的帽子搁在膝盖上，修长黝黑的手神经质地转着破旧的帽檐。他发黄的手心都是汗，时不时地擦一下手帕。他的脑袋颤抖，全身肌肉绷紧，竭力保持稳定。

辛格先生进来了。考普兰医生抬起头看他。“你听说了吗？”他问。辛格先生点点头。他的眼里没有恐惧、怜悯或憎恨。知道事情的人里面，只有他的眼神没有表达这种情绪。只有他理解这件事情。

米可悄悄问波西娅：“你父亲叫什么名字？”

“他叫本尼迪克特·马迪·考普兰。”

米可俯身凑到考普兰医生跟前，叫得很大声，仿佛他是个聋子。“本尼迪克特，难道你不想喝点热咖啡让感觉好受一点吗？”

考普兰医生被吓到了。

“别大喊大叫，”波西娅说，“他的听力和你一样好。”

“噢。”米可说。她倒空咖啡壶，重新放咖啡到炉上去烧。

哑巴依然徘徊在门口。考普兰医生依然看着他。“你听说了吗？”

“他们会怎么处理那些监狱看守？”米可问。

“宝贝，我不知道，”波西娅说，“我真不知道。”

“我要做点什么。我得为此做点什么。”

“我们做什么都没用。最好保持沉默。”

“他们应该受到威利和那两个男孩一样的待遇。要更严厉。我真想召集一路人马，亲自把他们杀掉。”

“这不是基督徒该说的话，”波西娅说，“我们只能退一步，等着看他们被撒旦用草耙砍碎，永远在油锅里煎熬。”

“至少威利还能吹口琴。”

“双脚被锯掉了，这是他唯一能干的。”

房间里充满噪音和骚动。厨房顶上的房间里，有人在挪移家具。饭厅里挤满了房客。凯利太太在早餐桌和厨房之间忙个不停。凯利先生穿着松垮垮的裤子和浴袍走来走去。凯利家的孩子在厨房里贪婪地吃着。门砰砰地响，屋里到处都是人声。

米可递给考普兰医生一杯加了淡牛奶的咖啡。牛奶使得那液体泛着灰蓝色的光泽。有的咖啡溅到了托盘上，他先用手帕擦了托盘和杯子边沿。他一点儿都不想喝咖啡。

“我真希望能杀掉他们。”米可说。

屋里安静了。饭厅里的人都出去上班了。米可和乔治去上学了，小婴儿被关在前面的房间里。凯利太太头上绑一条毛巾，拿着扫帚上楼了。

哑巴依旧站在门口。考普兰医生凝视着他。“你知道这事？”他又问了一遍。他的问题没有声音——话堵在他喉咙里——尽管如此，他的眼睛说出来了。然后哑巴离开了。剩下考普兰医生和波西娅。他在角落的高凳上坐了一会儿。终于，他起来要走了。

“你坐回去，爸爸。今天上午我们要待在一起。我要去煎鱼，准备鸡蛋、面包和土豆做午餐。你留下来吧，我想好好招待你一顿热腾腾的午餐。”

“你知道我要出诊。”

“就这一天，好吗，爸爸。我感觉自己真要崩溃了。而且，我不想你一个人在街上瞎晃。”

他犹豫着，摸了摸衣领。它很湿。“女儿，对不起。你知道我有病人要看。”

波西娅把他的围巾放在炉上烘干，直到羊毛变得烫手。她帮他系外套的纽扣，将衣领翻好。他清了清喉咙，将痰吐到一张他口袋里随身带着的纸片上。随后，把纸片扔到炉子里烧掉了。出了门他停了一下，和台阶上的海伯尔说话。建议他如果可以请假不上班，就陪一下波西娅。

风刺骨地冷。低沉的天空下着毛毛细雨。雨水渗入垃圾桶，巷子里湿漉漉的垃圾散发着恶臭。为了走稳，他走的同时扶着篱笆，黑眼珠一直看向地面。

他只看了病情很严重的病人。随后回到诊所，从中午一直忙到两点。结束后他坐在书桌前，拳头握得紧紧。但是，这事想多了也没用。

他再也不愿看见人类的脸。但他也无法独自在空荡荡的房间里干坐着。他穿上外套，又走到湿冷的街上。他口袋里有几张要送到药房的处方。但他不想和马歇尔·尼科尔斯说话。他走进店里，将处方放在柜台上。药剂师放下手中要称的药粉，转过身来，伸出两只手。他厚厚的嘴唇无声地动了几下，才沉着地说出来。

"医生，"他郑重地说，"你该知道，我和我们所有的同事，还有我协会和教会的成员——我们深深地感受到你的悲伤，并致以我们最深切的同情。"

考普兰医生遽然转身，只字不言。这太细碎了。需要更有分量的。强烈的、真正的使命，正义的意志。他硬邦邦地迈着步，胳膊贴着身体，往大街走去。他徒劳地想了很多。

他想不出镇上哪个有影响力的白人既勇敢又公正。他把每个他了解的律师、法官和政府官员都想到了——但每想到一个，他的心里都是苦涩。最后，他决定去找高等法院的法官。走到法院前，他毫不犹豫，快速地进去了，决心这个下午见见法官。

宽敞的前厅很空，只有几个闲人在通向两侧办公室的过道上晃悠。他不知道法官的办公室在哪里，犹豫地在楼道徘徊，查看门上的牌子。最后他走到一处狭窄的通道。走廊的中间站了三个白人，在聊天，堵住了通道。他挨着墙根想过去，但其中一人转身拦住他。

“你要干吗？”

“请问，能告诉我法官的办公室在哪里吗？”

白人竖起拇指，指向通道的尽头。考普兰医生认出他是副警长。他们见过许多次，但副警长记不住他。对黑人来说，白人都长得差不多，但他们会费心去分别。另一方面，对白人而言，黑人都长得一样，可他们通常懒得去记住一个黑人的脸。因此那白人说：“你有事吗，尊敬的牧师？”

这熟悉的、嘲弄意味的称呼激怒了他。“我不是牧师，”他说，“我是一名医生，医学博士。我的名字叫本尼迪克特·马迪·考普兰，我有急事，要立刻见法官。”

副警长那一字一顿的说话方式，像其他白人一样让他发狂。“是吗？”他嘲弄道，对他的朋友眨了眨眼，“那么，我就是副警长，我的名字叫威尔森先生，我告诉你法官很忙。改天再来吧。”

“我必须见到法官，”考普兰医生说，“我等着他。”

通道的入口有一张长凳，他坐下了。三个白人继续聊天，但他知道副警长在观察他。他决心不走。半个多小时过去了。几个白人在走廊里来来回回地经过。他知道副警长在看他，坐得很僵硬，双手插在膝盖间。他的谨慎告诉他该离开，迟点等副警长不在时再回来。有生以来，他和这些人打交道时一贯谨慎小心。但现在，心里有什么东西不让他退缩。

“过来，你！”副警长终于说话了。

他的脑袋颤抖，站起来时脚跟都没站稳。“嗯？”

“你说你找法官有什么事来着？”

“我没说，”考普兰医生说，“我只说我找他有急事。”

“你站都站不直。你喝酒了吧，是不是？我闻到你的酒气了。”

“说谎，”考普兰医生慢慢地说，“我没有——”

副警长朝他的脸打了一拳。他摔倒在墙上。那两个白人抓住他的胳膊，拖他下楼梯到一楼。他没有反抗。

“这个国家的麻烦就是这个，”副警长说，“像他这样该死自大的黑鬼。”

他一言不发，让他们随意处置。他在等待那可怕的愤怒，感觉到它的升起。愤怒使他无力，因此而绊倒。他们把他推进警车，里面有两个看守。他们将他带到警署，接着送去拘留所。等他们走进了拘留所，那愤怒的力量才迸发出来。他突然挣脱了他们。被围在墙角。他们用棍棒打他的脑袋和肩膀。他怀着悲壮的力量，挣扎时听见自己大笑的声音。他一边流泪，一边笑。用脚疯狂地踢着。他用拳头，甚至用头去撞他们。他很快就被扣住了，动弹不得。他们拖着他一步步地穿过拘留所的大厅。牢房的门开了。有人从后面踢他腹股沟，他跪倒在地上。

狭窄的牢房里有另外五个囚犯——三个黑人，两个白人。其中一个白人很老了，醉醺醺的。他坐在地上，挠着身子。另一个白人囚犯是个男孩，不超过十五岁。三个黑人都很年轻。考普兰医生在床铺上躺下，仰头看着他们，认出了其中一个。

“你怎么在这儿？”这年轻人问，“你不是考普兰医生吗？”

他说是。

“我叫达里·怀特。你去年帮我姐姐割了扁桃体。”

冰窟般的牢房里弥漫着腐烂的气味。角落有一个桶装满了尿。蟑螂在墙上爬。他闭上眼睛，几乎马上就睡着了。等他再抬头看时，那安了铁条的小窗黑了，厅里燃起明亮的火光。四个空锡盘放在地上。卷心菜和玉米面包，他的晚餐就在身旁。

他在床铺上坐了起来，猛地打了几个喷嚏。呼吸的时候，胸口的痰咕噜咕噜响。过了一会儿，那个白人男孩也打起了喷嚏。考普兰医生的纸片用完了，只好撕口袋里的笔记本。白人男孩站在角落的尿桶前，或干脆让鼻涕流到胸前的衬衫上。他的眼睛睁大，轮廓分明的脸颊红了。他缩在床铺边，呻吟着。

很快他们被带到外面的洗手间，回来后准备睡觉。六个犯人睡四个床位。老人睡在地上打呼噜。达里和另一个男孩挤在一个床位上。

度日如年。大厅里的火光灼痛了他的眼睛，牢房里的气味使呼吸变得难受。他感到冷。他的牙齿在打战，寒冷让他发抖。他坐起来，邋遢的毯子裹紧身体，前后摇晃。他有两次去给白人男孩盖毯子，对方在说梦话，梦里把胳膊伸出了外面。他摇晃身体，手捧着脑袋，从喉咙里发出呜呜的哀吟。

他无法去想威利，思维甚至无法集中在强烈的、真正的使命上，并从中获得力量。他只能感觉到自身的痛苦。

然后热潮回来了。暖意在体内蔓延。他躺下来，仿佛沉到了一个温暖的、红色的极乐世界里。

第二天早晨，太阳出来了。南部那怪异的冬天到了尽头。考普兰医生被释放了。一小群人等在拘留所外。辛格先生在。波西娅、海伯尔、马歇尔·尼科尔斯也来了。他们的脸模糊不清，他看不清楚。阳光非常刺眼。

“父亲，你难道不知道这对我们威利毫无帮助吗？在白人法院那里瞎碰运气？我们最好是保持沉默和等待。”

她的大嗓门在他耳边让人疲倦地嗡嗡响。他们爬进了一辆“十分钱出租车”，然后他回家了，脸颊贴在洁白的枕头上。

11

米可彻夜都睡不着。埃塔病了，她不得不睡在起居室里。沙发太窄太短。她做了噩梦，梦见了威利。波西娅和她说他们怎么对待威利的事都过去快一个月了——但她还忘不掉。

她做过两次类似的噩梦，醒来时在地板上。额头上撞出了一个包。早晨六点，她听见比尔到厨房给自己弄早餐。天亮了，但窗帘遮着，房间里还很暗。在起居室醒来让她感觉怪怪的。她不喜欢。被单在身上卷作一团，一半在沙发上，一半落在地板上。枕头在房间的中央。她起来，把对着大厅的门打开。楼梯上没有人。穿睡衣的她跑到后面的房间。

“挪过去一点，乔治。”

这孩子躺在床的正中。夜晚温暖，他像只松鸦一样赤裸裸。他的拳头紧握，虽然在睡觉，眼睛也斜眯着仿佛在思索世界难题。他的嘴巴张开，枕头上湿了一块。她推他。

“等一下——”他在梦里说。

“往你那边挪一点。”

“等等——让我先做完这个梦——这个——”

她将他拖到该他睡的那头，贴着他躺了下来。等她再睁开眼，已经很晚了，阳光已经射进后窗。乔治不在。后院里传来小孩的说话声和流水声。埃塔和黑兹尔在中间的屋子聊天。她穿着衣服，突然有个想法。她在门边偷听，但听不见她们说什么。她猛地打开门，想吓她们一跳。

她们在看一本电影杂志。埃塔还在床上。她的手半捂着一个男演员的照片。“从这上面看，你不觉得他像那个男孩？

那个曾经约会过——”

“你今天感觉如何，埃塔？”米可问。她朝床底下看，她的秘密盒子原封不动地待在原来的位置上。

“你操心的事可真多。”埃塔说。

“你没必要找茬吧。”

埃塔的脸尖了。她的胃痛得厉害，她的卵巢病变了。这和她身体虚弱有关。医生说她的卵巢必须得马上切除。但他们的父亲说再等一下。没钱了。

“你到底想让我怎么样？”米可说，“我问你一个礼貌的问题，你就开始挑剔我。我觉得我应该为你生病而难过，但你拒绝我的善意。我当然会生气啊。”她把一缕头发往后推，仔细地照着镜子。“好家伙！看我的包！我的头肯定破了。我昨晚摔了两次，估计是撞到沙发边上的桌子了。我没法在起居室睡。那沙发那么挤，我根本睡不下。”

“别那么大声，好吗。”黑兹尔说。

米可跪下来，将那个大盒子拉了出来。她细心地检查捆绑的绳子。“说，你们俩有没有动过它？”

“嗤！”埃塔说，“我们动你的垃圾做什么？”

“你最好别动。谁要乱动我的私人物品，我会杀了他。”

“你听着，”黑兹尔说，“米可·凯利，你是我所认识的最自私的人。你对任何人都毫不关心除了——”

“噢,呸！”她砰地把门关上。她恨她们俩。想到这很可怕，却是事实。

她爸和波西娅在厨房里。他穿着浴袍，喝着咖啡。他的眼里充满血丝，咖啡杯碰到杯托。他绕着餐桌来回踱步。

“几点了？辛格先生走了没？”

“他走了，宝贝，”波西娅说，“都快十点了。”

“十点！天呐！我从没有起那么晚。”

“你搬来搬去的那个大帽盒里装了什么？”

米可手伸到炉子里拿出半打曲奇饼。“你不问我，我就不会骗你。多管闲事的人要遭报应的。”

“如果还有点牛奶的话,我想倒来泡碎面包,”她爸说,“这安魂汤也许能让我胃好受点。”

米可掰开饼干，往里面夹了点炸鸡胸肉丝。她在后面的台阶上坐下来吃她的早餐。早晨温暖明亮。斯伯尔瑞布斯和沙克在后院里正和乔治玩耍。沙克穿着防晒服，那两个孩子身上脱得只剩下短裤。他们用水管浇对方。水柱在阳光下闪闪发亮。风吹起如雾的水花，雾中闪着彩虹的色彩。一排衣物在风中飘扬——白被单、拉尔夫的蓝衣服、一件红罩衫和睡衣——湿润干净，被风吹出各种姿态。已有夏天的感觉。

有毛茸茸的小黄蜂嗡嗡地绕着巷子篱笆上的忍冬花转。

“看我将它举过头顶！”乔治大叫，“看水怎么流下来。”

她太有活力，坐不住了。乔治往面粉袋里灌土，把它吊在树杈上当沙袋。她开始击打它。砰！砰！她跟着醒来时脑中音乐的节奏去击打。乔治的土里混了一块尖锐的石头，她的指关节弄伤了。

“呃！你把水喷到我耳朵里啦。我的耳膜破了。我听不到了。”

“给我，让我射。”

水花打到她的脸上。孩子们还有一次把水管对着她的腿。她担心盒子弄湿了，抱着它穿过巷子来到前廊。哈利正坐在他家台阶上读报纸。她打开盒子，拿出笔记本。但她难以集中精神去想她要写下来的歌。哈利在朝她的方向看，她无法思考。

她和哈利最近聊了那么多事。几乎每天都一起从学校走回家。他们谈到上帝。她有时半夜醒来，为他们的聊天内容不寒而栗。哈利是泛神论者。这是一种宗教，和浸信会、天主教或犹太教一样。哈利相信人死后，埋葬的身体会变成植物、火、土、云和水。要花上千年之久，然后人最终成了世界的一部分。他说，这比光成为一个天使要好。不管怎么说，总比什么都不是要强。

哈利将报纸扔到家中门厅，走了过来。“像酷热的夏天了，”他说，“还只是三月呢。”

“是啊，我希望我们能够游泳去。”

“有地方游的话，我们去啊。”

“没地方游。除了乡村俱乐部的游泳池。”

“我真想干点什么——离开，到某个地方去。”

“我也是，”她说，“等一下，我知道一个地方。在郊区，十五英里远。树林里有一条又深又宽的河。夏天的时候，女童子军在那里扎营。去年威尔斯太太带我和乔治还有彼特、沙克去游过一次。”

“你要想去，我可以弄两辆自行车，我们明天去。一个月里我可以休息一个周日。”

“我们骑车去，中午在那儿野餐。”米可说。

“好，我去借自行车。”

他该上班了。她看着他走在街头，甩着胳膊。街区走过一半处，有棵树枝低垂的月桂树。哈利跑过去跳了起来，抓住树干，做引体向上。她的心底感到一阵快乐，因为他们是真正的好朋友，真的。而且，他俊朗。明天，她要借黑兹尔的蓝项链，穿丝绸裙子。午餐他们会带果酱三明治和“尼嗨”

橘子汽水。哈利也许会带稀奇古怪的东西，因为他们家吃正宗的犹太食物。她一直看着他，直到他拐弯。他真的长成了一个非常好看的小伙子。

郊外的哈利和坐在台阶上读报纸、思考希特勒的哈利是两个人。他们一大早就出发了。他借的自行车是男式的——前面有横梁。他们将午餐和泳衣绑在挡泥板上，不到九点就出发了。上午阳光灿烂，天很热。不到一小时，他们就骑到了离小镇老远的一条红土路上。田野一片青翠，空气里弥漫着浓厚的松树气息。哈利兴奋地说话。暖风熏在他们的脸上。她口干舌燥，已经饿了。

“看到那边山上的房子了吗？我们停下弄点水喝吧。”

“别，最好再等等。喝井水会得伤寒。”

“我已经得过伤寒了。我得过肺炎，腿摔断过，脚也感染过。”

“我记得。”

“是啊，”米可说，“我和比尔得伤寒时，待在前屋。彼特·威尔斯从人行道跑过时，捏着鼻子往窗口看。比尔非常尴尬。我的头发都掉没了，因此成了光头。”

“我打赌，我们至少骑出小镇十英里了。我们骑了一个半小时——而且骑得很快。”

“我渴坏了，”米可说，“也饿坏了。你午餐袋里有什么？”

“冷猪肝布丁、鸡肉沙拉三明治和馅饼。”

“很棒的野餐，”她为自己带的东西而羞愧，“我带了两只煮熟的鸡蛋——里面有馅——小包的盐和胡椒。三明治——涂了黑莓酱和黄油。每一样都用油纸包好。还有纸巾。”

“我没打算让你带什么，”哈利说，“我母亲准备了我们俩人的午餐。是我邀请你出来的嘛。我们马上就可以到商店买点冷饮。”

他们又骑了半小时，终于来到加油站的便利店。哈利支好自行车，她比哈利先走了进去。从明亮的日光下走入，便利店显得很暗。货架上堆满了鸡胸肉片、油桶、一袋袋的面粉。柜台上放了一大罐黏糊糊的散装糖果，苍蝇在上面嗡嗡地转。

“你这儿有什么喝的？”哈利问。

店员开始罗列饮料名。米可打开冰柜，往里面看。手浸在冰水里觉得很舒服。“我要一瓶‘尼嗨’巧克力味苏打水。你们有吗？”

“和她一样，”哈利说，“要两瓶。”

“不，等一下。这里有冰啤酒。我想要瓶啤酒，如果你请得起。”

哈利也给自己要了一瓶。他认为不到二十岁喝啤酒是一桩罪行——也许他只是突然想凑个热闹。刚喝了一口，他就做了个痛苦的表情。米可的腿累坏了，肌肉在跳动。她的手擦了一下瓶口，吞下冰凉的一大口。马路对面是一大块空旷的草地，再过去是一排松树林。松树有着各种层次的绿——从明亮的黄绿到几乎发黑的深绿。天空是灼人的蓝。

“我喜欢啤酒，”她说，“我经常将面包蘸在我爸爸喝剩的啤酒里。喝啤酒时，喜欢同时舔手上的盐。这是我喝过的第二瓶啤酒。”

“第一口酸，后面喝着还不错。”

店员说距离小镇十二英里了。他们还要骑上四英里多些。哈利结了账，他们又走到了大太阳底下。哈利声音高昂，一直在笑，没有理由。

“天，啤酒和大日头让我晕头了，但我感觉可真好啊。”他说。

“我巴不得能立刻游泳。”

路上有沙子，他们必须铆足了劲去踩自行车才能前行。哈利的衬衫上都是汗水，贴在后背上。他还在说话。路面变成了红土路，砂子都在身后了。她心里想到一首缓慢的黑人歌谣——波西娅的弟弟原来用口琴吹过的歌。她跟着它的节奏去踩脚踏板。

终于，他们到了她要找的地方。“就是它！看到那个‘私人领地’标志了吗？我们得翻过倒刺铁丝网，然后从那条路走——看！”

树林很安静。光滑的松针覆盖着土地。只用了几分钟他们就走到河边。河水是褐色的，奔流不止。寒凉怡人。四周寂然，只有水流声和微风在松树高枝上的歌吟。幽深的树林似乎让他们胆怯了，他们沿着河岸缓缓走着。

“很美吧。”

哈利笑了。“你怎么小声说话了？听我的。”他拢起双手盖着嘴巴，发出一声久久的、印第安式的呐喊，他们听到了回响。“来吧，一起跳到水里，凉快凉快。”

“你不饿吗？”

“好吧。我们先吃东西。现在先吃一半，等下从水里上来再吃另一半。”

她拆开果酱三明治。吃完之后，哈利讲究地把纸揉成球，塞入树洞里。然后，他脱下短裤，走到小径上。她在树丛后面脱掉衣服，勉强穿上黑兹尔的泳衣。泳衣太小了，勒得她大腿根痛。

“你好了吗？”哈利喊道。

她听见一阵水花溅起的声音，走到岸边时，哈利已经在游了。“先别跳，让我看看有没有树桩或者水浅的地方。”他说。她就看着他脑袋在水里一浮一沉，她压根没想过要跳。她甚至都不会游泳。她出生以来，只游过几次——要不套了救生圈，要不远离没过头顶的水域。但是和哈利说会显得自己胆小。她感到难堪，突然，编了个故事：

“我再也不跳水了。我原先老跳，从很高的地方跳。但有一次我把头撞破了，从此再不能跳水，”她想了一分钟，“我跳的是封闭屈体两周。我浮上来时，水里都是血。但我压根没想，继续做各种花样动作，有人朝我喊叫，我才意识到水中的血是从哪儿来的。从此我再也游不好了。”

哈利爬上岸。“天啊，我从没有听说过。”

她原想给故事再加点佐料使它更真实些，但她只是看着哈利。他的皮肤呈浅褐色，水花让它晶莹闪亮。他的胸部和大腿都有毛。只穿着一条紧紧的泳裤，他几乎是裸露的。摘下了眼镜，他的脸变大了，更英俊。他的眼睛润泽发蓝。他正看着她，突然间，两人都不好意思了。

“水有十英尺深，除了河对岸。那里水浅。”

“我们游吧。我打赌冷水里的感觉很好。”

她不害怕。这和她被困在大树顶部是一样的，除了爬下来，别无办法——感到死一般的平静。她沿着岸边一点点挪下去，到了冰凉的水里。她抓着树根直到抓断了，才开始游。她呛了口水，沉了下去，但她坚持游，没有丢脸。她游到了河的对岸，在那儿，脚可以碰到水底。她感觉好了。她用拳头拍打着水花，大声地瞎喊着，为了听回声。

“看这儿！”

哈利爬上一棵高高细细的小树。树干柔软，他爬到顶时，树被他压得弯下来。他落入水里。

“我也来，看我的。”

“那是棵小树苗。”

她和她那片的孩子一样，是爬树老手。她重复了一遍他刚才的动作，啪地一下掉入水里。她也能游泳了。现在她游得还可以。

他们玩“跟我学”的游戏，沿着岸边奔跑，跳进寒冷发黑的水里。他们又叫又跳，爬上爬下，玩了差不多两小时。然后，他们站在岸上，对望着，似乎再没什么新鲜的玩意了。她突然说道：

“你裸泳过吗？”

树林很安静，他一开始没回答。他觉得冷。他的乳头变成硬的、紫的。他的嘴唇也发紫，牙齿交战。“我——我没有。”

她一下就兴奋起来，冲口而出：“你如果裸泳，我也裸。

谅你不敢吧。”

哈利将湿漉漉的黑发往后拨，说：“好。”

他们都把泳衣脱了。哈利背对着她。他手脚笨拙，耳根发红。然后他们转过身来面朝对方。他们也许在那儿站了半个小时——也许不到一分钟。

哈利从树上摘了一片叶子，将它撕碎了。“我们还是穿上衣服吧。”

整个野餐，他们都没有说话。他们将食物铺在地上。哈利把所有吃的分成两半。到了酷热的、使人昏昏欲睡的夏日午后。密林深处除了潺潺流水和鸟鸣，什么都听不见。哈利拿着有馅的鸡蛋，用拇指压碎了蛋黄。那动作让她想起什么？她听见自己的呼吸。

他的视线越过她的肩膀。“听我说，我觉得你很美，米可。我以前从没这样觉得。我不是说你丑——我只是想说——”

她往水里扔了一个松果。“如果想在天黑前回到家，我们就得现在走。”

“不，”他说，“我们躺下吧，就一分钟。”

他的手抓回了几把松针、树叶和灰苔藓。她吸吮着自己的膝盖，观察着他。她的拳头握得紧紧的，仿佛整个人都绷紧了。

“我们现在能睡了，这样回家路上才有精神。”

他们躺在松软的“床”上，看着天空里深绿的松林。有只鸟在唱一首哀怨清澈的歌，她从未听过。一个仿佛双簧管吹出的高音——接着降了五度，又升了上来。这歌像沉默的疑问般伤感。

“我爱那只鸟，”哈利说，“我想它是只绿鹃。”

“我希望我们在海边。在沙滩上，看着海上远处的船。有一年夏天，你去了海滩——到底是怎么样？”

他的声音低沉沙哑。“嗯——有海浪。有时是蓝的，有时是绿的，阳光明媚时，海浪看起来像镜子。在沙滩上可以捡小小的贝壳。就像我们放在雪茄盒里带回去的那种。水面上有白色的海鸥。我们在墨西哥湾——清凉的海风一直吹着，阳光不像这地方这么烤人。总是——”

“雪，”米可说，“我想看雪。冰冷、洁白的积雪，就像照片里。暴风雪。整个冬天，白色的、寒冷的雪花轻轻下着，一直下一直下。如阿拉斯加的雪。”

他们同时转过身来。相互挨得很近。她感受到他的颤抖，她的拳头几乎要握碎了。“噢，上帝。”他一遍遍地念着。她感到头已脱离身体，被抛到远处。她的眼睛直直地看着那能让人失明的烈日，心里在算着什么。然后，就这样了。

过程就是这样。

他们沿路推着车慢慢地走。哈利的头低垂，肩膀耷拉着。他们长长的黑影投在尘埃滚滚的路上，已接近傍晚了。

“听我说。”他说。

“嗯。”

“我们得弄明白它。我们必须。你明白吗——哪怕一点？”

“我不知道。我想。”

“听我说，我们得做点事情。我们坐下来吧。”

他们放下自行车，坐在路边的阴沟旁，双方拉开距离。他们头顶着灼热的午后阳光，周围布满褐色的、疏松的蚂蚁窝。

“我们得将它弄明白。”哈利说。

他哭了。他一动不动地坐着，泪珠从他的苍白的脸上滚落。她想不出他为何要哭。一只蚂蚁叮她的脚踝，她将它捏在指心，仔细地看。

“是这样，”他说，“我从来没有吻过女孩子。”

“我也没有。我没有吻过任何男孩。除了家人。”

“我原来一直想的是——吻这个特定的女孩。我原先在学校时想象过，夜里会梦见。就是有次她和我约会。我能感觉到她希望我吻她。我只是在黑暗里看着她，而不能去吻。

那就是我所想的——去吻她——机会来时，我却不能。”

她用指头在地上挖了个小洞，埋了那只死蚂蚁。

“全是我的错。无论怎样看，通奸都是可怕的罪行。何况你比我小两岁，还只是个孩子。”

“不，我不是。我不是孩子了。虽然，现在我希望自己是。”

“听着。如果你觉得我们该结婚，我们可以结——秘密地，或用别的方式。”

米可摇着脑袋。“我不要。我永远不会和任何男孩结婚。”

“我也不会。我知道的。我不是说着玩的——是真的。”

她被他的脸吓住了。他的鼻翼在抖动，他的下唇颜色斑驳，被他咬出血了。他的眼睛明亮、湿润、闷闷不乐。他的脸比她记忆里任何人的脸都要苍白。她的头转了过去。他要能不再讲，事情会好受许多。她慢慢地环视周围——阴沟里布满条痕的、红白色的黏土，一个破威士忌酒瓶，对面的松树上挂着一个招聘县治安官的广告牌。她想安静地、久久地坐着，什么都不想，什么都不说。

“我要离开小镇了。我是个好技工，我能在别处找到工作。我待在家里的话，母亲能在我眼中读到一切。”

“告诉我。你能看着我，说说有什么区别吗？”

哈利看了她的脸很久，点头表示能看出。然后他说：

“还有最后一件事。一两个月之内，我会寄给你我的地址，你给我写信，告诉我你没事。”

“你什么意思呢？”她迟疑地问。

“你只需要写‘没事’，我就明白了。”他和她解释。

他们又推着车往家走。他们的身影在路面上拉得巨人般高大。哈利弯着身子，就像个老乞丐，不断地用袖子擦鼻子。在太阳沉到树后之前的一瞬间，有道明亮金黄的光照亮一切，他们身前的影子从路面消失了。她感觉衰老，身体里仿佛承受着沉重之物。她现在是个大人了，无论她愿意与否。

他们走了十六英里路，回到家里那黑暗的巷子。她能看见厨房橘黄色的灯光。哈利家是黑的——他母亲还没回家。她在一条辅街上的裁缝店干活。有时，周日都要上班。透过窗户，能看见她正在后面的缝纫机前埋首干活或者把一根长针穿过厚重的布料。你看她时，她从不抬头。晚上她给他们母子俩做正宗的饭菜。

“听着——”他说。

她在黑暗中等待，但他没有说下去。他们握手后，哈利从两栋房子之间的巷子走过去。但他走到人行道上，他回过头来，向后望了一下。光照在他脸上，苍白而严峻。然后他走了。

“有一个谜语。”乔治说。

“我在听。”

“两个印第安人走在小路上。前面那个人是后面那个人的儿子，然而后面那个人不是前面那个人的父亲。他们是什么关系？”

“我想想，他继父。”

乔治冲波西娅笑了笑，露出他蓝色的小方牙。

“那就是他的叔叔。”

“你猜不到啦。是他母亲。它的诡计是你没想到印第安人是个女的。”

她站在厨房外面，看着他们。门框像给厨房里的画面装了画框。里面温馨而整洁。只有水槽旁边的灯亮着，屋里有影子。比尔和黑兹尔在桌前玩牌戏二十一点，用火柴代替钱。黑兹尔胖嘟嘟的、粉红色的手指抚摸着发辫，比尔的脸颊紧绷，很严肃地发着牌。在水槽边上，波西娅正用一块干净的、格子图案的毛巾擦碟子。她看上去很瘦，皮肤是金黄色的，她油亮的黑发梳得整齐。拉尔夫安静地坐在地上，乔治在试一条废旧的圣诞金箔片做成的小背带。

“波西娅，还有一个谜语。如果钟的指针指在两点半——”

她进了厨房。她本来以为他们看见她会后退，在周围站成一圈看她。但他们只是瞄了她一眼。她在餐桌旁坐下来，等着。

“总是等到大家都吃完了才磨磨蹭蹭地回来。看来我是有做不完的事。”

没人注意她。她吃了一大盘卷心菜和三文鱼，完了还吃了点甜食。她在想她妈妈的事。门开了，她妈妈进来和波西娅说布朗小姐在她房间里发现了臭虫。要去倒点汽油。

“别那样苦着脸，米可。你到了该收拾自己的年龄，尽量弄得漂亮点。等一下——我和你说话时别老插嘴——你帮拉尔夫好好地用海绵洗个澡，在他睡觉前，好好擦他的鼻子和耳朵。”

拉尔夫柔软的头发沾了燕麦粥。她用洗碗布擦掉了它，在水槽边洗他的脸和手。比尔和黑兹尔打完纸牌了。比尔收拾火柴时，他的长指甲刮着桌面。乔治把拉尔夫抱上床去。厨房里只有她和波西娅。

“嗨，看看我，觉得我有什么不一样吗？”

“我当然注意到了，宝贝。”

波西娅戴上红帽子，换了鞋。

“那么——”

“你弄点油脂往脸上抹。你的鼻子脱皮脱得很厉害了。他们说，油脂对晒伤最有用。”

她一个人在漆黑的后院站着，那棵橡树的树皮被她用指甲抠下了几片。这样几乎更糟。如果他们看着她，发现了什么，也许她会好受点。如果他们知道。

她爸站在台阶上叫她。“米可，噢，米可！”

“在，先生。”

“电话。”

乔治凑了过来，想听，但她将他推开了。米诺维茨太太讲话的声音很大，很激动。

“我的哈利现在应该到家了，你知道他在哪儿吗？”

“我不知道，夫人。”

“他说你们俩会骑车出去。他会在哪儿呢？你知道吗？”

“我不知道，夫人。”米可又说了一遍。

12

天又热起来了，“阳光南部”游乐场总是挤满了人。三月的风安静了下来。树长出了茂密的淡黄色叶子。蔚蓝的天空没有一丝云，光线越来越猛。空气是沉闷的。杰克·布朗特最讨厌这种天气。他昏昏然地想到漫长的、灼热的夏天要来了。他感觉不舒服。最近，他常被头痛滋扰。他胖了，腹部长出了小肚子。他裤子最上面的扣子只能不扣。他知道发胖是因为酒精，但他继续喝。喝酒能缓和头痛。他只要喝上一小杯感觉就会好些。现在，一杯酒和一夸脱酒对他来说没两样。并非喝下去的那口酒给他刺激——而是第一口酒就引起几个月来渗透在血液里的酒精反应。一口啤酒就能减轻头部的悸动，而一夸脱的威士忌也不能让他醉。

他完全戒酒了。好几天了，他只喝水和橙汁。疼痛像爬虫一样钻在脑子里。漫长的下午和夜晚，他疲惫地工作。他睡不着觉，读书成了痛苦的事。他房间里潮湿、酸臭的气味使他恼怒。他躺在床上躁动不安，好不容易睡着时，天已经要亮了。

一个梦缠绕着他。第一次做，是四个月以前。他从恐惧中醒来——但奇怪的是他记不得任何梦境。眼睛睁开时，只残留了那份感觉。每次醒来，害怕的感觉如此相似，使他相信这些梦的内容是一样的。他习惯了做梦，酒后怪诞的噩梦将他带入疯子混乱的世界，但是晨光总能拂去乱七八糟的噩梦所带来的影响，他也就忘了。

这个空白、鬼祟的梦却有本质的不同。他醒来，什么也记不住。但一种可怕的感觉在他身上久久地徘徊。后来，有一天早晨，他在熟悉的恐惧中醒来，却依稀记得身后的黑暗。他在人群里走，两只胳膊抱着什么。这是他唯一确定的。他偷东西了？他试图保护自己的财物？他在被周围的人追捕？他觉得不像。他越琢磨这个梦，越不明白。后来，又过了一阵子，那梦没再出现了。

去年十一月，他遇见了用粉笔在墙上写字的人。从他们遇到的第一天起，那个老头就像个邪恶天才一样贴上来。他叫希姆斯，在人行道上布道。寒冷的冬天他缩在家中，但春天时，他整日都在外面的大街上。他的白发蓬松松地垂在脖子上，随身携带一个大大的女用丝绸手袋，里面装满了粉笔和耶稣像。他的眼睛明亮而狂野。希姆斯想让他皈依。

“苦难的孩子，我从你的呼吸里闻到了啤酒那罪恶的臭。你也抽烟。主如果想让我们抽烟，他会写到他的书里。你的眉毛上有撒旦的标记。我看见它了。忏悔吧。让我指给你光明。”

杰克翻动眼珠子，在半空做了一个缓慢的虔诚的手势。然后他打开油迹斑斑的手。“我只让你看。”他用舞台腔小声地说。希姆斯低头看他手掌上的胎记。杰克挨近了，低语道：

“还有别的印记。你知道的印记。因为它们都是与生俱来的。”

希姆斯后退到栏杆边。他以女人般的手势撩起额头上一绺银发，将它抹到后面。他的舌头不安地舔着嘴角。杰克大笑。

“亵渎者！”希姆斯尖叫，“上帝会来抓你。你和你的同党。上帝记住那嘲弄者。上帝眷顾我。上帝眷顾所有人，但他最眷顾我。如同对待摩西。上帝在夜里给我启示。上帝会来抓你。”

他把希姆斯带到街角的便利店，要了可口可乐和花生酱夹心饼干。希姆斯又开始对他传教。他要离开去游乐场时，希姆斯在后面追着。

“今晚七点到这角落来。耶稣有给你的消息。”

四月头几天，有风，暖和。白云漂浮在蓝天上。风送来河流的气味和镇外田野那清新的气息。游乐场每天下午四点到半夜都游人如织。这些人很粗野。春天到来，他嗅到了潜在的麻烦。

有天晚上，他正在弄荡秋千的机器，突然被愤怒的声音打断了思绪。他飞快地挤过人群，看见旋转木马卖票的地方有一个白人女孩正和一个黑人女孩打架。他将她们拉开，但她们还是挣扎着扑向对方。人群分成两派，闹哄哄的。白人女孩是个驼背。手里牢牢握住什么东西。

“我看见你了，”黑人女孩叫着，“我还要将你的驼峰敲下来。”

“闭上你的嘴，你这个黑鬼！”

“恶心的下等货。我给了钱，我有权坐。白人，你让她把票还给我。”

“黑鬼贱人！”

杰克看看这个，看看那个。人群围过来了。两边都有人在含混不清地表达意见。

“我看见露莉掉了她的票，被这个白人女士捡了起来。那是事实。”一个黑人男孩说道。

“黑人的手不许碰白人女孩——”

“你别再推我。即使你有白皮肤，我也要还击的。”

杰克粗暴地挤到人群的最密集处。“好啦！”他大喊，“走吧——别吵啦。你们这些该死的。”某种程度上，是他拳头的大小让人们郁闷地散开。他转身对着两个女孩。

“事情是这样的，”黑人女孩说，“我敢说没几个人像我这样，每周工作到周五晚上，攒下五毛钱。这周我熨了两倍的衣服。我付了整整五分钱买了她手里的票。我现在要骑木马。”

杰克很快解决了麻烦。他让驼背留着那张有争议的票，给黑人女孩发了另一张票。那天晚上再没有别的争吵。但杰克警觉地在人群里转着。他感到担忧和不安。

游乐场里，除了他还有五个员工——两个男的负责秋千和收票，三个女孩在售票处。这不包括帕特森。游乐场老板大多数时间都在房车里一个人玩纸牌。他的目光呆滞，瞳孔收缩，脖子上的皮肤松弛下垂，形成丰满的黄褶子。过去几个月，杰克提了两次薪。午夜，他要向帕特森汇报情况，将晚上收的钱交给他。有时候，他走进房车几分钟了，帕特森才注意到他。他盯着纸牌，陷入恍惚里。他车里味道很大，散发着食物和大麻的臭味。帕特森的手遮着腹部仿佛在保护着它。他总是仔仔细细地对账。

杰克和另外两个技工有过口角。这两人原来都是一家工厂的落纱工。刚开始时，他想去和他们交谈，帮助他们看见真相。有次他邀请他们到桌球室喝酒。但他们太愚钝了，他无能为力。不久之后，他无意中听见他们之间的对话，引发了麻烦。那是个周日的凌晨时分，大概两点，他正和帕特森对账。他走出房车时，游乐场全空了。月光很明亮。他想着辛格和明天的假。经过秋千时，他听见有人提到他。两个技工干完了活，正在抽烟。杰克听着。

“如果有比黑鬼更让我厌恶的，那就是红鬼。”

“他可真逗。我才不把他放心上。看他那趾高气扬的样子。我从没见过这么矮的矮子。他有多高，你猜？”

“大概五英尺。但他觉得自己必须要告诉大家那些事。他该待在牢里。那是他该待的地方。”

“他逗死我了。我看到他就忍不住要笑。”

“他没必要在我这儿趾高气扬。”

杰克看着他们往韦弗斯巷走去。他的第一个念头是冲过去，和他们对质，但某种力量让他畏缩不前。他默默地生了好几天气。有天晚上，下了班之后，他跟随那两个人走了几条街，他们要转弯时，他冲去拦住他们。

“我听见你们的话了，”他气喘吁吁地说，“我碰巧听到你们上周六晚上所说的每句话。是，我是红鬼。至少我觉得自己是。可你们算什么呢？”他们站在街灯下。这两个人向后退了。附近很荒凉。“你们两个脸色苍白、大肠萎缩、驼背的小老鼠！我伸手就能掐住你们的小细脖子——一只手掐一个。管我是不是矮子，我能将你们放倒在人行道上，得用铁铲才能把你们挖出来。”

这两个人相互看了一眼，胆怯了，想继续走。但杰克不让他们过去。他一路倒走，跟着他们，面露愤怒又轻蔑的表情。

“我只想说的是：将来，你们要想针对我的身高、体重、口音、举止或意识形态做出评价，我建议你们随时来找我。最后一项我也不会逃避——万一你们不知道。我们可以一起讨论。”

从此杰克对那两个人心怀怒火又蔑视。他们则在他背后讥笑他。有天下午他发现秋千器械被人故意破坏了，他得加班三个小时来修理它。他总觉得有人在嘲笑他。每次听到女孩子在一起聊天，他都会挺直身子，满不在乎地一个人大笑起来，好像想到什么不为人知的笑话。

墨西哥湾吹来了温暖的西南风，带着浓厚的春天气息。白天变长了，阳光很灿烂。这慵懒的春暖让他压抑。他又开始喝酒了。活一干完他就回家倒在床上。有时候，他衣服都不脱，死气沉沉地在床上一躺就是十二三个小时。仅仅几个月前，他还因为不安而哭泣和咬指甲，现在都消失了。但在他的死气沉沉之下，杰克感觉到熟悉的紧张。在他去过的所有地方中，这个小镇是最孤独的。或者说，若没有辛格，它就是最孤独的。只有他和辛格才懂得真理。他懂，却无法让不懂的人也明白。仿佛在与黑暗、炎热和难闻的空气作战。他忧郁地盯着窗外。墙角一株矮小的、烟熏黑了的树长出绿得像胆汁的新叶。天空永远是深奥的、坚硬的蓝。恶臭的河水流过小镇这一带，带来的蚊子在屋里嗡嗡飞。

他被叮了一个包。他每天早晨将硫磺混上热猪油抹在身上。他硬生生地挠自己，但痒感似乎永远不会消退。有一个晚上，他爆发了。他一个人独坐了几个小时，喝了杜松子酒和威士忌，醉醺醺的。几乎是清晨了。他从窗口探出身子，看着阴暗沉默的街道。他想到周围所有的人。正在睡觉的、无知的人。突然，他高声地吼叫:“这就是真理！你们这些无知的杂种！你们一无所知。你们无知！”

街道从愤怒中醒来。灯亮了，带着睡意的咒骂涌向他。和他住同一栋楼的人猛烈地敲他的房门。街对面窑子里的姑娘从窗口探出脑袋。

“你们这些愚蠢愚蠢愚蠢愚蠢的杂种。你们这些愚蠢愚蠢愚蠢愚蠢——”

“闭嘴！闭嘴！”

大厅里的人在撞他的门:“你这头醉牛！等我们修理了你，你就更难看了。”

“外面多少人啊？”杰克咆哮道。他将一个空酒瓶砰地砸到窗玻璃上。“来啊，所有的人。来吧，一起上。我一次放倒你们仨。”

“好棒，宝贝。”一个妓女叫道。

门被撞开了。杰克从窗口跳了出去,从侧巷跑了。“噢耶！

噢耶！”他醉醺醺地喊着。他光着脚，没穿上衣。一个小时后，他跌跌撞撞地进了辛格的房间。四仰八叉地躺在地板上，在一阵狂笑中睡着了。

四月的一个清晨，他发现了一个被人谋杀的男人的尸体。一个年轻的黑人。杰克在离游乐场三十码远的沟渠里看到了他。黑人的喉咙被割开，头向后转成一个骇人的角度。太阳火辣辣地照在他睁开的、空洞的眼睛上，苍蝇盘旋在他满是干血的胸口上。死者拿着一根有流苏的、红黄双色的棍棒，像在游乐场的汉堡档上卖的那种。杰克阴郁地低头看了一会儿尸体。然后他叫了警察。没有发现线索。两天后，死者家人在停尸房认领了尸体。

在“阳光南部”游乐场常有人滋事打架。有时，两个朋友手挽手，一边笑一边喝地来到游乐场——离开前，却气呼呼地扭打到一块儿。杰克时时刻刻防备着。游乐场那绚丽的欢乐下，那些华丽的灯泡下，那些慵懒的笑声下，他感觉到某种阴沉和危险的气息。

在这些失魂落魄的、杂乱无章的日子里，希姆斯常在外面跑。这老头总是带着临时讲坛和《圣经》，站在人群的中间布道。他谈到基督的第二次降临。他说末日审判将在一九五一年十月二日。他会指着个别酒鬼，用他沙哑疲惫的声音冲他们尖叫。激动使得他唾沫横飞，说出的话都带着一种潮湿的汩汩声。一旦让他潜入，搭好讲坛，就没有任何争论能动摇他。他送了杰克一本《基甸圣经》作为礼物，叫他每晚跪着祷告一小时，把别人递给他的每杯啤酒和每支烟都丢掉。

他们为了墙壁和围栏吵架。杰克也开始随身带着粉笔。他写简短的句子，尽量修饰，好让路人驻足思索它们的意思。那样就会有人好奇。那样就会有人思考。他也写简洁的小册子，在街上分派。

如果不是辛格，杰克知道自己会离开小镇。只有在周日，和他的朋友在一起时，他才感受到宁静。他们有时一起出去散步或下棋——但大多数时间他们在辛格房间安静度过。他想说话时，辛格总是用心听。他要忧郁地呆坐一天，哑巴也理解，并不在意。他觉得，目前只有辛格能够帮到他。

某个周日，他爬楼梯时看到辛格的房门开着。房间里没人。他独坐了两个多小时。终于听到辛格上楼的脚步声。

“我正在琢磨你呢。你去哪里了？”

辛格微笑着。他拿手帕弹了弹帽上的灰，把它放到一边。然后，郑重地从口袋掏出他的银色铅笔，在壁炉架上低头写字条。

“什么意思？”杰克读了哑巴写的字条问，“谁的腿被割掉了？”

辛格拿回字条，添了几句。

“呵，”杰克说，“这不稀奇。”

他思索着字条的内容，接着将它揉成一团。几个月来萎靡的感觉消失了，他感到紧张和不安。“呵。”他又说了一次。

辛格装了一壶咖啡，拿出他的棋盘。杰克撕碎了字条，用出汗的两只手掌来回搓着。

“但我们可以做点什么，”过了一会儿他说，“你知道吗？”

辛格不自信地点点头。

“我想去看看那个男孩，了解整件事。你什么时候能带我去？”

辛格想了想，然后在便笺本上写下“今晚”。

杰克的手捂着嘴巴，在房间里焦躁地走动。“我们能做点事情。”

13

杰克和辛格在门廊等待。他们按门铃时，黑乎乎的屋里没有铃声响。杰克不耐烦地敲门，鼻子压到纱窗上往里看。身旁的辛格呆站着，面带微笑，脸颊上有两朵红晕。他们刚一起喝了一瓶杜松子酒。夜晚安静而漆黑。杰克看见一道柔和的黄光射到大厅里。波西娅给他们开了门。

“我相信你们没有等太久。来了好多人，所以我们干脆掐掉门铃。先生们，把帽子给我吧——父亲病得很重。”

杰克笨拙而又小心翼翼地跟着辛格来到光秃秃、逼仄的厅里。走到厨房门口，他一下站住了。屋里又挤又热。炉火在小柴炉里燃烧，窗关得紧紧的。烟味混合着黑人特殊的气味。炉火是屋里唯一的照明。他刚才在厅里听到的压抑的说话声都沉默了。

“这两位白人先生是来看父亲的，”波西娅说，“我想他也许能见你们，但我最好先进去准备一下。”

杰克抚摸着他厚厚的下唇。他的鼻尖上留有大门纱窗的网格印。“不是啦，”他说，“我是来找你哥哥的。”

屋里的黑人站了起来。辛格做手势让他们坐回去。两个头发灰白的老人坐在炉子前的长凳上。有个黑白混血儿四肢放松地倚靠在窗边。角落有一张行军床，躺了一个没有腿的男孩，他的裤子一直卷到粗壮的大腿根部。

“晚上好，”杰克尴尬地说，“你叫考普兰？”

男孩将手放在他的残肢上，向后缩到墙壁处。“我叫威利。”

“宝贝，别担心，”波西娅说，“这位是辛格先生，你听父亲说起过的。另外这位白人先生是布朗特先生，是辛格先生的好朋友。他们是出于好意来了解我们的遭遇。”她转身看杰克，指着屋里另外的三个人。“靠在窗边的那个男孩也是我哥哥。叫巴迪。在火炉旁边的是我父亲的两个好朋友。马歇尔·尼科尔斯先生和约翰·罗伯茨先生。我觉得让你们了解屋里的人都是谁，这个主意该不错。”

“谢谢，”杰克说，他又转向威利。“我只想让你和我说说整件事，我好弄明白是怎么回事。”

“是这样的，”威利说，“我感觉我的脚还在痛。我下面的脚指头疼得厉害。然而脚痛的位置在它本来该在的地方，假如，它还在我腿……腿上。不是我的脚现在的位置。这个好难说得清楚。我的脚让我一直在痛，但我不知道它们在哪儿。他们没有把腿还给我。他们估计在一百英里的某——某个地方。”

“我是想知道一切是怎么发生的。”杰克说。

威利不安地望向他妹妹。“我记不大——清楚了。”

“你当然记得，宝贝。你和我们说过无数遍了。”

“嗯——”男孩的声音胆怯而愠怒，“我们都在外面公路上，有个叫巴斯特的对看守说了些什么。那个白——白人举起棍棒对着他。另外那个男孩就企图逃跑。我跟着。事情来得太快我都记不住究竟是怎么回事。接着他们就把我们带回营地，然后——”

“后面的事我知道了，”杰克说，“把另外两个男孩的名字和地址告诉我吧。还有看守的名字。”

“听我说，白人。我觉得你想给我找麻烦。”

“麻烦！”杰克粗暴地说，“看在上帝的分儿上，你觉得你自己现在算什么？”

“小点声，”波西娅紧张地说，“是这样的，布朗特先生，他们让威利提前从营里释放了。但他们也暗示他不要——我相信你明白我的意思。威利自然是害怕了。我们当然是要小心点——因为我们也只能这样。我们的麻烦已经够受了。”

“那些看守怎么样了呢？”

“那些白——白人被开除了。他们是这么告诉我的。”

“你的朋友现在哪里呢？”

“什么朋友？”

“怎么，另外两个男孩啊。”

“他们不——不是我朋友，”威利说，“我们仨全掰了。”

“什么意思？”

波西娅在扯她的耳坠，耳垂像橡皮一样被拉得老长。“威利的意思是说，你懂的，那三天，他们痛得死去活来，就开始吵架了。威利再也不想见到他们。这件事父亲和威利已经吵过了。这个巴斯特——”

“巴斯特装了条木腿，”窗边的男孩说，“我今天在街上看到他了。”

“这个巴斯特没有亲人，父亲就想让他搬来和我们住。父亲想将男孩子都聚集在一起。他是怎么觉得我们养得起他们的，我真不知道。”

“这不是个好主意。再说，我们从来就不是非常好的朋友，”威利深色强壮的手摸着他大腿的残余部分，“我只想知道我的脚在哪——哪里。这是最让我苦恼的事。那医生不可能把它们还给我。我真希望我知道它们在哪里。”

杰克迷惑的、醉花的眼睛看着周围。一切看起来都那么模糊与陌生。厨房里的热气使他晕眩，声音在耳朵里回响。他被烟雾呛着。天花板上的灯开着，但是为了减少它的亮度，灯泡被报纸包着，所以屋里的光主要来自炉缝中的火焰。他周围的黑人脸上都泛着红光，他觉得不自在和孤单。辛格离开了厨房去看波西娅的父亲。杰克希望他回来，他们好一起离开。他动作笨拙地走到对面，坐到长凳上，坐在马歇尔·

尼科尔斯先生和约翰·罗伯茨先生之间。

“波西娅的父亲在哪里？”他问。

“考普兰医生在前屋，先生。”罗伯茨说。

“他是医生吗？”

“是的，先生，他是执业医师。”

外面的台阶上传来一阵拖着脚走路的声音，后门开了。一股暖和清新的微风缓解了闷滞的空气。先进来一个穿亚麻西装和镀金皮鞋的高个子男孩，怀里抱着一个纸袋。他后面是一个大约十七岁的男孩子。

“嗨，海伯尔。嗨，兰斯，”威利说，“你们给我带了什么？”

海伯尔向杰克刻意地鞠了个躬，把两个果酱罐装的酒放在桌上。兰斯在它们旁边摆上一个盖了干净的白餐巾的碟子。

“这酒是社团送的，”海伯尔说，“兰斯的母亲送了些桃酥过来。”

“医生怎么样了，波西娅小姐？”兰斯问。

“宝贝，他最近病得很厉害。最让我害怕的是他那么强壮。一个人病成他那样突然变得强壮是个坏兆头。”波西娅转向杰克，“你觉得它是个坏兆头吗，布朗特先生？”

杰克茫然地看着她。“我不知道。”

兰斯阴沉地瞥了杰克一眼，将他变小的衬衫袖口拉下来。

“请向医生转达我们全家的问候。”

“我们非常感谢，”波西娅说，“父亲前阵子还说起你。他有本书想给你。等一下，我去拿，还有把碟子弄干净还给你母亲。她做这事真是太体贴了。”

马歇尔·尼科尔斯先生挨近杰克，似乎要和他说话。这老人穿了细条纹裤和礼服，扣眼那里插了一枝花。他清了清喉咙说：“很抱歉，先生——但我们不可避免地在无意中听到你和威利的部分交谈，关于他目前的困境。必然地，我们已考虑过什么是最好的办法。”

“你是他的亲戚，还是教堂的牧师？”

“不，我是药剂师。你左手边的约翰·罗伯茨在邮政局工作。”

“邮差。”约翰·罗伯茨重复道。

“请允许我——”马歇尔·尼科尔斯从口袋里拿出一条黄色的丝绸手帕，小心翼翼地擤他的鼻子，“我们当然充分地讨论过这个问题。无疑，作为美国这个自由国家里的有色人种成员，我们渴望为了发展和睦关系而尽自己的力。”

“我们一直希望做正确的事。”约翰·罗伯茨说。

“我们理应小心地努力，不要损害已经建立的和睦关系。那么，通过这种渐进的方式，一个更好的环境会出现的。”

杰克看看左边，又看看右边。“我不懂你们说什么。”热气让他快窒息了。他想出去。仿佛有一层薄雾蒙住了眼睛，周围的面孔全是模糊的。

威利在对面吹口琴。巴迪和海伯尔在听。音乐沉重而忧伤。曲子结束后，威利在胸前衬衫上擦了擦他的口琴。“我好饿，好渴，旋律都被嘴里的口水打湿了。我很乐意尝试一下布吉乌吉[①]。喝点好酒是唯一的办法让——让我忘记这鬼痛。我要是能知道我的脚——脚在哪里，能每天晚上喝到一杯杜松子酒，我就没那么痛了。”

“别抱歉，宝贝。你马上就有了，”波西娅说，“布朗特先生，你来一块桃酥和一杯酒吧？”

“谢谢，”杰克说，“好的。”

波西娅麻利地铺上了桌布，摆好一个碟子，一个叉子。她倒了满满的一杯酒。“就当自己家一样。你不介意的话，我要招呼其他人了。”

果酱罐一人一口地传了下去。海伯尔把罐递给威利前，借用了波西娅的口红，在罐上画了条红线设定了用量的界线。屋里满是咯咯的说话和笑声。杰克吃完了酥饼，拿着酒杯回

---

① boogie woogie，20 世纪 30 年代开始流行、基于钢琴而创作的一种布鲁斯音乐。

到两个老人中间。自酿的酒像白兰地一样醇厚而强烈。威利拿着口琴开始吹一首低沉忧伤的曲子。波西娅打着响指，在屋里拖着脚步走。

杰克看着马歇尔·尼科尔斯。“你说波西娅的父亲是医生？”

“是的，先生。的确是。一个熟练的医生。”

“他怎么了？”

两个黑人小心地对视了一眼。

“他发生了意外。”约翰·罗伯茨说。

“什么意外？”

“坏的意外。糟透了。”

马歇尔·尼科尔斯折叠又打开他的丝绸手帕。“我们刚才说过，重要的是别损害和睦的关系，而是要热诚地尽其所能促进它。我们有色人种成员必须尽一切办法努力提升我们的公民。在屋子那边的医生尽了一切努力。但有时我觉得他没有充分认识到不同种族的特点和处境。”

杰克不耐烦地吞下最后的一大口酒。“看在基督的分儿上，老兄，说得简单点，我压根听不懂你说的。”

马歇尔·尼科尔斯和约翰·罗伯茨相互递了一个受伤的眼神。对面的威利还在吹曲子。他的嘴唇在口琴的方孔上缓慢地移动，像肥胖、皱巴巴的毛毛虫。他的肩膀既宽又壮。他大腿的残部随着节奏而颤动。海伯尔在跳舞，巴迪和波西娅在打拍子。

杰克站起来，刚站直他就意识到自己醉了。他脚步踉跄，带着报复的快感，他扫视了四周，但似乎没人注意到他。“辛格在哪里？”他声音浑浊地问波西娅。

音乐停了。“奇怪，布朗特先生，我以为你知道他走了。你坐在桌前吃桃酥时，他在门口，伸出手表向你示意他要走了。你直勾勾地看着他，摇着头。我以为你知道呢。”

“也许我在想别的事情。”他转向威利，生气地对他说：“我还没有告诉你我来这儿的目的呢。我来这儿不是为了让你做什么。我只想——我只想这个。你和另外两个男孩为发生的事情作证，我来解释为什么。为什么是唯一重要的事情——而不是是什么。我本想推着手推车，带你到处转转，你本该和大家说说你的故事，我来解释为什么。也许这样有点意义。也许——”

他感觉到他们在笑他。困惑使他忘了自己想说的话。屋里全是陌生的黑脸，空气太闷热难以呼吸。他看见一道门，摇摇晃晃地向它走去。他进了黑暗的储藏室，里面有药味。他的手拧开另一个门把手。

他站到了一间白色小房间的门槛处，里面只有一张铁床、一个橱柜和两把椅子。床上躺着那个可怕的黑人，他曾在去辛格房间的楼梯上遇见他。他的脸在硬邦邦的白枕头衬托下显得很黑。黑眼睛里有着火辣辣的憎恨，但厚实瘀青的嘴唇很镇定。除了呼吸时鼻翼那缓慢宽阔的颤动，他的脸像一具黑面具般了无生气。

“出去。”黑人说。

“等等——”杰克无助地说，“你为什么这样说？”

“这是我的房子。”

杰克的目光无法离开黑人那可怕的脸。“但是为什么？”

“你是一个白人和一个陌生人。”

杰克没有离开。他笨重而小心地走到一把白色的直背椅子上坐了下来。黑人的手在床单上摸索。他的眼睛如火般闪烁。杰克看着他。他们等着。房间里有一种紧张的氛围，如同阴谋或者爆炸前的死寂。

午夜过去很久了。春天早晨那温暖而黑暗的空气搅动着屋里缭绕的蓝色烟雾。地板上有皱巴巴的纸团和半空的杜松子酒瓶。烟灰落在床单上。考普兰医生的脑袋紧紧压着枕头。他脱掉了晨袍，白色棉睡衣的袖口卷到了胳膊肘处。杰克坐在椅子上，身子向前倾。他的领带松了，衬衫的领子被汗水浸蔫了。这几个小时里，他们之间进行了煎熬的长谈。现在暂停了。

“所以时候到了——”杰克开口。

但考普兰医生打断他。“也许，我们现在必须——”他声音嘶哑地咕哝着。他们都停了。都凝视着对方，等待。“很抱歉。”考普兰医生说。

“对不起，”杰克说，“请说下去。”

“不，你继续。”

“嗯——”杰克说，“我不会接着说刚才的话了。关于南部我们应有最后的结论。压抑的南部。被浪费的南部。被奴役的南部。”

“还有黑人。”

为了沉住气，杰克拿起脚边的瓶子，长长地喝了一大口灼热的酒。他慢吞吞地走到橱柜那里，捡起一个拿来镇纸的劣质地球仪。他在手里慢慢地转动着它。“我能说的就是这个：这个世界充满了卑鄙和邪恶。哼！地球四分之三的地方处于战争或者压迫里。骗子和恶魔联合，明白的人却是孤岛，手无寸铁。但是！但是你要让我指出这个地球上最野蛮的地区，我会指这里——”

“看仔细点，”考普兰医生说，“你指到海洋里了。”

杰克又转动地球仪，他迟钝肮脏的手指按在一个仔细选择的地方。“这里。这十三个州。我知道我在说什么。我读书，四处走。这该死的十三个州我都去过。我在每个州都工作过。这就是我为什么如此想的理由。我们生活在世界上最富有的国家。有丰富的物资，却没有多余的给那些贫困的男人、女人或者孩子。何况，我们的国家建立在本应是伟大和真实的原则之上——自由、平等和人权。哼！可是这个开端带来了什么呢？这里有几十亿资产的公司——却有几十万人没饭吃。在这十三个州里，对人类的剥削是如此的——这个，你真得亲眼去看看。我这一生见到许多能让人疯狂的事情。起码有三分之一的南部人从生到死，根本不比欧洲任何一个纳粹国家里最底层的农民强。租地农场上的工人一年的平均工资只有七十三美元。请注意，这是平均工资。佃农的工资从三十五到九十美元不等。而一年三十五美元意味着一整天的劳动只值十美分。到处是糙皮病、钩虫病和贫血症。还有十足的饥荒。但是！”杰克脏脏的指关节擦着嘴唇。汗珠立在他额头上。“但是！”他重复道，“那还只是看得见摸得到的邪恶。还有更恶劣的。我讲的是如何向人民隐瞒真理。他们被灌输的那些事让他们看不到真相。有毒的谎言。不允许他们知道真相。”

“还有黑人，”考普兰医生说，“要想明白我们的情况你必须——”

杰克粗野地打断他。“谁拥有南部？北方的公司拥有整个南部的四分之三。他们说老母牛到处吃草——在南部，在西部，在北部和东部。但它只在一个地方挤奶。它乳涨时，老奶头只在一处晃悠。它到处吃草，在纽约挤奶。拿走我们的棉纱厂，我们的纸浆厂，我们的鞍具厂，我们的床垫厂。北部拥有它们。怎么回事呢？”杰克的胡子愤怒地颤抖，“有一个例子。地点在一个根据美国工业伟大的家长体制而建立的工厂村。虚位所有权。村里有一个巨大的砖厂，大约四五百个棚屋。这些房子不适合人类住。而且，这些房子当初就是按贫民窟来造的。这些棚屋只有两个或三个房间，加一个厕所——远远不如建牲口棚时考虑得周到。也不如造猪圈时花的心思多。因为这种制度下，猪有价值，人没有。骨瘦如柴的工厂小孩可没法做成猪排或香肠。如今，你只能卖掉人的一半，但是猪——”

“等等！”考普兰医生说，“你偏离正题了。而且，你没有注意到黑人这个非常独立的问题。我一句话都插不上。所有这些我们都讨论过，但是不将黑人问题包括进去，不可能看清整体状况。”

“回到我们的工厂村，”杰克说，“一个年轻的棉纺工从他能找到工作起，开始一周挣八到十美元，还不错的收入。他结婚。第一个孩子出生后，女人也得在工厂上班。两人都工作，他们的工资加起来算一周十八美元吧。哈！他们要拿出四分之一来租工厂提供的棚屋。他们在公司拥有或控股的商店买食品和衣服。每一样东西商店都卖贵了。有了三四个孩子后，他们就被套住了，就像套上了锁链。这就是农奴制的全部原理。然而，在美国，我们说自己是自由的。可笑的是，这个说法被深深注入那些佃农、棉纺工等所有人的脑袋里，他们都深信不疑。为了不让他们知道真相，可是用了一大堆该死的谎言啊。”

“只有一条出路——”考普兰医生说。

“两条。只有两条。曾有一段时期，这个国家在扩张。所有人都认为自己有机会。哼！但那个时期已经过去了——一去不返了。不到一百家公司鲸吞了一切，只剩下点残骸。这些企业早已把人们的血吸干了，骨髓熬干了。大扩张的旧日子已去。资本主义民主的整套机制是——腐烂和败坏的。前面只有两条路。一条：法西斯。另一条：最彻底的、最永恒的改革。”

“还有黑人。别忘了黑人。一直以来，在我和我的同胞看来，南部就是法西斯主义，一直都是。”

“对。”

“纳粹践踏了犹太人的法律、经济和文化生活。这里的黑人从来就不能享有这些。如果说，在德国发生的大规模和戏剧性的抢钱抢物没在这里发生，不过是因为黑人从没有积累财富的可能。”

“这就是制度。”杰克说。

“犹太人和黑人，”考普兰医生苦涩地说，“我们同胞的历史和犹太人漫长的历史是旗鼓相当的——只是更血腥，更野蛮。像某种海鸥，假如你抓到其中一只，在它脚上缠一根红细麻线，其余的同类会把它啄死。”

考普兰医生摘下眼镜，在断了的铰链处用金属丝又重绑了一下。然后在睡衣上擦了擦眼镜。他的手因激动而颤抖。“辛格先生是犹太人。”

“不是，这你错了。”

“但我肯定他是的。这个名字，辛格。我第一眼看到他，就认得他的民族。从他的眼睛。再说，他和我说过。”

“怎么会，他不可能说过，”杰克坚持着，“他是我见过最纯的盎格鲁-撒克逊人。爱尔兰和盎格鲁-撒克逊。”

“但是——”

“我很确定。绝对的。”

“好吧，”考普兰医生说，“我们别争了。”

外面黑沉沉的空气已经凉快下来，屋里有了点凉意。几乎是黎明了。尚未破晓，天空是丝一般光泽的深蓝，月亮已从银色过渡到白色。四下寂静，黑漆漆的屋外只有一只春鸟清越孤独的啼鸣声。尽管有微风从窗户吹进来，屋里的空气还是难闻和压抑。有一种既紧张又疲惫不堪的感觉。考普兰医生从枕头上向前屈身。他的眼睛充血，手抓着床单。睡衣的领口滑至骨头突起的肩膀。杰克的脚后跟搁在椅子的横轴上，硕大的手交叉放在膝盖间，呈一种期待和孩子气的神态。眼睛下面有深深的黑眼圈，头发乱糟糟。他们看着对方，等着。沉默越久，他们之间的压力绷得越紧。

最后考普兰医生清了一下喉咙说道：“我相信你不会无缘无故来这里。我相信，我们彻夜谈论这些话题不会毫无目的。我们谈了一切，只剩最关键的问题——出路。一定要做些什么。”

他们仍然看着对方，等待。两个人的脸上都露出期待。考普兰医生靠着枕头坐得直直的。杰克的手撑着下巴，身体前倾。暂停状态在持续。然后，犹豫不决地，他们俩同时开口。

“对不起，”杰克说，“你先说。”

“不，你说。你先说。”

“说吧。”

“嗤！”考普兰医生说，“请继续。”

杰克那如在雾中、神秘的眼睛盯着他看。“是这样。这是我的看法。人们唯一的出路是求知。只要知道真相，人们就不能再忍受压迫。只要有一半人知道真相，整个斗争就赢了。”

“是的，只要他们明白了这个社会的运作。可是，你打算如何告诉他们呢？”

“听着，”杰克说，“想想连环信。一个人寄信给十个人，这十个人又分别寄给十个人——你懂吗？”他迟疑了，“不是说我来写信，但意思是一样的。我只是四处宣讲。如果在一个小镇，我能把真相告诉十个不明白的人，我就感觉做了些有意义的事。明白吗？”

考普兰医生惊讶地看着杰克。然后嗤之以鼻。“别天真了。你不可能就这样四处宣讲。还连环信，明白和不明白！”

杰克的嘴唇颤动，立马因生气而皱眉。“好吧。那你有什么主意呢？”

“首先，我要说，在这个问题上，我曾经也想得和你差不多。但我已知道这种态度是多大的错误。半个世纪以来，我曾以为耐心是明智的。”

“我没说要耐心。”

“面对野蛮，我是谨慎的。在不公正面前，我保持平静。为了想象中的大局，我牺牲了眼前的事物。我相信舌头，而不是拳头。我教导人们，在灵魂里保持耐心和信仰是反抗压迫的盔甲。我现在知道我错得多么离谱。我那是对自己和我的同胞们的背叛。全是胡说八道。现在是行动、迅速行动的时候了。以牙还牙、以眼还眼地去战斗。”

“但是怎么做呢？”杰克问，“怎么开始？”

“怎么？走出去，去行动。将人民集合起来，让他们示威。”

“哼！最后一句出卖你了——‘让他们示威’。让他们就自己不知道的事物去示威，能有什么好处？你是往猪的屁眼里填鸭。”

“这种粗俗的话让我很讨厌。”考普兰医生一本正经地说。

“看在基督的分儿上！我不在乎你讨厌不讨厌。”

考普兰医生举起手。“我们别那么激动，”他说，“让我们努力达成一致吧。”

“同意。我不想和你争吵。”

他们沉默了。考普兰医生的目光从天花板的一头移到另一头。有几次他润了润嘴唇想开口，但每次，话都只形成半截，闷在嘴里吐不出来。最后，他说道："我给你的建议是这个。别试图单打独斗。"

"但是——"

"但是，没有但是，"考普兰医生教诲道，"最致命的事莫过于一个人想单打独斗。"

"我明白你的意思。"

考普兰医生将衣领拉起来，盖过瘦削多骨的肩膀，收紧在喉咙处。"你相信我的同胞为他们的人权所进行的斗争是正义的吗？"

医生的激动和他温和沙哑的提问，让杰克突然热泪盈眶。一阵冲动的、鼓胀的爱，让他一把抓住床单上那只黝黑干枯的手，紧紧握住它。"当然。"他说。

"我们极度的贫困？"

"是的。"

"欠缺公正？痛苦的不平等？"

考普兰医生咳起来，把痰吐到一张方纸片里，他在枕头下放了很多种这纸片。"我有一个计划。是个很简单浓缩的计划。我只想聚焦在一个目标上。今年八月，我打算带领这个郡一千多黑人去游行。去华盛顿游行。所有人团结成一个坚固的身躯。你去看看那边的橱柜，能看见我这周写的一叠信，我会亲自寄出。”考普兰医生的手在窄小的床的边缘上紧张地来回滑动，“你记得我刚才说的话吧？你要记得我给你的唯一忠告是：别企图单打独斗。”

“我明白。”杰克说。

“一旦你开始了，就要全力以赴。这是最重要的原则。你的工作永无止境。你必须毫不吝惜地奉献你的一切，不要指望个人回报，没有休息，也别指望休息。”

“为了南部的黑人的权利。”

“南部和我们这里每个郡。这事要么就全力以赴，要么就不做。只有是或者不是。”

考普兰医生靠回到枕头上。只有他的眼睛还神采奕奕。它们像烧红的炭在他脸上燃烧。高烧使得他的颧骨呈现可怕的紫色。杰克皱着眉头，他的指关节顶着他柔软、宽厚和颤动的嘴唇。脸涨得通红。外面，破晓的第一缕微弱的光照了进来。拂晓，天花板上垂吊的电灯格外丑陋刺眼地亮着。

杰克立了起来，僵硬地站在床脚边。他语气坚决地说：“不。这观点根本不对。我非常肯定它不对。首先，你们根本出不了镇。他们会驱散你们，说这是对公共健康的威胁——或类似的编造的理由。他们会逮捕你，没有任何结果。即使奇迹发生，你们去了华盛顿，也是一样徒劳。为什么，因为整个想法都是疯狂的。”

痰在考普兰医生的喉咙里发出刺耳的响声。他的声音粗糙刺耳。“既然你那么快就发出不屑和谴责，那你又有什么可替代的想法呢？”

“我没不屑，”杰克说，“我只是说你的计划是疯狂的。我今晚来这里，是带着一个比这好得多的主意。我希望你的儿子威利和另外两个男孩坐在推车里，让我推着他们到处走。让他们告诉大家发生了什么事，然后我来说为什么。换言之，我要做一个演讲，讲资本主义的辩证关系——揭穿它所有的谎言。我会解释，大家会因此明白这些男孩的腿为何被割下来。让每个看到的人都明白。”

“呸，我再呸！”考普兰医生怒不可遏地说，“真不敢相信，你这么没脑子。它根本不值一笑。我以前还从没机会亲闻如此的谬论呢。”

痛苦的失望和愤怒让他们相互瞪着。外面街道上传来手推车的嘎吱声。杰克咽了咽口水，咬着嘴唇。“哼！”他终于说道，“你是唯一疯了的人。你做的每件事都完全是倒退。资本主义制度下，解决黑人问题的唯一办法是把这些州的一千五百万黑人都给阉了。”

“这才是你藏在那些正义的夸夸其谈之下的所谓好主意。”

“我没说应该这么做。我只是说，你只见树木，不见森林。”杰克痛苦地斟酌用词，缓慢地说，“工作要从基础做起。打破旧观念，建立新的。为世界打造一套全新的模式。第一次让人成为社会动物，生活在一个有序的、受控的社会里，不再为了生存而被迫不义。一个社会传统，它——”

考普兰医生讽刺地鼓掌。“很好，”他说，“可是织布前，你总得先摘棉花吧。你和你那套不切实际的不作为理论能——”

“闭嘴！你和你那一千个黑人是否游荡到一个叫华盛顿的臭粪坑里，有谁在乎？它能带来什么变化？当我们整个社会都建立在黑暗的谎言上时，这么一些人又有什么意义——一千个人，黑的、白的、好的、坏的？”

“有用！”考普兰医生气喘地说，“有用！有用！”

“什么都不是！”

“在公正面前，地球上最卑鄙和最邪恶的灵魂是更值钱的，比——”

“噢，见鬼去！”杰克说，“算个球！”

“亵渎者！”考普兰医生尖叫，“下流的亵渎者！”

杰克摇动着床的铁条。他额头上的青筋快要爆裂了，脸气得发黑。“目光短浅的死脑筋。”

“白人——”考普兰医生说不出话了。他挣扎着，但没有声音。最终他挤出被噎住的伤心话：“魔鬼。”

明媚金色的早晨在窗外。考普兰医生的脑袋又倒在枕头上。他的脖子扭曲得快要断了，嘴角有血泡。杰克又看了医生一眼，剧烈地抽噎着，低着头冲出了房间。

14

现在，她不能待在里屋了。任何时候，她身边得有个人。每分每秒，得做点什么事。如果一个人待着，她就数数或计算。她数起居室墙纸上的所有玫瑰。她计算出整个房子的体积。她数了后院的每片草和灌木丛里的每片叶子。因为，她的脑袋若没有被数字占据的话，那糟糕的恐惧感就会来。五月的这些下午，她从学校走路回家，突然间，她得飞快地想些什么。一件好事——非常好。也许，她会想到一段快节奏的爵士乐。或者是回家后冰箱里的那碗果冻。或者是躲到储煤室里抽支烟。也许去想象遥远的未来，她到北方去看雪，甚至到国外某个地方旅行。只是，关于好事的念头不能持久。

果冻五分钟后就没了，烟也抽完了。之后呢，还有什么？数字在她脑袋里乱成一团。雪和异域都是很遥远、很遥远的事。还有什么？

只有辛格先生。她想跟着他，不管天涯海角。早晨的时候，她看着他走下门前的台阶去上班，她在他背后一路跟随，隔着半条马路。每天下午一放学，她就到他上班的店铺附近的街角晃悠。四点钟，他会出来买可口可乐。她看着他穿过马路，走到药房，总算又走出来。她跟着他从店铺回家，有时甚至跟着他散步。她总是远远跟随。他不知道。

她会上楼去他房间。她会先擦洗净脸和手，在裙子前面喷点香草花露水。现在，她一周只去两次，不想让他感到厌烦。大多数时候，她打开门会看见他坐在那副奇特漂亮的棋盘前。然后她就和他在一起。

“辛格先生，你有没有在一个冬天会下雪的地方住过？”

他的椅背后仰斜靠着墙，点了点头。

“和这里不一样的国家——国外？”

他再次点头，并用他的银色铅笔在便笺本上写字。他曾在加拿大的安大略旅行过——与底特律隔着一条河。加拿大在很北的北方，白雪会在屋顶上堆积起来。那里是五胞胎[1] 和

① 安大略五胞胎，世界上唯一自然受孕分娩的五胞胎。

圣劳伦斯河所在地。人们在街上跑来跑去，相互说法语。往北再深入，有纵深的森林和白色的圆顶冰屋。在北极地区还有美丽的极光。

“你在加拿大时，你有没有出去弄点刚落的雪，混着奶油和糖一起吃？我曾在书上读过，这样的吃法很棒。”

他将头扭到一边，没听懂。她不能再重复了，因为，突然间，这问题显得很幼稚。她只是看着他，等着。他脑袋硕大的黑影映在他身后的墙壁上。电风扇让闷滞、酷热的空气凉爽了些。一切是安静的。仿佛他们想要告诉对方那些他们从未说过的事。她想说的事很糟糕，让她害怕。但他要说的话却如此真诚，能让一切好起来。也许是一件既不能言说，也不能写出来的事。也许他只能用别的方式让她明白。这是她对他的感觉。

“我只是想问问你加拿大的事——不过，也没什么意思，辛格先生。”

楼下，家中的房间里有着太多的烦心事。埃塔还是病得很重，不能和她们俩挤在一张床上。窗帘一直是拉起来的，阴暗的房间里有着难闻的病人气味。埃塔的工作没了，这意味着一周少了八美元，还要支付医药费。接着，有一天拉尔夫在厨房里乱转，碰到厨房的火炉把自己烫伤了。手上绑的绷带让他发痒，得整天有人看着他，否则他要抓破水泡。乔治过生日时，他们买了一辆小小的红色自行车给他，把手前有铃铛和一个篮子。这个礼物，家里所有人都凑了钱。但埃塔没了工作后，他们再也付不起了，分期付款的账单拖欠两期后，商店派人来取走了自行车。乔治眼睁睁看着那个人沿着门廊将车推走，经过乔治时，乔治踢了一脚后面的挡板，然后跑到储煤室，把门锁上。

总是钱，钱，钱。他们欠着杂货店的钱，有些家具他们欠着最后的分期款。现在，他们既然失去了房子，当然也欠了房钱。屋里的六间房总有房客住，但从没有人按时交房租。

有一段时间，他们的爸爸每天出门找另一份工作。他不能再做木工活了，因为，只要离地超过十英尺，他就紧张不安。他应聘了很多工作，但没人雇他。最后，他想到了这个主意。

“这是广告，米可，”他说，“我想到这个结论，现在，我的钟表修理生意最大的问题是广告。我得推销我自己啊。我得出去，让大家知道我会修表，修得又好又便宜。你就记住我的话好了。我得把这生意做大起来，我的余生能够让这个家都过上好日子。就通过广告。”

他拿回家一打锡纸和一些红颜料。接下来一周他非常忙碌。在他看来，这主意简直厉害得要命。前屋的地板上全是广告。他趴在地上，专心致志地写每个美术字母。他一边干活，一边吹着口哨，摇头晃脑。他好几个月没这样开心和高兴过了。时不时地，他会穿上他的好西装，走到街角喝杯啤酒，保持平静。他的广告开头是这么写的：

威尔伯·凯利

钟表修理

价廉而专业

“米可，我想它们一下子就能吸引眼球。不管在哪儿看见，都很突出。”

她帮他弄，他给了她三个五分币。开始的时候，广告还不错。后来，他费了太多心思在上面，反而弄糟了。他想加的东西越来越多——在四个角，在顶部和底部。他还没完成，广告上已经充满了诸如“非常便宜”“立马过来”和“给我任何一块表，我就让它走”。

“你写那么多在广告上，根本没人读。”她告诉他。

他又拿回家一些锡纸，把设计的事情交给她。她设计得很简洁，只有大号的印刷字体和一个钟的图案。很快他有了整整一堆广告。他的一个朋友开车将他送到野外，他把它们钉在树上和篱笆上。他在街区的两头都贴了广告，还有一个黑手指向他们家的标记。在房子前门也有一个标记。

弄完广告后的那天，他坐在前屋里等待，穿着干净的衬衫，打着领带。什么也没发生。珠宝商送来了几个钟，是他店里忙不过来的活，他半价代做。仅此而已。他勉强接下。他不再出门找工作，但每时每刻，都在家里忙个不停。他把门拆下，给铰链涂油——不管有没有必要。他给波西娅配黄油，擦楼上的地板。他捣鼓出一个装置，能让冰箱里的水从厨房的窗口排出去。他给拉尔夫刻了些好看的字母方块玩具，还发明了小小的穿针器。极其精心和耐心地去修理寥寥可数的几块需要他修理的手表。

米可依然跟着辛格先生。其实她不想。他不知道的情况下跟在他后面似乎哪里不对劲。有两三天她逃学了。她跟着他去上班，然后在他店铺附近晃荡了一整天。他在布瑞农先生那里吃午饭时，她也进了咖啡馆，花五分钱买一包花生仁。晚上，她跟着他进行黑暗漫长的散步。她在街道的另一边，走在后面，相隔大概一个街区。他停下来时，她也停下来——他要走得快，她就小跑着跟上他。只要能看见他，在他附近，她就觉得很幸福。但是，有时她有古怪的感觉，知道自己在做一件错事。所以，她尽力让自己在家忙碌。

她和她爸在这方面很像，必须得有点什么事情做。她关注着家中和左邻右舍所有的事。斯伯尔瑞布斯的姐姐在晚间电影院的抽奖活动里赢了五十美元。贝彼·威尔森解下头上的绷带了，但她的头发剪得像男孩一样短。她不能在今年的晚会上跳舞了，她母亲带她去看时，她在一支舞曲间大喊大叫，舞曲停了，他们只能将她拖出歌剧院。在人行道上，威尔森太太不得不揍她，让她安静。威尔森太太也哭了。乔治恨贝彼。她经过房子时，他会捏着鼻子，堵上耳朵。彼特·威尔斯离家出走，消失了三周。他回来时，没穿鞋子，非常饥饿。他吹牛说自己如何一路走到了新奥尔良。

因为埃塔，米可依然睡在起居室。短沙发太憋屈了，因此她不得不在学校的自习室补觉。每隔一个晚上，比尔和她交换，让她和乔治一起睡。然后，他们好运气地得到一个喘息的机会。楼上有个人搬走了。报纸上的广告登了一周没人理会之后，他们的妈妈和比尔说，他可以搬到楼上的空房间。比尔很高兴拥有一个和家人分开、完全属于自己的地方。她搬去和乔治在一起。他睡觉像一只暖暖的小猫，呼吸很轻。

她知道那夜晚时光又回来了。不过，和去年夏天的不一样了，那时她独自走在黑暗里，听着音乐，想着计划。现在的夜晚不一样了。她醒着，躺在床上。奇怪的恐惧感降临。仿佛天花板正慢慢压向她的脸庞。房子如果崩塌会怎么样？有一次，她爸爸说过整座房子都应该被判为危房。他的意思是不是说也许某个晚上，他们正睡着觉，那墙壁会裂开，房子会倒塌？将他们都埋在水泥、碎玻璃和被砸烂的家具里？他们不能动，也不能呼吸？她清醒地躺着，肌肉僵硬。在夜里，传来吱吱嘎嘎的声音。是有人在走路吗——她之外，还有人也醒着——辛格先生？

她从没想过哈利。她决心忘掉他，她也真忘了。他写信来说他在伯明翰的汽车修理厂找到一份工作。她回了一封明信片，写着“没事”，按他们原先的计划。他每周给他母亲寄来三美元。自他们一块儿去树林到现在，时间好像已过了很久。

白天，她在外屋忙。但到了夜晚，她在黑暗里一个人待着数数却不满足了。她需要某个人。她尝试让乔治也醒着。“别睡觉，在黑暗里聊天多有趣。让我们在一块儿聊会儿吧。”

他打着瞌睡，回了一句。

“看窗外的星星。很难想象每一颗小星星都像地球一样大。”

“他们怎么知道呢？”

“他们就是知道。他们有方法测量。那是科学。”

“我不相信。”

她想挑衅他引起一场辩论，那样他就会生气，保持清醒。他只是由着她讲，没怎么在意。过了一会儿他说：

“看，米可！你看见那个树枝了吗？像不像一个躺着的清教徒祖先，手里握着枪？”

“真是像。分毫不差。看看那边写字台的上面。那个瓶子像一个戴帽子的傻瓜吧？”

“不，”乔治说，“我觉得那个一点都不像。”

她拿起地上的一杯水喝了一口。“我和你玩个游戏吧——猜名字游戏。你如果想，你可以来考我。随你想玩哪个，让你选。”

他小小的拳头遮住了脸，呼吸安静平和，他要睡觉了。

“等一下，乔治！”她说，“游戏很好玩的。我是个M字母打头的人。你猜我是谁。”

乔治叹了口气，他的声音疲惫。“你是哈勃·马克斯？”

“不是，我可没演过电影。”

“我不知道。”

“你肯定知道。我名字是字母M开头，我住在意大利。

你应该能猜到。”

乔治往自己的方向翻了个身，卷成一团。没有回答。

“我名字是字母 M 开头，有时候，也被叫作另一个字母 D 开头的名字。在意大利。你能猜到的。”

房间很安静，很黑，乔治睡着了。她又拧他又揪他耳朵，他发出不高兴的声音，但没有醒来。她挨近他，把脸贴在他热烘烘的、小小的裸肩上。他会睡足一整夜，她则在边上做十进位算术。

楼上房间的辛格先生也醒着吗？天花板上的嘎吱声是因为他在静悄悄地走动、喝着冰橙汁、研究桌上摆的棋子吗？他是否有过她这样的恐惧感呢？没有。他没做过一件错事。他从不犯错，他的心在夜里是宁静的。不过，他同时也理解。

她要是能和他说说这些，就会好多了。她想过如何开口对他说。辛格先生——我认识一个和我年纪相仿的女孩子——辛格先生，我不知道你是否理解这样一件事——辛格先生。辛格先生。她一遍遍地念他的名字。她爱他胜过家里的任何人，甚至超过对乔治或她爸的爱。这是一种不一样的爱。她过去从没体验过这样的情感。

早晨的时候，她和乔治一起穿衣服、说话。有时候，她格外想靠近乔治。他长高了，苍白消瘦。他软软的红发杂乱地耷拉在耳朵上。他锐利的眼睛老在睨视，因此，脸上的表情带有敌意。他的恒牙长出来了，却是发蓝的，像他的乳牙一样疏落。他的下巴常常是歪的，因为他养成了一个习惯，用舌头去舔疼痛的新牙。

“听着，乔治，”她说，“你爱我吗？”

“当然。我很爱你。”

这是炎热、晴朗的上午，学校放假前的最后一周。乔治衣服穿好了，趴在地上做算术题。他脏兮兮的小手指紧紧握住铅笔，不断地折断铅笔尖。他完成作业后，她搂着他肩膀，使劲地看着他。“我指很多的爱。很多很多。”

“放过我吧。我当然爱你。你不是我姐嘛！”

“我知道。假如我不是你姐姐呢。你还会爱我吗？”

乔治向后退。他没有衬衫了，穿了件脏脏的毛线套头衫。他的手腕细细的，血管发蓝。毛线衫的袖子被拉长了，松松垮垮的，让他的手看着很瘦小。

“你要不是我姐，我就不认识你。那我不可能爱你。”

“假如你认识我呢，我也不是你姐。”

“但你怎么知道我会认识你呢？你无法证明。”

“好吧，你就想当然一下，假装认识。”

“我想我会挺喜欢你的。但我还是要说你无法证明——”

“证明！你脑袋里就是这个词。证明或恶作剧。一切的事情不是恶作剧就是需要被证明的。我受不了你。乔治·凯利。我讨厌你。”

“好啊。那我也不喜欢你了。”

他爬到床底下找什么东西。

“你在下面找什么？你最好别碰我的东西。我要是抓到你在瞎动我私人的盒子，我会将你脑袋砸到墙上去，我会的，我会把你脑袋踩烂。”

乔治从床底爬出来，拿着他的拼写课本。他肮脏的小爪子伸进床垫的一个洞里，他在里面藏了玻璃弹珠。没什么能吓到这孩子。他慢条斯理地挑了三颗绿色的玛瑙纹珠子，带在身上。“呀，呸，米可。”他回她。乔治太小了，太难对付。爱他没有任何道理。他懂的东西比她还少。

学期结束了，她通过了每门课——有的课拿了A+，有的课岌岌可危。日子漫长酷热。终于她又能钻研音乐了。她开始写些小提琴和钢琴曲子。她写歌。脑子里永远是音乐。她听辛格先生的收音机，在房子里转悠，思索刚听过的节目。

“米可哪里不舒服了？”波西娅问，“她怎么变成了哑巴？她转来转去，一句话不说。甚至都不像以前那么贪吃了。她现在成了一个规矩的淑女。”

她似乎以某种方式在等待——但是在等什么，她不知道。耀眼的、炽热的阳光几乎把街道烤焦了。白天，她要不研究音乐，要不和孩子们玩。以及等待。有时候，她仓促地扫视一眼周围，莫名的惊慌。然后，到了六月下旬，发生了一件很突然的事情，如此重要，这事情改变了一切。

那晚，他们都到外面的门廊上。黄昏的光线迷离而柔和。晚饭差不多好了，卷心菜的气味从敞开的大厅飘了过来。所有人都在，除了黑兹尔和埃塔，黑兹尔还没下班，埃塔躺在病床上。他们的爸爸靠在椅子里，穿短袜的脚搁在栏杆上。比尔和孩子们坐在台阶上。他们的妈妈坐在秋千上，用报纸扇风。街对面，邻居中一个新来的女孩穿了一双四轮滑冰鞋在人行道上来回滑行。路灯正在亮起来，远处有个男人在叫谁的名字。

然后黑兹尔到家了。她的高跟鞋踩在台阶上噔噔响，她懒懒地靠在栏杆上。晦暗的暮色里，她胖胖的、软软的手在抚摸脑后的辫子，显得如此白皙。“我真希望埃塔能工作，”她说，“我今天发现了这样一份工作。”

“什么工作？”他们爸爸问，“是我能做的吗？还是只适合女孩子？”

“只适合女孩子。伍尔沃斯的一个员工下周要结婚了。”

“十分钱店——”米可说。

“你有兴趣？”

这问题让她大吃一惊。她才在想前天在那里买的一袋冬青糖。她感到激动和紧张。她把刘海捋到额头上，数着最早在天空中出现的几颗星星。

他们的爸爸将烟弹落到人行道上。“不，”他说，“我们不想让米可这个年纪就担起太多责任。等她长大后，不管怎么样，让她好好成长。”

“我同意，”黑兹尔说，“我真觉得让米可开始上班是错的。我认为不对。”

比尔把拉尔夫从大腿上放下来，在台阶上摩擦着脚。“不到十六岁任何人都不应该工作。米可还有两年，让她读完技校——如果能应付。”

“即使我们得放弃这栋房子，搬到工厂区，”他们妈妈说，“我也要多留米可在家里一段时间。”

她一度很害怕他们会逼她做这份工作。她会说她要离家出走。但他们的立场，真的感动了她。她为此激动。他们都在谈她——如此亲善。她为先前害怕的感觉而羞愧。突然间，她爱家里所有的人，她的喉咙发紧。

“工资有多少钱？”她问。

“十美元。”

“一周十美元？”

“当然，”黑兹尔说，“你以为一个月才十美元？”

“波西娅都没挣那么多。”

“噢，黑人——”黑兹尔说。

米可的拳头在头顶上摩擦。“那可是很多钱。好工作。”

“没必要太雀跃，”比尔说，“我就能挣那么多。”

米可的舌头干了。她的舌头舔了舔嘴巴，润了润，开始说：“一周十美元可以买十五只炸鸡。或者五双鞋子，或者五条裙子。或者分期付款买收音机。”她想到了钢琴，但没有大声说出来。

“它能帮我们渡过难关，”他们的妈妈说，“但我还是宁愿米可在家多待一段时间。现在，当埃塔——”

“等等！”她有种冲动、不顾一切的感觉，“我想要那工作。我能保住它。我知道我可以。”

“听小米可的。”比尔说。

他们的爸爸用火柴棒剔牙，把脚从栏杆上挪下来。“唉，我们别急着下决定。我希望米可好好想一想。她不工作，我们怎么样也能撑下去。我想马上把修表的费用上涨百分之六十——”

“我忘了，”黑兹尔说，“我想他们那里每年还有圣诞节奖金。”

米可皱眉。“但我不想到那时还上班。我想在学校。我只想在假期上班，然后回学校。”

“当然。”黑兹尔飞快地说。

“我明天和你一起去，如果他们要我，我就上班。”

巨大的忧虑和紧张仿佛离开了这家人。黑暗里，他们开始说笑。他们的爸爸用火柴棒和手帕给乔治变戏法。然后又给了孩子五十美分到街角的小店买晚饭后喝的可口可乐。大厅里，卷心菜的味道越来越浓，猪排正在煎炸。波西娅叫唤了。房客早已经等在餐桌前。米可在餐厅吃晚饭。她盘子里的卷心菜叶蔫蔫的、黄黄的，她吃不下。她伸手去拿面包时，碰翻了一罐餐桌上的冰茶。

随后，她一个人待在前廊，等辛格先生回家。她渴望见到他。一个小时前的激动消失了，她现在恶心得要吐。她就要去十分钱店上班了，可她不想去。她感觉像落入了某个圈套里。那工作不会仅仅是暑假的事——而是很久，久到她不能想象。他们一旦习惯了这笔收入，就无法接受它没了。事情总是这样的。她立在黑暗里，紧紧握住栏杆。过了很长时间，辛格先生还没回来。到十一点钟，她走到外面想去找他。但是，黑暗中她突然感到害怕，跑回家了。

到了早晨，她仔仔细细地洗了澡，穿好衣服。黑兹尔和埃塔借给她衣服穿，帮她精心打扮。她穿了黑兹尔的绿丝绸裙，还有绿帽子、高跟鞋和长丝袜。她们在她脸上抹胭脂、涂口红、修眉毛。让她们打扮完之后，她看着至少有十六岁。

太晚了，已经没有退路。她真的长大了，得自谋生计。即使她现在去找她父亲，告诉他自己真实的感受，他会让她再等一年。黑兹尔、埃塔和她妈妈，就是现在，也还是会说她不一定要去。但她不能这么做。她不能这样丢脸。她上楼去找辛格先生。她的话一股脑儿全倒出来了：

"听我说——我想我有一份工作了。你怎么看？你觉得这是好主意吗？现在就退学去上班你觉得可以吗？你觉得好吗？"

他先是没听懂。他站在那里，手深深插进口袋里，灰眼睛半睁着。又有那种熟悉的感觉，他们在等对方说出过去从不曾说过的话。她现在没什么要说的，然而他得告诉她好话——他如果说工作听起来不错，她会好受一点。她慢慢地重复了一遍，等着。

"你觉得它好吗？"

辛格先生在考虑，然后点头说是。

她得到了那份工作。经理带着她和黑兹尔到后面的小办公室，和她们谈。后来，她想不起来那经理长什么样子，说了些什么。但她被雇用了，走出那个地方时，她买了十美分的巧克力和一套做模型的黏土给乔治。六月五日那天她要开始上班。她在辛格先生工作的珠宝店窗玻璃前站了很久，然后在街角晃荡。

15

又到了辛格去看安东纳帕罗斯的时间。一次漫长的旅途。他们之间的距离尽管不到两百英里，但火车线路蜿蜒，绕到很远的站去，夜晚时在个别车站又停留了很长时间。辛格下午离开小镇，坐了整整一夜的火车，直到次日清晨。和过去一样，他老早就做好准备。这次他计划要和老伙伴共度整整一周。他的衣服送到洗衣店去洗过，他的帽子被填塞固定，行李袋也收拾好了。他要带去的礼物用彩纸包装好——还有一个玻璃纸包装的豪华果篮和一箱新鲜运到的草莓。早晨，出发前他打扫了房间。在冰箱里，他发现了一点吃剩的鹅肝，便拿到巷子里给邻居的猫吃了。在门上他贴了以前贴过的、内容一样的字条，声称要外出出差几天。他从容地做着这些准备事项，颧骨上有两块明显的红晕。表情很隆重。

终于，出发时间马上就到了。他站在月台上，拎着箱子和礼物，看着火车的轮子滚动着在轨道上驶过来。他在硬座车厢找了个座位，举起行李放到头顶的行李架上。车厢挤满了人，多数是母亲和孩子。绿绒布面的座位污秽难闻。车窗很脏，地上散落着扔给新婚夫妇的米饭粒①。辛格对同车的人礼貌地微笑，靠到了座位上。闭上了眼睛。眼睫毛在陷下去的脸颊上添了一道弧形的黑色流苏。他的右手在口袋里不安地抽动着。

有一会儿，他的思绪徘徊在身后远离的小镇。他看见米可、考普兰医生、杰克·布朗特和布瑞农先生。他们的脸从黑暗里浮现，包围着他，让他觉得透不过气来。他想起布朗特和那个黑人之间的争吵。他对争吵的实质完全是糊涂的——但他们都有好几次突然长篇大论地指责当时不在场的另一方。他每次都赞同他们，虽然不知道他们究竟想要他同意什么。还有米可——她脸色迫切，说了很多他压根不懂的话。接着是“纽约咖啡馆”的比夫·布瑞农。有着乌黑如铁的下巴和锐利眼睛的布瑞农。还有在街上那些跟着

①往新婚夫妇身上扔米饭粒，一种风俗。

他、莫名其妙地拽着他说话的陌生人。亚麻布店的土耳其人在他面前挥舞着手，喋喋不休地说，吐词的口型是辛格压根没见过的。某个工头和一个黑人老妇。主街上的一个商人和一个专门引诱士兵到河边妓院的流氓。辛格心神不安地扭动着肩膀。火车摇摇晃晃地往前开，节奏缓慢平和。他的脑袋耷拉在肩上，打了会儿盹。

待他又睁开眼睛时，小镇已被远远抛在身后。小镇被遗忘了。脏兮兮的窗子外面，是盛夏明亮的郊野。那强烈的、黄铜色的阳光斜斜照在翠绿的新季棉花地上。还有几英亩地的烟草，那植物沉甸甸、绿油油的，像巨大的丛林杂草。桃园里密集的果实把矮小的树都压弯了。有大片的牧场和更广袤的荒地，那荒地遗弃给更顽强的野草。火车穿过深绿的松林，那里的地上铺满了光滑的褐色松针，树梢往天空伸展，原始而高大。再往前一点，小镇往南很远的地方了，是柏树林湿地——多瘤的树根扭动着伸入难闻的水中，从树枝蔓生到水里的灰苔藓粗糙难看，热带的水生花卉在黑暗里忧郁开放。然后，火车又回到广阔的阳光蓝天之下。

辛格庄重而拘谨地坐着，他的整个脸对着窗外。大片绵延的土地和强烈质朴的色彩看得他眼花。这万花筒般的风景，如此丰富的生机和色彩，多少让他联想到他的朋友。他想念安东纳帕罗斯。团聚的狂喜几乎让他窒息。他的鼻子疼痛，微微张开的嘴里呼吸短促。

安东纳帕罗斯见到他会高兴的。他会喜欢那新鲜水果和礼物。现在，他应该离开病房了，可以出去看电影，然后到他头一回探望时共进晚餐的酒店。辛格给安东纳帕罗斯写了很多信，都没有寄出。他完全沉浸在对伙伴的想念里。

从他上一次的探望到现在有半年了，时间既不长也不短。他醒来的每时每刻，心里都有他的伙伴。和安东纳帕罗斯这种深层的交流，渐渐变成他们仿佛真在一起，肉身相对。他对安东纳帕罗斯的想念有时怀着敬畏和自卑，有时怀着骄傲——永远怀着失控的、绝不挑剔的爱。他在夜间做梦时，伙伴的脸庞总在眼前，巨大、睿智而温柔。他醒来的思绪里，他们永远在一起。

夏天的傍晚来得很晚。太阳沉到远处参差不齐的树梢下，天空暗淡了。暮色慵懒而柔和。一轮皎洁的满月，低伏的紫霞笼罩在地平线上。大地、树木、朴素的乡郊房子缓慢地暗了下去。间或，有夏天温和的闪电在天空颤动。辛格专注地看着这一切，直到夜晚降临，他的脸映在了眼前的玻璃上。

小孩蹒跚着脚步在过道里来回走，手里拿着滴水的纸杯。一个穿工装服的老人坐在辛格对面，时不时地喝一点倒在可口可乐瓶里的威士忌。不喝的时候，他小心地用纸团塞住瓶口。右边的女孩用一根黏牙的红棒棒糖梳头。餐盒打开了，晚餐托盘从餐车里端了出来。辛格没吃。他靠在座位上，随意观察着周围的一切。车厢终于安定下来了。孩子们躺在宽大的绒面座位上睡觉，男人和女人抱着枕头蜷缩身体，尽可能舒服地休息。

辛格没睡。他的脸紧紧贴着窗玻璃，使劲地观察那夜晚。夜色浓密，如天鹅绒般醇厚。有时，露出一小片月光，或是路边房子的窗里摇曳的灯笼。从月亮的方位，他知道原本朝南开的火车已转向东面。他是如此急不可耐，鼻子塞得透不过气来，脸颊猩红。他坐在那儿，脸庞紧紧贴着冰凉漆黑的窗户，如此度过夜行漫漫的大部分时光。

火车晚点了一个多小时，抵达时，正是清新明媚的夏日清晨。辛格立刻去了他预先订好的一家酒店，那是家非常好的酒店。他打开行李，把带给安东纳帕罗斯的礼物放在床上。侍应生给他带来菜单，他选了一个豪华早餐——烤青鱼、玉米粥、法式吐司和热的黑咖啡。吃过早餐，他只穿内衣在电扇前休息。到了中午，他开始洗漱穿衣。他洗了个澡，刮了胡子，摆出洗干净的亚麻衬衫和他最好的绉纹薄西装。下午三点是医院开放探视的时间。今天是七月十八日，周二。

到了疯人院，他先去病房找安东纳帕罗斯，他之前生病被隔离的地方。但是，到了房门口，他立刻发现伙伴并不在那里。沿着走廊，他寻摸到上次去过的办公室。他早已在随身带的纸卡片上写好他的问题。桌子后面的人和上次见到的不是同一个人。他是一个年轻人，几乎还是个孩子，有着尚不成熟、幼稚的脸和一头蓬乱的直发。辛格将卡片递给他，静静地站着，胳膊夹着大包小包，全身重量落在脚跟。

年轻人摇摇头。他趴在桌子上，在便笺本上潦草地写着。辛格读了他写的字，立刻面无血色。他盯着字条良久，眼睛斜视，头垂着。那上面写着安东纳帕罗斯死了。

回酒店的路上，他小心地避免将带去的水果压坏。他将礼物拿到楼上的房间，然后在楼下大堂里游荡。在盆栽的棕榈树后有一台老虎机。他塞了五分钱进去，要拉动摇杆时却发现机子被堵住了。为了这小意外，他大吵大闹了一顿。他拦着职员，怒气冲冲地演示了事情的经过。他的脸白得像死人，他如此狂怒，泪珠沿着鼻梁滚落下来。他的手胡乱挥舞，那双修长雅致、穿着皮鞋的脚甚至在绒地毯上跺了一下。五分币被还回来之后他还不罢休，坚持马上退房。他打包行李，使了老大的劲儿才能把它合上。因为，除了带来的东西，他还拿走了三条毛巾、两盒肥皂、一支笔、一瓶墨水、一卷厕纸和一本《圣经》。他付了账，走到火车站，将行李寄存。火车要晚上九点才开，他有一下午的空闲时间。

这个镇比他住的镇要小一些。商业街交叉形成一个十字。商店看着土里土气的，有一半的橱窗里是马具和饲料袋。情绪低落的辛格在人行道上漫步。他的咽喉肿了起来，不能吞咽。为了减轻快窒息的感觉，他到一家杂货店里买了瓶饮料。他在理发店里待了一会儿，又到十分钱店买了些琐碎的东西。他没用正眼看任何人，脑袋耷拉在一边，像一只生病的动物。

下午快过去时，发生了一件奇怪的事。辛格正沿着马路牙子慢悠悠地走走停停。天空乌云密布，空气潮湿。辛格没有抬头，但他经过小镇的台球室时，余光捕捉到什么东西使他不安。他走过台球室，然后在路的中间站住。他无精打采地原路退回去，站在台球室敞开的门口前。里面有三个哑巴，他们正相互打着手语聊天。三个人都没穿外套。他们戴圆顶礼帽，打鲜艳的领带。每个人的左手都拿了一杯啤酒。他们看着有点像亲兄弟。

辛格走进去。有一会儿他插在口袋里的手拔不出来。然后，他笨拙地打了个招呼。有人拍了拍他的肩膀。点了一杯冷饮。他们围着他，问他情况时，他们的手指像子弹一样射出。

他说了自己的名字和住的小镇，之后，他就再想不到自己有什么可说的。他问他们是否认识安东纳帕罗斯。他们不认识。辛格站着，双手松弛地垂着。他的脑袋仍然歪向一旁，目光斜视。他是如此了无生气，全身发冷，那三个戴圆顶礼帽的哑巴都奇怪地看着他。过了一会儿，他们把他撂在一边，继续三个人聊天。他们把几轮啤酒的钱付了，准备离开时并没有邀请他一块儿走。

辛格在街上晃悠了大半天，然而，还是差点错过了火车。他不知道怎么回事，也不知道时间究竟是如何被打发掉的。他赶到车站时，还有两分钟火车就要开了，勉强够时间将行李拖上车,找了个座位。他选的车厢几乎是空的。安顿下来后，他打开那盒草莓，细致地挑选着。草莓的个头都很大，像核桃，已经熟透了。颜色饱满的果实顶部的绿叶，像小小的花束。辛格把一颗草莓放进嘴里，虽然果汁有着野生的鲜甜，却已隐约有着腐败的味道。他把味蕾都吃到麻木了才停下来，把草莓又重新包裹好，放到头顶的行李架上。午夜时，他放下窗帘，躺在座位上。他缩成球一样，用外套蒙着脸和头部。他就用这样的姿势，半睡半醒、恍恍惚惚地睡了十二个小时。车到站时，列车员不得不将他摇醒。

辛格把行李留在车站的中央。然后他走到店铺去。他无精打采晃了一下手，向他的珠宝商雇主打招呼。等他再出去时，口袋里多了样沉甸甸的东西。他先是耷拉着脑袋在街上漫步。太阳那直射的、耀眼的光线和湿热的空气压倒了他。他眼睛发肿、头痛不堪地回到房间。休息后，他喝了一杯冰咖啡，抽了支烟。等到清洗了烟灰缸和杯子后，他从口袋里拿出一把手枪，朝胸膛发了一颗子弹。

第三章

1

一九三九年八月二十一日

上午

“我不要匆匆忙忙的，”考普兰医生说，“随便我吧。拜托你们让我安静地坐一会儿。”

“父亲，我们不想催你，但我们该走了。”

考普兰医生坐在椅子里固执地摇晃，他的灰围巾紧紧地裹着肩膀。尽管早晨温暖又清新，炉子里仍烧着小小的柴火。厨房里家具都没有了，只剩下他坐着的椅子。其他房间也空了。大多数家具搬到了波西娅家里，其余的绑在了外面的汽车上。一切都准备好了，除了他的心。此刻他如何能离开，他的心里既没开始也没结束，既无真相也无使命。他举起手按着颤抖的脑袋，继续在吱呀作响的椅子里慢悠悠地摇晃。

在关闭的门外，他听见他们的声音。

“我尽我所能了。他决心坐在那儿一直到他乐意离开为止。”

“巴迪和我包好了瓷盘和——”

“我们应在露水蒸发前出发，”老人说，“照现在的样子，到了夜晚我们还在路上。”

他们的声音小了。脚步声回响在空落的大厅，他再也听不见他们了。地板上，他的身边有一只杯子和一个杯托。他从炉子上的壶里倒了咖啡到杯子里。他一边轻摇，一边喝着咖啡，手在蒸汽里取暖。这绝不可能是真正的结束。他的心里响起另一些沉默的呐喊声。耶稣的声音。约翰·布朗特的声音。伟大的斯宾诺莎和卡尔·马克思的声音。那些斗争过的人们的呐喊声，那些允诺要完成使命的人们的呐喊声。同胞悲伤的声音。还有死者的声音。哑巴辛格，一个正直的、富于同情心的白人的声音。弱者和强者的声音。同胞们此起彼伏的声音，它们在强度与力量方面增长着。真正的强大使命的声音。他的回答在嘴唇上颤抖——那些话当然是人类悲伤的根源——因此他几乎是在疾呼：“全能的主！宇宙的万能！我做了我不该去做的事，却没有做我应该做的。因此，这绝不可能是真正的结束。”

他最初是和她——他的爱人一起搬进这房子的。黛西穿着她的婚纱，头上蒙了蕾丝白纱。她的肤色很美，是深蜜色，她的笑容很甜。夜晚的时候，他得把自己关在明亮的房间里阅读。他试图思考，严格要求自己去研读。然而，只要挨近黛西，他体内就涌起强烈的欲望，阅读也不能使它消退。有时，他只好屈服于那些欲望，随后，再咬牙通宵读书思索。后来，就有了汉密尔顿、卡尔·马克思、威利和波西娅。都失去了。一个不剩。

还有马迪·本和班尼·迈。班尼狄恩·马迪尼和马迪·考普兰。那些用他名字命名的人。那些他劝勉过的人。但是，成千上万的人里哪有一个能让自己安心托以使命？

终其一生，他都强烈地知道自己的使命。他知道自己工作的目的，深信不疑，因为眼前的每一天都如此明晰。他会拎着包走访家家户户，一切的事情，他都耐心地讲解。到了夜晚，他为这一天没有虚度而愉快。即使黛西、汉密尔顿、卡尔·马克思、威利和波西娅不在身旁，他也能一个人坐在火炉边，享受这愉悦。他会喝上一罐青萝卜汁，吃一块玉米面包。他心里有深深的满足，为充实的一天。

曾有过无数次如此满足的时光。可是它们又有什么意义呢？回首岁月，他想不出哪个工作具有永恒的价值。

过了一会儿，大厅的门开了，波西娅进来。“我估计，得当你是个孩子一样给你穿衣服，”她说，“这是你的鞋子和袜子。让我脱掉你的拖鞋，换上它们吧。我们得尽快离开这里。”

“你为什么要这样对我？”他痛苦地问。

“我又对你怎么了？”

“你很清楚我不想离开。你趁我身体不好做不了决定的时候，强迫我同意。我希望留在我一直待着的地方，你知道的。”

“听你继续胡闹吧！”波西娅生气地说，“一天到晚发牢骚，我快累死了。你又发火又抱怨的，我真替你感到害臊。”

“啐，你就瞎说吧。你就只会像只蚊子一样飞到我跟前。我知道我想要什么，我不要被你纠缠做出错误的事。”

波西娅帮他脱掉拖鞋，打开一卷干净的黑棉袜。“父亲，我们别再争吵这些了。我们都做了我们心里最好的事。让你搬出去和外公、汉密尔顿和巴迪一块儿住，绝对是最好的安排。他们会好好照顾你，你会好起来的。”

“不，我好不了，”考普兰医生说，“但我在这里能恢复。我知道的。”

“你觉得谁能付这里的房费？你觉得我们能如何养活你？你觉得谁能在这儿照顾你？”

“我一直能应付，现在也能。”

“你不就是在抬杠嘛。”

“啐，你像只蚊子飞到我跟前来。我懒得理你。”

“我在帮你穿鞋子和袜子，你这样对我说话真是好啊。”

“对不起。原谅我，女儿。”

“你当然要对不起，”她说，“当然，我们都对不起。我们争吵不起。而且，只要你在农场安顿下来，你会喜欢的。他们有我见过最漂亮的蔬菜园地。我想到它就要流口水。有很多鸡、两头母的种猪和十八棵桃树。你一定会爱死那里的。我真希望是我自己有机会去那里。”

“我也希望是。”

“你怎么就一心要让自己难过呢？”

“我只是觉得自己失败了。”他说。

“失败了是什么意思？”

“我不知道。别管我了，女儿。就让我待在这里安静一会儿吧。”

“好吧。但我们马上得走了。”

他沉默不言。他想安安静静地坐着，在椅子里轻摇，直到秩序感重新回到身上。他的脑袋颤抖，他的后背疼痛。

“我真希望，”波西娅说，“我真希望我死的时候，会有很多人为我悲伤，就像为辛格先生悲伤一样。我真想知道自己会不会有他那样的葬礼，有很多人去——”

“别说了！”考普兰医生粗暴地说，“你话太多了。”

但是，那个白人的死的确在他心里投下了一道悲痛的阴影。他只和他一个白人这样交谈过，他信任他。他神秘的自杀留给他的是困惑和无助。这悲痛无始无终。无法理解。他的思绪总要回到这个白人身上，这个白人既不冷漠也不傲慢，他是正直的。当死去的人们仍活在生者的心中时，又怎么能算真的死了？然而，这一切他不能再想了。他必须将它们抛诸脑后。

因为他需要自律。过去的一个月里，那种黑暗的、可怕的感觉又回来和他的灵魂搏斗了。仇恨，让他很多天来真的低落徘徊在死亡之谷里。和布朗特先生——那个午夜的来访者争吵后，他的心里生出杀戮之气的黑暗。然而，他现在没法清楚地想起当初争吵的具体原因。然后，他看见威利的断腿时，另一种愤怒又升起了。爱与恨的交战——对同胞的爱和对压迫者的恨——让他筋疲力尽，心力交瘁。

“女儿，”他说，“把我的手表和外套给我，我要走了。”

他撑着椅子扶手，站了起来。地板似乎离他的脸很远，长期卧床让他的双腿无力。有一刻，他感到自己要摔倒了。他晕乎乎地穿过空荡荡的房间，靠着门框站着。他咳嗽，从口袋里掏出一张方纸片，捂着嘴巴。

“这是你的外套，”波西娅说，“不过外面很热，你不需要穿它。”

他最后一次走过这栋空屋子。百叶窗关上了，黑暗的房间里有一股灰尘的气味。他靠着门厅的墙壁休息，然后就走了出去。早晨明媚温暖。许多朋友在前一天晚上和今天清晨来道别——现在只有家人聚在前廊。马车和汽车在外面的街道上停着。

“嗯，本尼迪克特·马迪，”老人说，“我猜你刚开始几天会有点想家。但不会太久。”

“我没有家。我为什么要想家？”

波西娅紧张地润了润嘴唇说：“只要身体好了，他随时可以回来。巴迪会乐意开车送他回小镇的。巴迪就喜欢开车。”

汽车装满了。一箱箱书绑在脚踏板上。后座塞了两把椅子和档案柜。他的办公桌固定在车顶上，桌腿朝天。尽管汽车满载，马车却几乎是空的。骡子耐心地站着等，一块砖头拴在缰绳上。

“卡尔 · 马克思，”考普兰医生说，“仔细看。检查一下房子，确定没有落下什么东西。把我放在地上的杯子和摇椅拿过来。”

“我们出发吧。我着急在晚饭前赶回家。”汉密尔顿说。

他们终于准备出发了。海伯尔用曲柄发动汽车。卡尔 · 马克思坐在方向盘前，波西娅、海伯尔和威利一块儿挤在后座上。

“父亲，你不如坐海伯尔大腿吧。总比和我们，还有家具挤在一起要舒服点。”

“不，太挤了。我宁愿坐马车。”

“但你不习惯坐马车啊，”卡尔 · 马克思说，“一路会很颠的，得走上整整一天呢。”

“没关系，我坐过很多次马车。”

“让汉密尔顿过来和我们坐一起。他肯定更愿意坐汽车。”

外公前一天就驾车到了小镇。他们带了满车的农作物。桃子、卷心菜和萝卜，让汉密尔顿在镇上卖。除了一袋桃子，其余都卖掉了。

“好吧，本尼迪克特 · 马迪，我看你就和我一道坐马车回家吧。”老人说。

考普兰医生爬进马车后面。他很疲惫，浑身骨头都像是铅做的。他的脑袋在颤抖，突然一阵恶心，只好平躺在粗糙的板上。

“你来了我真高兴，”外公说。“你知道，我一直对学者怀有深深的敬意。深深的敬意。一个人如果是学者，我能够忽略和忘记他的很多事。我很高兴，我们家又有你这样的学者了。”

马车的轮子发出嘎吱嘎吱的声音。他们在路上。“我很快就会回来，”考普兰医生说，“顶多一两个月后我就回来。”

“汉密尔顿真是有学问。我觉得他有点像你。他帮我算账，他读报纸。惠特曼，我觉得他也会成为一个学者。他现在能读《圣经》给我听了。还会做算术。这孩子还这么小。我向来对学者怀有深深的敬意。”

他的后背随着马车的行进而颠簸。他看着头上的树枝，没有树阴时，他用手帕遮着脸，不让太阳晒到眼睛。这不可能是结束。四十年来，他的使命就是他的生命，而他的生命就是他的使命。一切都还没做，一切都没实现。

“是的，本尼迪克特·马迪，我真高兴你又和我们在一起了。我一直等着问你，我右脚感觉不太对是怎么回事。那感觉怪怪的，仿佛我的右脚睡着了。我服了‘六六六’[①]，抹

①六六六，一种治疗感冒的口服液。

了些油。希望你帮我找到好的治疗方法。”

“我会尽力的。”

“是的，有你真高兴。我认为，亲人就该住到一块儿去——血亲和姻亲。我们大家该一起努力，互相帮助，有一天我们会在来世得到回报的。”

“哼！”考普兰医生愤愤不平地说，“我信仰当下的公正。”

“你说你信仰什么？你的声音沙哑，我听不清楚。”

“信仰给予我们的公正。给予我们黑人的公正。”

“那是对的。”

他感觉到内心的火焰，无法平静。他想坐起来，大声说话——然而，他使劲想起来，却毫无力气。心里的话越来越响，无法沉默。但那老人已经不再听了，没有人听他说话。

“驾，李·杰克逊！驾，宝贝！抬起你的脚，别在这儿磨蹭。我们有老长的路要走呢。”

2

下午

杰克笨拙而剧烈地奔跑。他跑过韦弗斯巷，切入一条小巷，翻过篱笆，加速往前。他的胃感到恶心，呕吐的气息涌上喉咙。一只狂吠的狗在后面追逐，直到他有足够时间停下来，拿一块砖头吓唬它。他的眼睛因恐惧而睁得老大，手捂着张大的嘴。

天啊！这就是结局。一场斗殴。一场暴乱。和每个人战斗。被破瓶子割到流血的头和眼睛。天啊！噪音之外还有旋转木马那呼哧呼哧的音乐声。掉在地上的汉堡、棉花糖和尖叫的孩子们。这里面全有他。和灰尘、阳光盲目地战斗。关节处深深的牙印。还有笑声。天啊！还有那感觉，他的身体就像释放了一阵狂野的、强烈的节奏，永不止息。然后，死死地盯了一眼那死人的黑色面孔，一无所知。甚至不知道他是否杀了人。但是等一下。天啊！没人能阻止它。

杰克慢了下来，紧张不安地扭头往身后看。小巷空荡荡的。他吐了,用衬衫袖子擦着嘴和额头。过后,他休息了片刻，感觉好了些。他跑了大概八条街，算上捷径，还是跑了半英里路。他脑袋里的晕眩消失了，种种疯狂的感觉中，他总算能想起些事。他又开始跑了，这次是平稳的慢跑。

没有人能阻止它。整个夏天，他像扑灭突然的火势般扑灭了它们。除了这次。这场斗殴无人能阻止。它突然着火，凭空发作。他一直在摆弄秋千的机械，中间停了一下，倒了杯水。他穿过游乐场时，看见一个白人男孩和一个黑人男孩正在绕着对方走。他们都喝醉了。那天下午，人群里有一半都喝醉了，因为那天是周六，而那周工厂都是日夜不停地运转。高温和日头让人恶心，空气里有浓郁的臭味。

他看见两个“战士”正向对方逼近。但他知道这还没开始。他老早就感觉到有一场大战要来。可笑的是他还有时间想这些。他站在那里观察了五六秒，然后挤进人群里。在那短短的时间里，他想到了很多事。他想到了辛格。他想到了沉闷的夏日午后和那些漆黑的、酷热的夜晚，以及所有被他驱散的斗殴、被他制止的口角。

然后，太阳底下，他看见小刀的寒光一闪。他用肩顶开人群，跳到持刀黑人的后背上。那个人和他同时倒了下来，一块儿摔在地上。黑人的体味混杂着厚厚的灰尘，飘进肺里。有人踩他的腿，他的头也被踢了。等到他重新站起来时，斗殴已演变成全体性的了。黑人在和白人打，白人在和黑人打。每分每秒他都看得很清楚。那挑事的白人男孩看着像首领之类的。他是一伙经常来游乐场的混混们的头儿。他们在十六岁上下，穿着白色的帆布裤和时髦的人造丝的马球衫。黑人在拼力反击。有的人用上了剃刀。

他开始大叫这些词语：秩序！救命！警察！但是，这就像对着决堤的水坝在叫。他耳朵里有一个可怕的声音——可怕是因为它是人发出的声音，却没有内容。那声音不断增大成了震耳欲聋的咆哮。他的脑袋被打了。他看不清身边发生的一切，只看到眼睛、嘴巴和拳头——疯狂的眼睛和半睁的眼睛，湿答答、松开的嘴巴和紧紧握住的拳头，黑色的，白色的。他从一只手里夺过小刀，抓住一个高举的拳头。灰尘和阳光让他看不见，脑子里有个念头要离开这里，找到一个电话好求助。

但他被困住了。不知道自己何时卷入混战的。他用拳头去击打，感觉到潮湿的嘴巴那柔软的组织。他打架时，闭着眼睛，低着头。喉咙里发出疯狂的声音。他使出浑身解数去打，像公牛一样头往前冲。他脑子里冒出不知所云的话，自己大笑。他没看见到底打了谁，也不知道谁打了他。但他知道打架的阵列变了，现在每个人都在为自己而打。

突然间，就结束了。他跌了一跤，向后跌倒。他摔得不省人事，过了一分钟甚至更久后才睁开眼睛。有几个酒鬼还在打，但两名警察正快速地驱散他们。他看见了绊倒他的东西。他半躺半侧身在一个黑人男孩的身上。只看了一眼，他就知道他死了。他脖子的一侧有道伤口，但匆忙中看不清他究竟是怎么死的。他认得这张脸，却想不起来是谁。男孩的嘴巴张开着，眼睛也惊讶地大睁。地上丢着废纸、碎瓶子和被踩踏的汉堡包。一个旋转木马的头被砸断了，一个摊位也被毁了。他坐了起来。他看见了警察，出于惊恐他开始狂奔。现在他们应该追不上他了。

前面只剩下四条街，之后他就安全了。恐惧让他的呼吸急促，喘不过气来。他握紧拳头，头低垂着。突然，他脚步放慢并停了下来。他独自待在主街附近的一条小巷里。一边是房子的墙壁，他萎靡不振地靠着它，喘气，额头上紧绷的血管如火在烧。混乱中，他穿过小镇一路狂奔到他朋友的住处。然而辛格死了。他哭了起来。他高声地呜咽，鼻水流淌，打湿了胡子。

一堵墙，一段楼梯，面前的一条路。火辣辣的太阳照在他身上犹如千斤重。他开始原路返回。这回，他走得很慢，用带油污的衬衫袖子擦那湿漉漉的脸。他停止不了嘴唇的哆嗦，便咬着它们，直到咬出了血为止。

在下一条街的拐角处，他碰到了希姆斯。这个怪老头正坐在箱子上，膝盖上放着他的《圣经》。他身后是高高的木板围墙，上面用紫色的粉笔写着：

他为了救你而死

请听他关于爱和仁慈的故事

每晚 7:15

街道空无一人。杰克想穿过大街到对面人行道上，但希姆斯抓住他的胳膊。

“过来，你等惆怅痛苦的人。跪在他神圣的脚下，放下你的罪与困顿。他为了救你而死。你为何要走，布朗特兄弟？”

“回家大便，”杰克说，“我要大便。救世主有何异议？”

“罪人！主会记得你所有的罪行。就在今晚，主有话要对你说。”

“主记不记得我上周给你的美元呢？”

“耶稣今晚七点一刻有话对你说。你要准时来到听他的圣言。”

杰克舔了舔胡子。“你每天晚上都有一大群听众，我都没法挨近来听。”

“有地方给亵慢的人。而且，我收到了信号，很快救世主想让我帮他造一所房子。就在十八大道和第六街交叉的拐角处。一所大得足以容纳五百人的礼拜堂。到时，你们这些亵慢的人会看到的。主在我面前准备好桌子，当着我敌人的面。他在我头顶上涂油。我的杯子斟满了——”

“我今晚可以帮你聚拢一些人。”杰克说。

“怎么弄？”

“把你漂亮的彩色粉笔给我。我保证弄一大群人来。”

“我看过你的标语，”希姆斯说，“‘工人们！美国是世上最富裕的国家，但我们中的三分之一人却吃不饱。我们何时团结起来,要回我们的那份’——就那些。你的标语太激进了。我不会让你用我的粉笔。”

“可我没打算写标语。”

希姆斯的手触摸着他的《圣经》内页，怀疑地等着。

“我会给你弄来好大一群人。街区两头的人行道上，我会给你画上一些好看的、赤裸的荡妇。全是彩色的，外加箭头指路。迷人、丰满、光着屁股——”

“巴比伦人！”老头尖叫道，“索多玛之子！上帝会记住的！”

杰克穿过马路到对面的人行道上，往他的住处走去。“再见，兄弟。”

“罪人，”老头喊道，“你七点一刻准时回到这里吧。来听耶稣给你的留言，它会给你信仰。得救。”

辛格死了。他一开始听到辛格自杀的消息时不是感到悲伤——而是愤怒。他面对着一堵墙。他回忆起曾对辛格袒露的那些心声，随着他死去，它们仿佛也消失了。辛格为何要结束自己的生命？也许他疯了。不管如何，他死了、死了、死了。他如今见不着、摸不到、不能和他说话了，他的房间，一起消磨过许多时光的地方，现已租给一个做打字员的女孩子。他不能再去那里了。他孤单一人。一堵墙、一段楼梯、一条开阔大路。

杰克关好身后的门。他饿了，但屋里没东西吃。他渴了，桌边的水壶里只剩下几口热水。床铺没收拾，布满灰尘的绒毛堆积在地板上。纸片撒得满地都是，他最近写了很多传单，在镇上到处派发。他闷闷不乐地扫了一眼其中的一张，上印有“纺织工人组织委员会是你最好的朋友”。有些传单上面只有一句话，有些就多一点。有一张是满满一页的宣言，标题是“我们的民主和法西斯的相似性”。

他在这些纸片上忙了一个月，上班时间打草稿，在“纽约咖啡馆”的打字机上打印和制作复写纸，再亲手派发。他夜以继日地工作。但是谁会读它们呢？它们能有什么用呢？对任何一个人来说，这镇太大了。而现在，他要离开了。

但这一次要去哪里？他想起了一些城市的名字——孟菲斯、威明顿、加斯托尼亚和新奥尔良。他会去某个地方。但不离开南部。旧日的焦躁和欲望又回来了。这次不一样。他不再憧憬开放的空间和自由——恰好相反。他记住那个黑人考普兰和他说的话:“别试图孤军作战。”有的时候，这是最佳选择。

杰克把床移到房间另一头。原来床底下的那个位置上放着一个手提箱、一堆书和脏衣服。他急不可耐地开始收拾。那老黑人的脸在他脑海浮现，他们说过的一些话又泛起来。考普兰是疯的。他是个狂热分子，想要和他讲道理简直让人发狂。然而，那天晚上他们所感觉到的可怕的愤怒在事后回想却难以理解。考普兰是明白的。明白的人就像零星的、手无寸铁的士兵站在全副武装的大部队前。他们都做了什么?他们转身相互争吵。考普兰错了——是的——他疯了。毕竟，在某些方面他们也许能合作。如果，他们没有说那么多话。他想去找他。他突然有一股强烈的冲动。也许，那才是最有益的事。也许，那就是信号，他等了如此久的那只援手。

一刻没耽误，脸上和手上的污垢都没洗，他绑好手提箱就出门了。屋外的空气闷热，街上有一股难闻的气味。天空的云在聚集。没有一丝风，城区的一家工厂冒出的烟连绵不断地直升上天空。杰克走着路，手提箱老别扭地打到膝盖上，他时不时扭头往身后看。考普兰住在小镇的另一头，他得走快点。天上的云越来越浓密，预示着傍晚之前，将有一场夏天的暴雨。

他来到考普兰的住处后，发现百叶窗帘都拉下来了。他走到后面，从废弃的厨房窗户往里张望。一阵空虚、绝望的失落感让他的手心冒汗，他的心怦怦乱跳。他走到左边的一栋房子里，屋里没有人。没别的办法，唯有到凯利家去问波西娅。

他讨厌再接近那栋房子。他忍受不了再看见前厅里的衣帽架和那段他爬过许多次的长长的楼梯。他慢吞吞地回到小镇这一头，沿着小巷走近那房子。他从后门进，波西娅在厨房，那小男孩和她在一起。

“别，先生，布朗特先生，”波西娅说，“我知道你是辛格先生很好的朋友，你知道父亲是怎么看待他的。但我们今天早晨把父亲送到乡下了，我非常清楚，我没有任何必要告诉你他的确切所在。如果你不介意，我就实说吧，不拐弯抹角了。”

“你没必要绕弯子，”杰克说，“只是，为什么呢？”

“上次你来看过我们后，父亲病得很重，我们都以为他要死了。我们花了好长时间，他才勉强能坐起来。他现在恢复得不错。待在他去的那个地方，他会变得强壮很多。不过，不管你是否能理解，他现在很厌恶白人，很容易心浮气躁。

另外，如果你不介意说出来，你究竟想从我父亲身上得到什么？”

“没什么，”杰克说，“你不会懂的。”

“我们黑人像任何人一样有感觉。我说过了，布朗特先生，父亲只是个生病的黑人老头，他已经有够多的烦心事了。我们得照顾他。他不想见你——我知道。”

又回到街上，他看见云层已变成愤怒的深紫色。死气沉沉的空气里有着暴风雨的气息。人行道旁树木的青翠悄悄地融入空气中，街道被奇异的绿光所笼罩。一切如此安静和凝固，杰克踌躇了片刻，鼻子闻了闻空气，看了一下周围。然后，他在腋下夹住手提箱，跑向大街的遮阳篷。不过他动作不够快。天空里响起刺耳的、轰隆隆的雷鸣声，风顿时有了寒意。大颗大颗的银色雨珠嘶嘶地落在地面上。倾盆大雨让他什么也看不见。他走到“纽约咖啡馆”时，全身衣服湿漉漉、皱巴巴地贴在身上，鞋子里有吱吱的水声。

布瑞农把报纸搁在一旁，胳膊肘抵着柜台往前倾。“呀，真是好奇怪。雨一下，我就有预感你要来。从骨子里知道你的到来，而且来得太晚。”他的拇指压着鼻头，直压得它发白、变扁。“还有手提箱？”

“它看着像手提箱，”杰克说，“它摸着也像一个手提箱。

假如你相信手提箱的事实，我想这是一个手提箱，好吧。”

“你别这个样子站在那里。上楼吧，给我脱下你那身衣服。路易斯会用热熨斗烫干它们。”

杰克在后面的一张雅座上坐下来，头枕在手上休息。“不了，谢谢。我只想在这里休息一下，喘口气。”

“但你的嘴唇都变紫了，你看上去整个人都累垮了。”

“我没事。我只想吃点东西。”

“晚餐还要半个小时才好。”布瑞农耐心地说。

“随便什么剩菜也可以。直接放在碟子里。你不用麻烦去加热它们。”

内心的空虚感灼痛了他。他既不想向后看，也不想向前看。他竖起两根短小粗壮的手指在桌面上漫步。离他第一次在这张桌子前坐下，已过去一年多了。现在和那时比有多少进步？没有。交了个朋友，又失去了，除此以外什么事都没发生。他把一切掏给辛格，然而这个男人自杀了。剩下他孤立无援。现在他得下决心自己走出来，重新再开始。想到这里，他就不由得恐慌。他累了。他的头靠在墙壁上，脚搁在了旁边的椅子上。

“晚餐来了，”布瑞农说，“这个应该有点用。”

他放下一杯热饮和一碟鸡肉派。饮料有股香甜、浓重的味道。杰克吸了一口热气，闭上眼睛。“里面是什么？”

“用柠檬皮搓一块方糖，滚热的水加上朗姆酒。这饮料很好。”

“我该付你多少钱？”

“我现在不知道，不过你走前我会算出来的。”

杰克深深地喝了一大口甜酒，吞下之前，在嘴里含着漱了一下口。“你永远拿不到钱的，”他说，“我没有钱给你——而且，即使我有，我大概也不给。”

“嗨，我有催过你吗？我有给过你账单，让你付过账吗？”

“没有，”杰克说，“你一直讲道理。现在想起来，你是个相当正派的人——从我的角度来看，是的。”

布瑞农在桌子对面坐下来。他想起了一件事。他一边将盐瓶子滑来滑去，一边在抚摸他的头发。他闻起来有香水味，他的条纹蓝衬衫时髦又洁净。衣袖卷了起来，用一条老式的蓝色吊袖带固定着。

终于，他迟疑地清了清喉咙，开口说：“你进来之前，我正在翻看下午的报纸，今天，你那地方似乎有很大的麻烦。”

“对的，报纸上说什么了？”

“等一下，我去拿。”布瑞农从柜台上拿来报纸，靠在雅座的隔板上，“它在头版说，位置在某某处的‘阳光南部游乐场’发生了一场大规模的骚乱。两个黑人被刀割伤，伤势致命。另有三人受了轻伤，已经送去市立医院治疗。死者是吉米·麦斯和兰斯·戴维斯。伤者是约翰·哈姆林，白人，来自中央工业城；威瑞斯·威尔森，黑人，等等。原文：‘逮捕了一些人。据说骚扰的原因是工人煽动，在骚乱的现场和周围发现颠覆性质的传单。马上会展开更多的逮捕行动。’”布瑞农的牙齿咬得咔嗒作响：“报纸的排版一天比一天糟。‘颠覆’的第二个音节印成了u，‘逮捕’则印少了一个r。[①]”

“他们真聪明，好吧，”杰克冷笑着说，“‘原因是工人煽动。’真是非同凡响。”

“无论怎么说，整件事非常不幸。”

杰克抬起手捂着嘴巴，低头看着他的空碟子。

“你现在打算怎么办？”

“我要走了。今天下午我就离开这里。”

布瑞农在掌心里磨他的指甲。“噢，当然没这个必要——不过，也许是个好事。干吗这么轻率呢？没必要在下午这个点走吧。”

“我愿意。”

“我不觉得你应该重新开始。你为什么不同时听听我对

①此处“颠覆”英文为subversive，“逮捕”英文为arrest。

此的意见呢？我个人——我是个保守主义者，自然觉得你的想法太偏激。然而，我也想知道事情的方方面面。起码，我想看到你好起来。其实，你为什么不去能遇到几个和你差不多的人的地方，然后安顿下来呢？”

杰克烦躁地将碟子推开。“我不知道要去哪里。让我一个人待着吧，我累。”

布瑞农耸耸肩，回到柜台。

他累得够呛。热朗姆酒和沉沉的雨声让他犯困了。安然地坐在雅座里，刚吃完一顿好的，这感觉很好。只要他想，他可以靠着打个盹——小睡一会儿。他的脑袋已经昏沉发胀，闭上眼睛会更舒服点。但是，他只能睡一小会儿，很快他就得离开这里。

“这雨还会下多久？”

布瑞农的声音有着催眠的效果。“很难说——热带暴雨。也许突然就停了——或者——会变小，一个晚上都不停。”

杰克的脑袋趴在胳膊上。雨声就像大海涨潮的声音。他听见钟的嘀嗒声和远处碗碟碰撞的响声。渐渐地，他的手松弛了。它们在桌上摊开着，掌心向上。

布瑞农便去摇晃他的肩膀，看着他的脸。他脑中有一个噩梦。“醒醒，”布瑞农说，“你做噩梦了。看这里，你的嘴巴张开着，你在呻吟，脚在地上蹭。我从没见过类似的情景。”

脑中的梦依然沉甸甸的。他感觉到了醒来时熟悉的恐惧。他推开布瑞农，站了起来。“你不用和我说我做了噩梦。我记得怎么回事。同样的梦我做过差不多十五次了。”

他现在真的想起来了。每隔一段时间，清醒的脑袋怎么也想不起这梦。他走在一大群人中间——就像游乐场那样。但是周围的人也有着某种东方特征。梦里有可怕的艳阳，人们都半裸着。他们沉默，动作迟缓，他们的脸上有饥饿的神情。没有声音，只有太阳和沉默的群众。他在他们中间走着，抱着一个合上的巨大篮子。他要把篮子带到某处，却找不到那个地方把它放下。梦里有种不寻常的恐怖感，他在人群里走来走去，不知道哪里才能扔下他抱了很久的负担。

“那是什么呢？”布瑞农问，“魔鬼在追你吗？”

杰克站起来，走到柜台后的镜子前。他的脸脏兮兮的，都是汗，眼底下有深深的黑眼圈。他在水龙头下弄湿手帕，然后擦了一把脸。接着，他掏出一把小梳子，仔细地梳理胡子。

“这梦什么都没有。你得睡上一觉才能搞明白它为什么是这么个噩梦。”

时钟指向五点半。雨差不多停了。杰克拎起手提箱，走到前门。“再会。我也许会给你寄明信片。”

“等等，”布瑞农说，“你现在不能走。还在下着小雨呢。”

“只是雨篷滴下来的雨水。我最好在天黑前离开小镇。”

“但是等一下。你有钱吗？够用一周吗？”

“我不需要钱。我早就破产了。”

布瑞农准备了一个信封，里面放了二十美元。杰克看了眼钱的正反面，就将它们塞进口袋里。“上帝才知道你想干什么。你再也闻不到它们了。谢谢。我不会忘记的。”

“好运。给我写信。”

“再见。”

“再见。”

门在他身后关上了。他在街道尽头回望，只见布瑞农在人行道上目送他。他一直走到铁轨。轨道两边有一排排破败的两室公寓。狭窄的后院里有臭气冲天的厕所，几条绳子上晾晒着被烟熏黑的破烂衣服。两英里内，看不到一处舒适、宽敞或干净的地方。连土地本身都肮脏不堪，荒废已久。偶尔有几处曾种过蔬菜的迹象，但也只剩下枯萎的甘蓝叶。还见到几棵不结果的、发黑的无花果树。小孩子在这样污秽的地方群聚着，年纪较小的孩子一丝不挂。贫困的景象如此残酷和绝望，杰克咆哮着，握紧了拳头。

他走到小镇的边缘，拐上一条高速公路。汽车从他身旁经过。他的肩膀太宽，手臂太长。他是如此强壮和丑陋，没人愿意搭载他。也许，不用多久就会有辆货车停下来。傍晚的斜阳又出来了。高温让潮湿的马路冒着热气。杰克稳步走着。小镇才落在身后，他的体内涌起新的活力。但这是逃跑还是突击？不管怎么说，他在前进。一切再次开始。眼前的路通向北方，略略偏西。但他不会走太远。他不会离开南方。这是清晰明白的事。他的内心有希望，也许很快他的旅程就会形成大致的轮廓。

3

黄昏

那有什么用呢？这是她想知道的答案。到底有什么用？她的一切计划，还有音乐。这一切所得出的结果无非是这个牢笼——去商店，回家睡觉，再返回商店。辛格先生原先工作的店铺前的那只钟指向了七点。她要下班了。每次要加班，经理都让她留下来。因为和别的女孩子相比，她能站更久，工作更卖力。

暴雨过后，天空呈现着苍白、宁静的蓝。夜幕要降临了。灯火已通明。街上响着汽车的喇叭声，报童高喊着报纸上的头条新闻。她不想回家。她如果现在回家，只会躺到床上去，号啕大哭。她累坏了就这样。假若她去“纽约咖啡馆”吃点冰激凌，也许感觉就好了。然后抽烟，一个人独自待一会儿。

咖啡馆前面坐满了人，她只好去了最后面的雅座。她的腰背和脸部都太累了。他们的口号是“保持效率和微笑”。走出商店之后，她得皱很久的眉头才能让脸部恢复自然。她连耳朵都累。她摘下晃来晃去的绿耳坠，揉捏着耳垂。她是在一周以前买的耳坠——还有一只银手镯。起初，她在厨具部工作，现在，他们把她调去了珠宝首饰部。

“晚上好，米可。”布瑞农先生说。他用餐巾擦拭着水杯的底部，又放回到桌上。

“我想要巧克力圣代和五分钱一杯的生啤酒。”

“一起吃吗？”他放下菜单，用戴着女式金戒指的小指点着菜单，“看——这儿有很好的烤鸡和炖小牛肉。你何不和我一起吃晚饭？”

“不，谢谢了。我只想要圣代和啤酒。两个都要够冷。”

米可拨开额头前的头发。她的嘴巴张着，脸颊因此陷了下去。有两件事，她永远不能相信。辛格先生自杀了，已经死了。还有她已经长大了，不得不去伍尔沃斯工作。

是她发现他的。他们以为那响声是汽车的回火声，到第二天才知道怎么回事。她进屋听收音机。他的脖子上都是血，她爸爸进来后，将她推出了房间。她跑了出去。震惊让她无法平静。她跑到暗处，用拳头捶打自己。到了隔夜，他已经躺在起居室的棺木里。入殓师在他脸上抹胭脂，涂口红，好让他看上去自然些。但他的样子并不自然。他死透了。鲜花的香气，还混合着其他的气味，让她无法在房间里待下去。那段日子里，她倒是坚持工作。她包好物品，递给柜台前的顾客，将钱扔入钱箱里。她该走路的时候走路，该坐下吃饭的时候吃饭。只有最初的夜晚,她在床上躺着睡不着。而现在，她照睡无误。

米可的身子在椅子里偏斜了一下，这样就可以把腿叠起来。她的长袜脱丝了。她走路去上班时已经脱了，她在上面吐了口唾沫。后来，脱丝越来越严重，她在底部粘了一小块香口胶。连这个都没用。现在她得回家缝袜子。她不知道该拿袜子怎么办。她老是很快就穿坏它们。除非她像一般女孩那样，愿意穿棉袜子。

她不该来这里。她的鞋底完全破了。她本该省下那两毛钱，给鞋换新的前掌。她要是一直穿着有洞的鞋，会怎样呢？脚底会长水疱。那她得用烧过的针去挑水疱。她得待家里上不了班，然后被炒。接下来，会怎样呢？

“给你，”布瑞农先生说，“我还真没听过这样的组合。”

他把圣代和啤酒放在桌子上。她假装在清理指甲，要是去看他，他就会开始说话了。他对她的恶意不再有了，肯定是忘记了那盒香口胶的事。他现在老想和她说话。而她只想安静地一个人待着。圣代不错，上面盖满了巧克力、坚果和草莓。啤酒让她放松。吃过冰激凌后，啤酒有着让人愉快的苦味，让她陶醉。音乐以外，啤酒是最好的。

但是，现在她的脑子里没有音乐了。这事有意思。她仿佛被关在里屋的外面了。有时候，一小段快曲会冒出来，又溜掉——她再也没有像以前那样，进入里屋和音乐待在一起。她也许太紧张了。也许是店里将她所有的精力和时间都拿走了。伍尔沃斯和学校可不一样。她原来从学校回到家里感觉良好，随时可以开始音乐创作。现在，她总是太累了。回到家里，就是吃饭、睡觉，接着吃早餐，再到店里上班。她两个月前在日记本上开始写的一首歌到现在还没完成。她想待在里屋，却不知道怎么进入。里屋仿佛被锁在了离她很遥远的地方。这是她无法理解的一件事。

米可用拇指推了推磕掉的门牙。她拥有了辛格先生的收音机。分期付款还没付清，现在她得负责了。能有一样曾属于他的东西，这很好。也许，总有一天她能留出余钱去买一架二手钢琴。譬如每周两美元。除了她自己，谁也不能碰她的私人钢琴——顶多是教乔治弹几首小曲子。她会把它放在后屋，每天晚上去弹奏。周日要弹一整天。但是，假设有哪周她交不起钱，他们会来拿走它，就像拿走那辆红色的小单车一样吗？假设她不让他们这样做。假设她把钢琴藏在地下室。或者干脆到前门堵着他们，干一架，她会把两个男人都打趴下，他们会被打得鼻青脸肿，倒在大厅地板上不省人事。

米可皱起眉头，拳头使劲地搓着额头。事情都是这样。她仿佛一直在生气。不是小孩子那种生气，来得快，消得快——而是另一种表现。只是，根本没有什么事可生气。除了工作。可是店里并没强求她干这个活。因此，没有什么事情可生气。她仿佛被骗了。只是，没有任何人骗她。因此，也没有人可发泄。但是，她仍然有那种感觉。被骗了。

不过，也许钢琴的事会实现的，一切都好。也许她很快会获得一个机会。否则，一切都有什么用呢——她对音乐的感觉，她在里屋做的那些计划？任何事要有意义，就得有点用。它也是，它也是，它也是，它也是。它是有用的。

很好！

没问题！

有用。

4

夜晚

一切都宁静了。比夫在擦干脸和手时，一阵微风吹得桌上的日本小宝塔的玻璃吊铃叮当作响。他刚打了个盹，醒来后抽了支晚上才抽的雪茄。他想起布朗特，想知道他现在是不是走远了。浴室的架子上放了一瓶“佛罗里达水”，他用瓶塞点了点太阳穴。他吹口哨，吹一首老歌，走下狭窄的楼梯时，曲子那断断续续的回声在身后响着。

路易斯应当在柜台后值守。但他偷懒了，咖啡馆里一个人也没有。大门对着空荡荡的街道敞开着。墙上的钟指向十一点四十三分。收音机开着，里面正讨论希特勒炮制的但泽危机。他走到后面的厨房，发现路易斯在椅子上睡觉。这男孩把他的鞋脱了，裤子的扣也松开了。他的头垂到胸前。从衬衫上长长的湿印可知他已睡了好久。他的胳膊直直地垂吊在身子两边，奇怪的是他竟没脸朝地栽下来。他正在酣睡，叫醒他也没用。今晚会很安静。

比夫蹑手蹑脚地穿过厨房，走到一个架子前，上面放着一篮茶橄榄和两水罐满满的百日菊。他把花拿到餐厅前面，挪走橱窗里玻璃纸包着的碟子，碟子上是昨天晚上的特价菜。他厌倦了这些食物。放着夏天鲜花的橱窗——那蛮好。他闭着眼睛想象如何去摆放它们。在底部散布一层的茶橄榄，凉爽、翠绿。红色的陶盆里盛满灿烂的百日菊。就这样。他开始仔细地布置橱窗。其中有一株变异的花，一朵有六瓣古铜色和两瓣红色花瓣的百日菊。他细看这稀奇之花，把它放在一边，打算保存起来。橱窗布置完了，他站在街上，观赏着自己的手艺。花茎笨拙地弯曲，角度弯得刚好，显得舒缓又随意。美中不足是电灯的光，不过，太阳出来时，这个布置会达到最佳的效果。艺术感十足。

星光闪烁的漆黑夜空仿佛降临大地。他沿着人行道漫步，中间停下来一回，把一块橘子皮一脚踢到了水沟里。隔壁街区那远远的尽头有两个男人，从远处看身影小小的，正手挽着手一动不动地站着。看不到别的人了。他的店是大街上唯一一家还敞开着门、屋里亮着灯的。

为什么？小镇其他的咖啡馆都关门了，他为什么还要通宵营业呢？他经常被人问到这个问题，却从来说不清楚。不是为钱。有时候，会有一伙人进来买啤酒和炒蛋，花个五元十元的。不过，这种情况极少。大多数时候人是零星地来，叫一点东西，待得很久。有些夜晚，十二点到五点之间，没有一个顾客进来。没有钱挣——显而易见。

但他绝不会在夜里关门——只要他还经营这个店。夜晚正是时候。有些人在白天他不可能见到。有几个每周固定来几次。另有一些人，只来过一次，喝一杯可口可乐，就永远消失了。

比夫的手臂交叉抱在胸前，走得更慢了。街灯的弧光里，他黑色的影子有了弧度。夜晚的平和寂静占据了他。这是休息和沉思的时刻。也许，这是他待在楼下没去睡觉的理由。飞快地扫了最后一眼那空荡荡的大街，他走了进去。

收音机还在说危机的事。天花板上的吊扇发出舒缓的呼呼声。厨房里传来路易斯的鼾声。他突然想到了可怜的威利，决定近日给他送去一夸脱威士忌。他开始玩报纸上的填字游戏。游戏中间有张女人的照片，让人猜她的身份。他认得她，在最开始的空格里填上她的名字——“蒙娜丽莎”。第一个竖排是乞丐的同义词，字母 M 打头，由九个字母组成。托钵僧[①]。第二个横排的词有“远远地挪开”的含义，以 E 打头的六个字母单词。消逝[②]？他大声地念着可能的字母组合。带走[③]。但他没有兴致了。世上谜语有的是，不差这一种。他折了报纸，把它放到一边。他晚点再来玩吧。

他细看着那株他打算保存的百日菊。他把它放在掌心里，对着灯光看，这花终归不是什么稀奇品种。不值得保存。他把柔软鲜艳的花瓣拔下来，最后一瓣的结果是爱。不过是谁呢？他现在爱着谁呢？没有一个人。随便哪个体面的人——从街上走进来，坐上一小时，喝点饮料。不过没有人。他曾认出他的爱，他们都结束了。艾莉斯、玛德琳和基普。结束了。让他更好或是更坏。哪一个？取决于你怎么看吧。

还有米可。几个月来一直如此奇怪地占据他心的人。这爱也结束了吗？是的。它结束了。傍晚的时候，米可进来要一杯冷饮或是圣代。她长大了。她的粗鲁和孩子气几乎消失了。取而代之的是她身上某种女人味的、精致的东西，难以言喻。耳坠、晃动的手镯，她跷腿的新姿势和把裙边拽到膝

①托钵僧英文为 mendicant。

②消逝英文为 elapse。

③带走英文为 eloign。

盖下的动作。他看着她，只感到某种温柔。曾经的情感已不见了。这爱情很奇特地像花般盛开了一年。他问过自己上百遍，没有答案。如今，像夏天的花朵在九月凋零，它结束了。一个都没有了。

比夫的食指轻轻敲着鼻子。一个外国人的声音正在电台里讲话。他搞不清楚那声音是德语、法语还是西班牙语。听起来像世界末日了。他听得惶恐不安。他把收音机关了后，寂静是如此深邃和持续。他感觉到外面的夜晚。孤独紧紧抓着他，他的呼吸急促了起来。现在给露西娅打电话和贝彼说话实在太晚了。也别指望有顾客此时进来。他走到门口，打量了一眼街道。空荡荡，一片漆黑。

“路易斯！”他喊道，“你醒了吗，路易斯？”

没有回应。他的胳膊肘支在柜台上，两手撑着脑袋。他满是黑胡茬的下巴来回地晃动，皱着的额头慢慢地低下去。

这个难解之谜。这个疑问在他心里生了根，让他不得安宁。辛格的谜团，还有其他。从开始到现在，过去一年多了。离布朗特第一次出现在这里、第一次长醉和第一次见到那哑巴，过去一年多了。从此，米可开始跟着他进进出出。现在，辛格已经死了下葬一个月了。这个谜还在他心里，让他不得宁静。这一切有着某种反常的气息——像个可怕的玩笑。每当回想到它，他就感到不安和莫名的恐惧。

他安排了葬礼。他们把他的一切都交给他。辛格的后事乱七八糟。他的一切物品都分期付款，还没还清，他的人寿保险的受益人已死亡。剩下的钱只够埋葬他。葬礼在中午举行。他们站成一圈，围着空阔潮湿的墓地，酷烈的日头如火烧着他们。花朵缩了起来，被阳光晒成褐色。米可哭得太厉害，几乎要窒息，她父亲赶紧拍她的后背。布朗特满脸怒容地瞪着墓地，拳头抵住嘴巴。镇上的黑人医生，和可怜的威利有亲属关系的那个人，站在人群边缘，默默地悲吟。还有一些陌生人，谁也没见过，或者听说过。上帝才知道他们从哪来，为什么要来。

屋里的寂静像夜晚一样深邃。比夫呆呆地站着，陷入了沉思。然后，他突然感受到一股悸动。他的心要跳出来了，他的背靠在柜台上以支撑身体。在一道迅疾而启迪的光里，他隐约看见人性的挣扎与勇气。看见无尽的时间里，人性永恒地流淌。看见那劳动的人和那些——简而言之——爱着的人。他的灵魂拓展了。不过，只是一瞬间。因为，他同时感觉到警告、恐惧的箭。他悬在两个世界之间。他意识到他正透过面前的玻璃柜台看着自己的脸。太阳穴上的汗珠闪闪亮，他的脸是扭曲的。一只眼睁得比另一只要大。狭长的左眼在追忆过去，睁大的右眼害怕地凝视着黑暗、错误和毁灭的未来。他悬在光明与黑暗之中。在苦涩的讽刺与信仰之间。他猛地转过头去。

“路易斯！”他喊道，“路易斯！路易斯！”

仍然没有回应。可是，圣母玛利亚，他还是一个明智的人吗？这恐惧怎能这样勒得他紧紧的，他连它怎么来的都不知道。他要像个惶恐不安的笨蛋一样呆站着，还是振作起来、恢复理性？总而言之，他是否还是一个明智的人？比夫在水龙头下弄湿他的手帕，轻拍他憔悴而紧张的脸。不知怎的，他想起雨篷还没升上去。朝门口走去时，他的脚步稳了。最后，终于回到屋里，他恢复了冷静，开始等待晨曦。

年 表

1917 年　卢拉·卡森·史密斯 2 月 19 日生于佐治亚州哥伦布市，是拉马尔和玛格丽特·沃特斯·史密斯的第一个孩子。

1926 年　开始上钢琴课。

1930 年　去掉名字里的卢拉并决心做一个钢琴演奏家。

1932 年　患上严重的风湿热，当时被误诊，后来被认为是其生命晚期轻微中风的原因之一。据说曾告诉密友她已决定要当作家。

1933 年　从哥伦布高中毕业，并开始写作戏剧和她的第一个短篇故事《笨蛋》(*Sucker*)，后于 1963 年出版。

1934 年　乘汽船从萨凡纳旅行到纽约，先在哥伦比亚、第二年又在纽约大学上创意写作课程。

1935 年　结识小詹姆斯·里弗斯·麦卡勒斯①。

1936 年　以她第一篇获发表的故事《神童》(*Wunderkind*) 赚

①詹姆斯·里弗斯·麦卡勒斯（James Reeves McCullers，1913—1953），美国军人，作家。

得二十五美元，刊发于《故事》杂志[1]12月刊上。再次患上风湿热（这次被误诊为结核病）。恢复期间开始计划第一部小说。

1937年 与里弗斯·麦卡勒斯结婚并搬到北卡罗来纳州夏洛特市，里弗斯在那里找到了零售信贷公司的工作。她开始写一部她称之为《沉默者》（*The Mute*）的小说。

1938年 搬到北卡罗来纳州费耶特维尔。向霍顿·米弗林[2]首届小说竞赛提交了《沉默者》的六个章节和一段梗概。赢得了一份合约和五百美元的预付款。

1939年 完成《沉默者》，写了第二部小说《军事哨所》（*Army Post*），后改题为《金色眼睛的映像》（*Reflections in a Golden Eye*）。计划第三部小说，《新娘和她的兄弟》（*The Bride and Her Brother*），即后来的《婚礼的成员》（*The Member of the Wedding*）。

1940年《沉默者》改题为《心是孤独的猎手》（*The Heart Is a Lonely Hunter*）并由霍顿·米弗林出版。参加佛蒙特州米德尔伯里的布雷德洛夫作家会议（*Bread Loaf Writers' Conference*）。《金色眼睛的映像》分两部发表于《时尚芭莎》[3]10月与11月号上。与里弗斯分居并搬到布鲁克林一处公

---

① *Story*，1931年创办于奥地利维也纳的期刊，登载新作家的短篇故事，1936年迁至美国纽约，1967年停刊。

② Houghton Mifflin，美国波士顿一家出版公司。

③ *Harper's Bazaar*，1867年创办的美国妇女时尚杂志。

共住宅；同住此处的人包括 W. H. 奥登和吉普赛·罗斯·李[①]。

1941 年《金色眼睛的映像》由霍顿·米弗林出版。访问萨拉托加温泉的雅都艺术家殖民地，在此写作《伤心咖啡馆之歌》（*The Ballad of the Sad Café*）。开始与里弗斯的离婚程序。遭受第一次脑中风，之后，这年较晚时候又患上严重胸膜炎、链球菌咽喉炎和肺炎。

1942 年《一棵树，一块石头，一朵云》被收入《欧·亨利纪念奖故事集》（*O.Henry Memorial Prize Stories*）年刊。获古根海姆学者奖。因健康不佳未能按计划去墨西哥旅行。里弗斯重新加入军队。

1944 年 病情加重。父亲去世。里弗斯在诺曼底登陆中受伤。《伤心咖啡馆之歌》被收入年度《最佳美国短篇故事集》（*Best American Short Stories*）。

1945 年 与里弗斯再婚。完成《婚礼的成员》。

1946 年 霍顿·米弗林出版了《婚礼的成员》。在楠塔基特与田纳西·威廉斯一起将此书改编为一出戏剧。再获古根海姆学者奖，偿付了卡森和里弗斯去巴黎旅行的开销。

1947 年 遭受两次严重中风，第二次使她的左臂瘫痪。返回纽约。

1948 年 与里弗斯分居，企图自杀，与里弗斯和解。公开支持

---

①吉普赛·罗斯·李（Gypsy Rose Lee，1911—1970），美国演员、作家、舞蹈家、滑稽家。

哈里 · S. 杜鲁门的总统竞选。

1949 年　新方向[①]出版了《婚礼的成员》(剧本)。

1950 年《婚礼成员》在百老汇帝国剧院开演。它赢得纽约剧评界奖的本季最佳戏剧奖。与里弗斯再次分居。

1951 年　霍顿·米弗林出版《伤心咖啡馆之歌及其他故事》(*The Ballad of the Sad Café and Other Works*)。开始写作她称之为“杵(The Pestle)”的手稿，其中一部分后成为她的小说《没有指针的钟》(*Clock without Hands*)。

1952 年　与里弗斯返回欧洲并购入巴黎附近一所住宅。短期创作一电影剧本《终点站》(*Terminal Station*)。《婚礼的成员》电影版发布。

1953 年　里弗斯试图劝卡森与他一起自杀。她回到纽约。里弗斯在巴黎一家酒店自杀。

1954 年　在雅斗用几个月写作《没有指针的钟》和一出戏剧《奇妙的平方根》(*The Square Root of Wonderful*)。

1955 年　花费时间在基韦斯特与田纳西 · 威廉斯一起写作。母亲突然去世。

1957 年《奇妙的平方根》在百老汇开演，但演出四十五场后即结束。

---

① New Directions，美国纽约的一家出版社。

1959 年 接受手臂和手腕的两个手术。写儿童诗。

1960 年 完成《没有指针的钟》。

1961 年 继续手术。《没有指针的钟》由霍顿·米弗林出版。

1962 年 被确诊为乳腺癌，接受乳房切除和左手的进一步手术。

1963 年 爱德华·阿尔比[①]将《伤心咖啡馆之歌》改编为戏剧，在百老汇开演。

1964 年 摔断了右臀，左肘碎裂。儿童诗集《甜如腌菜净如猪》（*Sweet as a Pickle and Clean as a Pig*）由霍顿·米弗林出版。

1965 年 第一部麦卡勒斯研究专著，奥利弗·伊文斯[②]的《卡森·麦卡勒斯：她的生平与作品》出版。

1966 年 与玛丽·罗杰斯[③]合作，将《婚礼的成员》改编成一部音乐剧并撰写一部题为《启示与夜间眩光》（*Illumination and Night Glare*）的回忆录（1999 年出版）。

1967 年 被授予 1966 年亨利·贝拉曼奖，以表彰她“对文学的杰出贡献”。遭受她人生中的最后一次中风，脑内大出血，昏迷四十七天。卡森·麦卡勒斯于 9 月 29 日去世，葬于哈德逊河畔的橡树山公墓。《金色眼睛的映像》电影版上映。

---

①爱德华·阿尔比（Edward Albee，1928—2016），美国剧作家。

②奥利弗·伊文斯（Oliver Evans，1915—1981），美国作家。

③玛丽·罗杰斯（Mary Rodgers，1931—2014），美国音乐剧作曲家、儿童文学作家。

1968年《心是孤独的猎手》电影版上映。

1971年 霍顿·米弗林出版《被抵押的心》(*The Mortgaged Heart*)，这是一部由卡勒的妹妹玛格丽塔·G. 史密斯[①]编纂的短篇小说与非虚构集。

①玛格丽塔·G. 史密斯（Margarita G. Smith，1923—1983），美国作家、杂志编辑。

图书在版编目（CIP）数据

心是孤独的猎手 /（美）卡森·麦卡勒斯著；梁小曼译. -- 海口：南海出版公司，2018.10

书名原文：The Heart Is a Lonely Hunter

ISBN 978-7-5442-9297-9

Ⅰ. ①心… Ⅱ. ①卡… ②梁… Ⅲ. ①长篇小说－美国－现代 Ⅳ. ①I712.45

中国版本图书馆CIP数据核字（2018）第098962号

心是孤独的猎手

〔美〕卡森·麦卡勒斯 著

梁小曼 译

出　　版　南海出版公司　(0898)66568511

　　　　　海口市海秀中路51号星华大厦五楼　　邮编 570206

发　　行　新经典发行有限公司

　　　　　电话(010)68423599　　邮箱 editor@readinglife.com

经　　销　新华书店

责任编辑　黄宁群

特邀编辑　许文婷　孙　洁

装帧设计　韩　笑

内文制作　王春雪

印　　刷　北京中科印刷有限公司

开　　本　850毫米×1092毫米　1/32

印　　张　13.75

字　　数　226千

版　　次　2018年10月第1版

印　　次　2022年5月第3次印刷

书　　号　ISBN 978-7-5442-9297-9

定　　价　49.50元